Das Buch
Richtiges Englisch? Verdammben sich für ihr Sprachkönnen eine gute Note, doch selbst die Besten patzen. Humorvoll und geistreich bringt Peter Littger, Autor der erfolgreichen Kolumnen »Fluent English« und »Der Denglische Patient«, Licht ins Dickicht der deutsch-englischen Sprachverwirrungen. Nach dem überwältigenden Erfolg seines Nr.-1-Bestsellers »The devil lies in the detail« legt er nach und erzählt unterhaltsame und hintergründige Alltagsgeschichten über den Umgang mit unserer Lieblingsfremdsprache. So ist auch dieser Band eine große Hilfe, typische Sprachfallen aufzudecken und Missverständnisse zu vermeiden. Mehr Spaß können Englisch-Nachhilfestunden nicht machen: »The devil lies in the detail« – a handy companion for those wanting to improve their English.

Der Autor
geboren 1973 in Aachen, besuchte ein englisches Internat und studierte u. a. in London. Er war u. a. Redakteur der *Zeit*, ein Gründungsredakteur von Cicero und in leitenden journalistischen Positionen im Verlag Gruner+Jahr. Heute ist Peter Littger Berater für Medieninhalte, Autor und Kolumnist, u. a. für SPIEGEL ONLINE und das *Manager Magazin* (»Der Denglische Patient«). Als Juror im »Bundeswettbewerb Fremdsprachen« engagiert er sich für die Förderung von Schülern. Darüber hinaus setzt er sich für die deutsch-britischen Beziehungen ein. Die Buchreihe »The devil lies in the detail« ist aus seiner erfolgreichen Sprachkolumne »Fluent English« hervorgegangen. Mit dem 2015 bei Kiepenheuer & Witsch erschienenen ersten Band (KiWi 1413) führte er viele Wochen die SPIEGEL-Bestsellerliste an.

Ihr Beitrag
Wenn auch Sie lustige oder lehrreiche Erlebnisse mit der englischen Sprache gemacht haben und mit dem Autor teilen wollen, oder Fotos besitzen, die unsere Sprachverwirrungen zeigen, schreiben Sie an:
kontakt@fluentenli.sh
Twitter: @fluentenglish
Instagramm: @denglishpatient.

PETER LITTGER

The devil lies in the detail

Folge 2

Noch mehr Lustiges
und Lehrreiches
über unsere
Lieblingsfremdsprache

Kiepenheuer & Witsch

Verlag Kiepenheuer & Witsch, FSC® N001512

1. Auflage 2017

© 2017, Verlag Kiepenheuer & Witsch, Köln
Alle Rechte vorbehalten. Kein Teil des Werkes darf in
irgendeiner Form (durch Fotografie, Mikrofilm oder ein
anderes Verfahren) ohne schriftliche Genehmigung des
Verlages reproduziert oder unter Verwendung elektronischer
Systeme verarbeitet, vervielfältigt oder verbreitet werden.
Umschlaggestaltung: Barbara Thoben, Köln
Umschlagmotiv: © rdnzl – Fotolia.com
Zeichnungen Innenteil: Oliver Wetterauer
Gesetzt aus der Scala
Satz: Buch-Werkstatt GmbH, Bad Aibling
Druck und Bindung: CPI books GmbH, Leck
ISBN 978-3-462-04904-6

Für Anton

Inhalt

1. I have a hair in my soup ... 9
   Sprachunverträglichkeiten

2. We are breaking up! ... 21
   Auf Reisen (mit Liste)

3. Das Ding mit -ing ... 39
   Verlaufsform & Co

4. Ein verdammtes Steak bitte! ... 61
   Im Restaurant (mit Liste)

5. Ein Tag am Meer ... 85
   Seefahrerenglisch (mit Liste)

6. Schmidt the Lip ... 101
   Ein Nachruf – an obituary

7. Kupplungen mit viel Spiel ... 119
   Zusammengesetzte Wörter (mit Liste)

8. Prokrastinierst du noch oder performst du schon? ... 153
   Anglizitis (mit Krankheitsverlauf)

9. Die Nacht vor dem Tag danach ... 173
   An der Theke

10. Let's not talk tacheles! ... 195
    Superfalsche Freunde (mit Liste)

11. Die Ironie der Geschichte ... 217
    Brexit

12. Nonstop Nonsens   ... 247
    Medienenglisch (mit Liste)

13. Happy Crimbo!   ... 263
    Weihnachten

14. The devil revisited   ... 289
    Eine teuflische Zwischenbilanz

15. Dank   ... 317

I have a hair in my soup
Sprachunverträglichkeiten

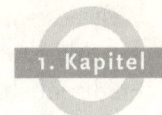
1. Kapitel

Das Leben ist eine Prüfung – und unser Englisch ist es auch. Vor allem wenn wir mit schrulligen Eigenkreationen wie der »Flat« verreisen oder uns freiwillig in die »Pool Position« begeben ... Falls Sie sich jetzt angesprochen fühlen, belegen Sie doch eine Englischstunde – zum Beispiel in der Eisenbahn.

Neulich im Speisewagen, irgendwo zwischen Berlin und Frankfurt. Der Kellner tritt an meinen Nachbartisch, um eine Gruppe gut gelaunter Geschäftsleute zu bedienen. Sie sprechen Englisch. Und er spricht es selbstverständlich auch – made in Germany:

Kellner: »Hallo together! What do you want?«

Gäste: »We fancy a real kraut experience!«

Kellner: »You are right here. We are having this in the offer: fried small sausage with sauerkraut.«

Die Gäste strahlen vor Freude und schlagen sofort zu – they are beaming with pleasure and give it a go!

Für mich war es wieder einer dieser Momente, die das »Bordrestaurant« der Bahn so einladend machen. Oder glauben Sie, das ich wegen der Rostbratwürste oder der »Fitnesssalate« komme? Vielmehr lockt mich die Aussicht auf immer neue deutsch-englische Sprachverwirrungen: lustige und lehrreiche Situationen, von denen ich anschließend berichten kann. Außerdem kenne ich keinen schöneren Ort für ein bestimmtes neues Sprachgefühl in Deutschland. Je mehr uns Menschen aus aller

Welt besuchen, desto babylonischer wird es. Und sobald wir mit ihnen an einem Tisch sitzen, schalten wir in den Englischbetrieb. Das fällt oft ganz leicht. Schließlich ähnelt unsere Lieblingsfremdsprache einem Gerät, das jeder bedienen kann, obwohl die meisten die Anleitung nie richtig gelesen haben. Es kommen sofort Töne heraus, und man kann sich und andere ohne größere Schwierigkeiten unterhalten. Doch je mehr Schalter, Regler und Sonderfunktionen benötigt werden, desto mehr kommt es zu Störungen und Ausfällen ... Kurz gesagt – to put it in a nutshell: these are the moments that spur me on to board the German railways' Bordrestaurant.

Übrigens nannten die Engländer die rollenden Restaurants früher »buffet car« oder »restaurant car«. Und die Amerikaner sagten einfach »diner« (gesprochen: *daina*). Heute sind diese Wagen auf den meisten Strecken durch die USA und durch das Vereinigte Königreich Geschichte. Das Geschäft mit Speisewagen rechne sich nicht mehr, heißt es – they say that the business no longer pays.

Als Stammkunde im Bordrestaurant sehe ich das völlig anders – from the viewpoint of a regular, I completely disagree. Fast jeder Besuch lohnt sich. Schließlich sind mir zur Tasse Tee schon sehr viele Vorstellungen in unserer Lieblingsfremdsprache geboten worden. So viele, dass die Bahn vielleicht Eintritt dafür verlangen sollte!

Dieses Mal fragte ich mich, ob der Kellner wohl die doppelte Bedeutung von »kraut« verstanden hatte – I was wondering if the waiter had got the double meaning of »kraut«, which is a popular way to describe us: the Germans! Da wir schon immer viel Weißkohl angebaut und zu Sauerkraut vergoren haben, wurde das Erzeugnis zu unserem Spitznamen, lange bevor es überhaupt Bordrestaurants gab, bevor wir die Welt mit Denglisch verwirrten und bevor sich »kraut« im Ersten Weltkrieg in eine Beleidigung verwandelte – as cabbage has always been grown and eaten a lot on German turf, the produce grew into a nickname long before today's dining cars hit the rails, before Denglisch confused the English-speaking world, and before »kraut« became an insult. Erst der »Krautrock« in den Siebzigerjahren half den schlechten Beigeschmack zu vergessen – I guess, the distinct style of German rock music in the 1970s and its reception by the likes of David Bowie helped to refresh the meaning of »kraut« and make it sound young, vibrant and even a bit cool. So much for that – so viel dazu!

Als der Kellner wiederkommt, um das Kraut mit Wurst zu servieren, setzt sich eine junge Dame an den Tisch – a woman sits down just as the food arrives. Sie schaut in die Runde und mit halbem Ohr höre ich, wie sie fragt – with half an ear I hear her asking: »Can I sit?« Die anderen Gäste lachen sie an und antworten: »Of course, you can!« Daraufhin wendet sich die Dame in englischer Sprache dem Kellner zu und gibt, mit den Augen zwinkernd, eine bemerkenswerte Bestellung auf: »One bread with one mirror egg«. Der Kellner nickt. Und die Tischnachbarn staunen – they are baffled. Das mit dem Spiegel und dem Ei haben sie wohl noch nie gehört!

Schnell kommt die Dame, die sich als Gisela vorstellt, ins Gespräch. Eine Weile plaudert sie mit den ausländischen Gästen über Reisen in ferne Länder und die unvermeidbaren Kosten – they chat about travelling and the inevitable costs. Dabei lernt Gisela, dass man in der englischsprachigen Welt nicht »last minute« reist, sondern »at the last minute«. Und als Gisela vom »navi in the rental car« erzählt, kommt sie erst einmal nicht weiter. Zum Glück gelingt es rasch, das sprachliche Hindernis zu überwinden: Genauso, wie es im Englischen keine »Pullis« oder »Profis« gibt, kann auch das Navigationsgerät nicht als »Navi« bezeichnet werden – the navigation gadget is either called »GPS« or »satnav« – eine Kreuzung aus »satellite« und »navigation«. (Lesen Sie mehr über solche kreativen Wortschöpfungen im Kapitel »Kupplungen mit viel Spiel«.)

Die größte Verwirrung stiftet Gisela, als sie auf einmal allen ihr Telefon zeigt und behauptet: »I have a flat.« Sie wiederholt es sogar: »I have a super flat! In the USA!« Die anderen machen große Augen und schweigen – they look surprised and hesitate. Bis einer fragt: »Gisela, what flat is it, you are talking about?«

So abwegig vielen von uns die Rückfrage erscheinen mag, so berechtigt ist sie aus der Sicht von Menschen, die mit der englischen Sprache groß geworden sind. Denn das Substantiv »flat« hat verschiedene Bedeutungen – the question is valid because »flat« has a variety of meanings: Was für die Briten eine Wohnung, ist für Amerikaner ein platter Reifen. Was für Musiker das Vorzeichen ♭, ist für Gärtner eine Saatkiste. Und egal, ob für Mann oder Frau, es kann auch ein Schuh ohne Absatz sein. Bloß mit Telefonieren hat »flat« erst einmal gar nichts zu tun!

Gisela hat ihr Telefon in der Zwischenzeit beiseitegelegt und ist um eine Antwort bemüht – she has put down her phone and is trying hard to answer the question: what flat, for all the world? Gespannt warte ich, ob sie zur Erklärung nun auch noch das »Handy« in den Mund nimmt, das wohl berühmteste englische Wort aus deutscher Fabrikation. Will she fall for the best-known German-manufactured pseudo-English term? Aber nein, sie weiß es zu vermeiden und sagt: »When I can make phone calls and I am not paying more. This is called a ›flat‹. Or not?«

Das Rätsel beschäftigt mittlerweile den ganzen Speisewagen. It is hanging in the air like the smell of sausages – wie der Dunst von hundert Rostbratwürsten hängt es in der Luft. Auch an anderen Tischen interessieren sich Fahrgäste längst für die Frage, und sie starren entweder aus dem Fenster oder in Richtung Gisela. Unsicherheit ist zu spüren – the situation has given rise to a lot of interest and a sense of uncertainty throughout the entire dining car.

Um es kurz zu machen – to cut a long story short: Die Anspannung löste sich erst, als einer der Tischnachbarn das Rätsel löste – the tension eased and the morale picked up when the riddle was solved by one of Gisela's table mates: »In English, an invariable payment for a variable product is always referred to as a ›flatrate‹«, he explained in a loud and clear manner so that everyone could hear. Wer im Englischen das meint, was wir im Deutschen »eine Flat« nennen, muss also immer von »flat rate« sprechen.

Ich war Gisela sehr dankbar. Denn die sprachliche Falle, auf die sie mich und die speisenden Mitreisenden aufmerksam gemacht hatte, war alles andere als flach. Sie tut sich immer dann auf, wenn wir bestimmte englische Wortkonstruktionen auf eigenwillige und letztendlich sinnentstellende Art verkürzen. Und das machen wir leider ziemlich oft:

Standard Englisch	Denglisch
open-air concert	»Let's go to an open air!« Are you ok? (Es klingt wie das Bedürfnis nach frischer Luft)
inside joke / in-joke	»That's an insider.« Who? (Der englische »insider« ist ein deutscher »Kenner«)
facelift	»I don't like lifting.« Where to? (»lifting« bedeutet »Anheben«)
open-ended meeting	»The meeting has an open-end.« What? (Das klingt konfus, weil »open-end« ein Adjektiv ist)
Holding company	»Please contact our holding.« How? (»holding« bedeutet »Anteil«)

Während mir weitere Beispiele durch den Kopf gingen (»blockbuster«, »hard-core«, ...), musste ich daran denken, dass wir manchmal auch in anderen Fällen entscheidende Wörter auslassen. Wenige Wochen zuvor hatte ich auf einer anderen Bahnfahrt einen deutschen Geschäftsmann sein Gegenüber fragen gehört: »Does it taste?« Es dauerte keine drei Sekunden, bis er sich seine Frage selbst beantwortete und sagte: »I think it tastes.« Der Gesprächspartner schaute erwartungsvoll, und je länger er nichts weiter hörte, verwandelte sich sein Gesichtsausdruck in ein großes Fragezeichen. Weil man den deutschen Satz »es schmeckt« nicht einfach ins Englische übersetzen kann, ohne zu sagen *wie* es schmeckt – does it taste good, bad, insipid?

Auch der Kellner näherte sich mit schnellem Schritt

seiner nächsten Stolperfalle – he approached the next pitfall with a smart pace. Er hielt die leeren Teller anderer Leute in der Hand, stoppte kurz an Giselas Tisch und fragte: »And? Still eating? Or ready?«

Ein solches Feuerwerk von Fragen ist besonders unverträglich, wenn jeder sehen kann, dass man noch isst. Doch Manieren hin oder her – all manners aside: Auch sprachlich war der Auftritt daneben. Die englischen Worte des Kellners stimmten nämlich nicht mit seinen deutschen Gedanken überein! Ich musste an einen Roboter denken, dessen Sprachzentrum von Google Translate gesteuert wird und dem jedes Verständnis für die verschiedenen Bedeutungen fehlt, die im deutschen Ausdruck »fertig sein« stecken können:

Deutsch	Englisch
Sind Sie fertig? (bereit für etwas)	Are you ready / all set?
Sind Sie fertig? (am Ende mit etwas)	Are you finished / done?
Sie sind fertig. (fix und fertig)	They are finished / dead / exhausted / knackered *(nekkit)*.

Ohne die Abläufe im Bordrestaurant stören zu wollen, möchte ich anregen, dass sich die Kellner der Deutschen Bahn eine ähnliche kleine Übersicht in die Bordküche hängen. Irgendwo zwischen die Auftauanleitung für die »prebake Schrippen« und das Fach für die »Hit Fun Tasty Happy Kekse« von Bahlsen. So könnten sie schnell nachsehen, was man fragen muss, um eine Bestellung aufzunehmen: »Are you ready (to order)?« Und was man fragt, wenn man (wirklich) wissen will, ob alles aufgegessen ist: »Have you finished?«

Übrigens fand auch Gisela den Kellner etwas vorlaut. Genervt sagte sie: »Asking if we are ready is a no-go!« Damit war sie allerdings in eine weitere kleine Falle getappt, die der »Flat« recht ähnlich ist. Denn »no-go« ist im Englischen bloß ein Adjektiv, das so viel bedeutet wie »verboten«. Ein Sperrgebiet ist deshalb eine »no-go area«. Doch wenn etwas gar nicht geht – if something is not possible or acceptable –, sagt man: »It's a no-no.«

Sie sehen schon: Ich habe große Freude, wenn der Speisewagen zum fahrenden Klassenzimmer wird. Ganz einfach, weil auch mir Einsichten aufgetischt werden, die mir am Schreibtisch niemals einfallen würden! Dass es ausgerechnet die Deutsche Bahn ist, in der sich regelmäßig diese Mischung aus Mitmachtheater und Englischstunde abspielt, trifft sich gut. Der Staatskonzern ist schließlich ein Pionier denglischer Sprachkultur. Und für diesen Pioniergeist ist er wahrscheinlich berühmter als für seine Pünktlichkeit. Wenn ich nur an die »Snackbox für Kids« in den Zügen denke, an die »WC Centers« in den Bahnhöfen oder an das flotte Angebot von Bahn und Lufthansa, das »Rail & Fly« heißt. Es liest sich wie »Fluchen und Fliegen«.

Unvergesslich sind auch die sprachlichen Entgleisungen einiger Fahrkartenkontrolleure. Einmal erlebte ich, wie eine Gruppe ausländischer Reisender keine ausreichenden Fahrscheine besaßen. Das Problem lässt sich normalerweise sehr leicht mit einer Nachzahlung aus der Welt schaffen. Der Schaffner hielt es jedoch für erforderlich, auch einen Rat zu erteilen: »You never drive black!«

Die Gruppe hatte keine Ahnung, was das bedeuten sollte,

auch nicht, als der uniformierte Mann den Satz mehrmals wiederholte. Dass die Fahrgäste eine dunklere Hautfarbe hatten, machte die Sache noch peinlicher, als sie eh schon war. Zum ersten Mal kam es mir auf jener Zugfahrt in den Sinn, kleine Listen zu verfassen, um solche Satzleichen und Missverständnisse zu vermeiden. Sie können ja auch in anderen Lebenslagen ganz hilfreich sein:

Deutsch	English
Fahren Sie nicht schwarz!	Don't travel without a ticket / Don't dodge the fare!
Machen Sie ruhig blau!	Feel free to skive!
Arbeiten Sie etwa schwarz?	Do you work on the side / illegally?

Ich finde, die Bahn sollte an ihren englischsprachigen Warnhinweisen arbeiten, wenn sie damit nicht bloß unterhalten, sondern auch informieren will. (Wer ein bisschen lachen möchte, findet eine Reihe von Beispielen bei Twitter @BahnAnsagen: »In Wolfsburg you can take a Ersatzzug which will bring you to Magdeburg.«)

Fairerweise muss ich einräumen, dass Kundenansprachen, die irgendwie Englisch klingen, aber in Wahrheit sinnbefreit sind, eine allgemeine Spezialität in Deutschland sind, auch außerhalb von Bahnhöfen und Zügen – to be fair, such gibberish isn't confined to the German railways. Vor Kurzem wurde ein Warnschild aus den Berliner Schwimmbädern in den sozialen Netzen berühmt: »Don't spring from the margin.« Weil »margin« der Seitenrand eines Papiers ist, nicht eines Beckens, deutete mal wieder alles auf Google Translate als Urheber. Der Pressesprecher der Berliner Bäder kommentierte die Konfusion gegenüber der Zeitung »B.Z.« mit dem mir teuflisch vertrauten Satz: »The devil lies in the detail.«

Doch springen wir zurück auf die Schiene: Als selbst den Bahnbossen vor einigen Jahren das deutsch-englische Kauderwelsch zu viel wurde, befahl der Vorstand eine große sprachliche Umerziehung: »Service Points« und »Counter« wurden in »Kundenschalter« umgetauft und »Flyer« in »Handzettel«. Warum der »Inter-City-Express« trotzdem kein »Zwischenstadtschnellzug« geworden ist, erklärte der zuständige Minister recht passend mit einer mobilen Metapher: Das Rad lasse sich nicht mehr zurückdrehen.

Seitdem habe ich viel darüber nachgedacht, wie man das Beste aus der Situation machen kann. Anstatt sich umzuerziehen, könnte die Bahn uns weiterbilden! Neulich habe ich sogar davon geträumt, wie die Bahn einmal vorausgefahren ist und uns mit einem Angebot überrascht hat, das »Ride & Study« hieß. Oder war es »Dine & Denglisch«? Egal, in meinem Traum sah ich die Fußballer Jürgen Klopp und Thomas Müller im Bordrestaurant. Es muss die Strecke von Mainz nach München gewesen sein. Wie auf einer Pressekonferenz plauderten sie, und die Gäste hörten zu.

Klopp: »Football is not a wish concert even when you feel topfit.«

Müller: »I know, but we Bayern always have a big breast.«

Da platzte Lothar Matthäus dazwischen und bemerkte: »I always had a little bit lucky. I never look back, I look in front.«

Plötzlich erschienen die »Toten Hosen«, die aus ihrem

Album »Learning English« spielten. Ein klarer Hinweis, dass wir jetzt auf dem Weg nach Düsseldorf waren.

Auf einer anderen Strecke, die in Stuttgart begonnen haben muss, trafen sich Wolfgang Schäuble und Günther Oettinger. Es dauerte nicht lange, bis sie mit dem Kellner in einen regelrechten »Rail Slam« verwickelt waren.

Oettinger: »I say it free from the liver: there is a hair in my soup.«

Schäuble: »And my soup is not as hot as it is cooked.« Dann schaute er in die Runde der Gäste und räumte ein, was er schon einmal der »Frankfurter Allgemeinen Zeitung« gestanden hatte: »Mir tut jeder leid, der mein Englisch ertragen muss.«

Die Fahrgäste waren begeistert über so viel Offenheit! So viel Menschlichkeit! Jeder, der den Speisewagen verließ, bekam einen Handzettel mit verständlichen deutschen und englischen Übersetzungen gereicht. Gefertigt hatte ihn eine Frau, die ich als Englischlehrerin der Nation bezeichnen möchte. Sie heißt Herlind Kasner und ist die Mutter von Angela Merkel. Ja, Sie lesen richtig: Ich habe sogar von der Mutter unserer Übermutter geträumt. Irgendwo hatte ich gelesen, dass Frau Kasner seit Jahrzehnten Englisch unterrichtet. An der Kreisvolkshochschule Uckermark.

In meiner Fantasie fand ihr wöchentlicher Konversationskurs »Let's go on learning English« fortan im Speisewagen statt. Auch Gisela nahm daran teil. Und der Kellner. Und all die anderen Zugbegleiter. Und sie scherzten bereits recht fortgeschritten:

Gisela: »What is this fly doing in my soup?«

Kellner: »I'd say it is the breast-stroke – die Fliege übt sich im Brustschwimmen.«

Allem Anschein nach wollten sie den Speisewagen nie mehr verlassen. Einer erklärte mir, warum: »It's a pool position for learning English.« Ich nehme an, er wollte »pole position« sagen. An ein Schwimmbecken kann ich mich jedenfalls nicht erinnern. Nicht mal an Teller mit Sauerkraut.

Aber so ist es ja immer mit unseren Träumen: Sie verpuffen schnell und sind nicht mehr greifbar – they vanish from our memory. Die Hauptsache ist eine andere: dass wir uns wenigstens einen Bruchteil der vielen neuen Wörter und Wendungen merken, die wir lernen, wenn wir uns wieder einmal intensiv mit unserer Lieblingsfremdsprache beschäftigen.

Deshalb wünsche ich Ihnen für Ihre Weiterfahrt durch die folgenden 14 Kapitel viel Spaß und ausreichend freien Platz in Ihrem Sprachspeicher – so, I hope you have fun on your journey through the following 14 chapters as well as sufficient space in your vocabulary memory!

We are breaking up!
Auf Reisen (mit Liste)

2. Kapitel

Urlaubszeit ist Englischzeit – und sie sorgt oft für zusätzlichen Stress. Sucht man etwa »comfort« in einer »pension«, findet man vielleicht Trost, aber noch lange kein Dach überm Kopf. Um sicher anzukommen, prüfen Sie am besten vor Ihrer nächsten Reise Ihren Vokabelkoffer – und packen ihn im Zweifel neu!

Mit Fernweh im Kopf sind wir oft gar nicht mehr wiederzukennen – when we have itchy feet, they seem to carry us away. Rein sprachlich meine ich – purely in terms of language! Ich denke zum Beispiel an meine Nachbarn – I'm thinking of Julia and Jochen. Während Julia ihre »BahnCard« sucht, um im »IntercityExpress« zum nächsten »Airport« zu gelangen, spekuliert Jochen mit seiner »Frequent Traveller Card« wedelnd auf ein »Upgrade« in die »Business Class«. Gemeinsam träumen sie von einem »Escape«, einem romantischen »Getaway«. Oder, wer weiß, sie schwärmen von einem »Repair Weekend«: ein Wochenende in luxuriösem Ambiente, wo man sich zu zweit zurückziehen kann (»to repair«) und die Gelegenheit hat, an der Beziehung zu arbeiten (»to repair«).

Sprachpfleger mögen hier bereits aussteigen und aus Protest zu Hause bleiben – purists may wish to back out and stay at home. Ich hingegen begebe mich immer wieder gerne auf Reisen und damit auch auf ein Gebiet, das ich die »Kauderwelsch-Zone« nenne. Erstens, weil ich selbst ein

»Frequent Traveller« bin – after all, I'm a constant traveller myself. Und zweitens, weil es mich fasziniert, wie unzertrennlich unsere Reisen mit unserer Lieblingsfremdsprache verbunden sind – I'm intrigued how inseparable travelling seems to be from the English language. Man braucht ja nur kurz in den Eingangshallen unserer Flughäfen und Bahnhöfe stehen zu bleiben und die Leute zu belauschen:

- Genervt droht ein älterer Herr seiner Begleiterin, den »Trip« gleich am Anfang zu »canceln«.

- Aufgeregt vergleicht ein anderes Pärchen die »Last Minute«-Angebote.

- Ein »Service Agent« erklärt einer Frau: »Gehen Sie bitte zum ›Counter‹ ihrer ›Airline‹.«

- Ein junger Kerl in Lederhosen mosert, wie teuer der »Cab Ride« von der Münchner Innenstadt war.

- Und meine lieben Nachbarn? Sie überlegen noch, ob sie kurz in die »Lounge« (gesprochen: *launsch*) oder lieber gleich zum »Gate« gehen.

Die Wegweiser, die Durchsagen, die Gespräche: Unser Leben mit (und aus) Koffern ist auf die englische Sprache geeicht, als wäre es ohne sie überhaupt nicht mehr ... »handle-bar«! Wie selbstverständlich ist nicht mehr von »Flugscheinen« oder »Fahrkarten«, sondern von »Tickets« die Rede. Nicht von der »Abfertigung«, sondern vom »Check-in«. Nicht von »Gepäckzetteln«, sondern von »Baggage Tags«. Und nach dem »Security Check« steigen wir auch nicht mehr ein, sondern »boarden«. (Lesen Sie mehr über die Krankheitsstadien unserer Anglizitis im Kapitel »Prokrastinierst du noch oder performst du schon?«.)

Am Ende darf es uns deshalb überhaupt nicht überraschen, dass wir die Kauderwelsch-Zone gar nicht mehr verlassen, wenn wir wirklich abheben, losfahren oder in See stechen. Das Ziel spielt dabei kaum eine Rolle – the destination is neither here nor there. Oder sprechen Sie auf Reisen etwa Italienisch, Spanisch, Griechisch, Thai oder Arabisch?

Ganz egal, wohin es geht und wie gut oder schlecht unsere Sprachkenntnisse sind, irgendwann verständigen wir uns immer irgendwo auf Englisch, wenn wir unterwegs sind. Eine Menge Standardphrasen sind den meisten Leuten deshalb wohl auch vertraut – the most common phrases will be familiar:

- »I would like to make a reservation / booking.«
- »Can we get a wake-up call at seven?«
- »You will find your key at the front desk.«
- »Let's do some sightseeing!«
- »This place has a lot of nice tourist attractions.«

Irgendwann erreichen wir jedoch einen Punkt, an dem wir selbst nur noch die Hälfte verstehen oder uns unverstanden fühlen. Ganz einfach, weil uns die gängigen englischen Ausdrücke nicht einfallen oder wir sie schlicht nicht kennen. Mein Nachbar Jochen nennt es recht treffend das »Reisehandicap«: eine Beeinträchtigung der Sonderklasse. Denn ist man im Ausland unterwegs und will dort vorankommen, kann man sich nicht mehr aus dem Staub machen, verstecken oder in die eigene Sprache zurückfallen. Man hat dann längst die Grenzen der Kauderwelsch-Zone überschritten!

Das Reisehandicap klingt dann zum Beispiel so: »We would like to book ... Schaaaatz, wie sagt man eigentlich ›Halbpension‹?« Und ob der Schatz wohl auch weiß, was »Reklamationen« sind? Oder eine »Reiserücktrittversicherung«? (Die Auflösung erhalten Sie am Ende des Kapitels.)

Auch einfache deutsche Wörter können uns sprichwörtlich in die Enge treiben. Denken Sie nur an die enge »Gasse« einer Altstadt. »I especially like the beautiful little ... small ... narrow ... err ... road in that town.« Auch mir kam es lange Zeit unpassend vor, von »alley« zu sprechen. Schließlich scheint das Wort eher breite Straßen zu beschreiben, nicht zuletzt, weil es tatsächlich auch »Baumallee« bedeuten kann. Doch Alleen und Prachtstraßen werden im Englischen als »avenues« oder »boulevards« bezeichnet.

Ganz generell haben wir ja immer die Wahl zwischen zwei Arten von Reisezielen:

1. Orte, wo die Menschen auch nur gebrochen Englisch sprechen
2. Orte, an denen Englisch flüssig und alltäglich gesprochen wird

Vor allem die Heimatgebiete der englischen Sprache sind es, wo wir seltsam auffallen. Dabei liegt die größte Quelle für Verständigungsschwierigkeiten in deutschen Wörtern und Redewendungen, die leichtfertig übersetzt werden: die berüchtigten »false friends«, die uns vertraut erscheinen, weil sie denselben Klang haben (»comfort«), aber etwas anderes bedeuten (»Trost«). Manche Wörter existieren nicht einmal im Englischen, obwohl sie so international wie das »Taxi« oder das »Hotel« wirken. Ohne Hemmungen sprechen wir von »logis«, obwohl der Posten »accommodation« heißen müsste. Oder von »storno«, obwohl man »cancellation« sagt. (Lesen Sie mehr über solche superfalschen Freunde im Kapitel »Let's not talk tacheles!«.)

Große Fallen bilden auch Formulierungen, die englisch klingen, aber die wir uns in Wahrheit ausgedacht haben. Die »handy tariffs« sind ein Beispiel. Für Briten oder Amerikaner klingen sie nach »handlichen Zöllen«. Mit »mobile roaming costs / fees / charges« haben sie nichts zu tun.

Generell gilt: Wer in die Ferne reist, sollte nicht nur Sonnencreme und Badesachen einpacken, sondern auch einen gut sortierten englischen Ferienwortschatz – don't only bring sun cream and your swimsuit but also a decent command of English! Nehmen Sie deshalb das folgende Glossar mit 26 typischen Sprachverwirrungen mit in den Urlaub. Früher hätte man es lateinisch als »Vademecum« bezeichnet. Ich überreiche es Ihnen als »handy travel companion«.

26 typische Sprachverwirrungen im Urlaub

Aufbruch – »*We are breaking up.*« Oje. Das klingt nach einer Trennung. Nach Scheidung. Dem Ende! Dabei wollen Sie nur los und sich munter auf den Weg machen. Einzig die Sprache ist das Hindernis. Wie immer gilt: Vorsicht mit englischen Verbkonstruktionen – be careful with phrasal verbs! »Break up« deutet auf Zerstörung hin, am Ende vielleicht auch der guten Ferienstimmung: »Rusty English and the bad weather broke up our holiday bliss.« Wer ein Türschloss aufbrechen muss, um in die Ferienwohnung zu gelangen, lässt bereits »up« weg: »We broke the lock.« Und wer sich auf den Weg macht, also aufbricht, drückt es ganz anders aus: »We are setting off/out!« »We are ready to go!« »Let's get going!« Oder in den USA: »We are heading out!«

Behaglichkeit – »*It's a very guestly place.*« Manchmal liegt es wirklich nahe, mal eben ein englisches Wörtchen zu erfinden, selbstverständlich immer im Glauben, dass es so oder so ähnlich bestimmt irgendwie verstanden wird. Doch »guestly« gibt es nicht! Da wäre es noch verständlicher, einfach von einem »very gemutlich place« zu sprechen, schließlich ist unsere Gemütlichkeit längst ein internationaler Inbegriff für Gastlichkeit. Doch es gibt auch englische Ausdrucksweisen, die Sie als deutscher Gast kennen sollten: »We stayed at a hospitable *(häs-pitte-b'l)* place with a snug bedroom and a comfy bed. The people we met and the days we spent were very convivial.«

Casus Belli – »*Zis is our sunlie!*« Die Empörung ist groß, wenn Ihnen jemand die Sonnenliege wegnimmt und Sie noch nicht einmal versteht. Welche Lüge meint der Typ? Tatsächlich kämpfen Sie um Ihren »sun lounger«. Oder mit den Briten ums »sunbed«. Darauf muss man erst mal kommen: ein Sonnenbett! Klingt friedlicher, als die Angelegenheit ist. Denn in Wahrheit ist am Pool ja längst ein Kleinkrieg ausgebrochen.

Devisen – »*Do you take ec-cards?*« Mit dieser Frage geben sich deutsche Touristen immer wieder leicht zu erkennen. Nicht nur, weil hier »take« nicht das Verb der Wahl ist. Sondern auch, weil es diese ominöse EC-Karte bloß bei uns gibt. Oder noch besser gesagt: gab! Sie ist aus den alten »Eurocheques« erwachsen, die so etwas waren wie europäische »traveler's cheques«. Um es kurz zu machen: Das amerikanische Geldwesen hat sich wieder mal durchgesetzt, sodass man heute fragen sollte: »Do you *accept* maestro cards?«

Erfrischung – »*Is this a sweet water pool?*« Sie wollen doch nicht etwa vom Inhalt des Schwimmbeckens kosten? Oder ihn gar austrinken? Der Eindruck könnte entstehen, weil unser »Süßwasser« im Englischen eher nach einer trinkbaren Delikatesse klingt. Gebadet wird nicht in »sweet water«, sondern in »fresh water«. Meerseitig können Sie hingegen auch in »saltwater« springen. Allerdings ist »sea water« sprachtechnisch noch etwas flüssiger.

Freigehege – »*We are looking for a camping place.*« Wahrscheinlich werden Sie verstanden. Aber Sie werden auch erkannt: als wenig erfahren mit »campsites« oder »camping pitches« in Großbritannien. Und mit »campgrounds« in den USA.

Gesamtpaket – »*We need a ticket to L. A. and back.*« Umständlicher geht's wirklich nicht. Und damit meine ich nicht Ihre Reisepläne, sondern die Formulierung. Was Sie brauchen, nennt sich »a return ticket to L.A.«.

Hautsache – »*We are very well browned.*« Für manche Weißhäute ist es immer noch ein Schönheitsideal und ein Ausweis für gelungene Ferien: gebräunt zu sein. Trotzdem klingt es eher ungewöhnlich, wenn Sie sich in unserer Lieblingsfremdsprache (und mit deutscher Aussprache) als »browned« oder »brown« bezeichnen. Sie sind schließlich weder ein Braten noch ein knuspriges Brot. (»The cheese on the pizza has browned«; »Bake the roast until it's brown«.) Und mal Hand auf die Haut: Wer will denn heute überhaupt noch braun sein – who wants to become brown anyway? In English, you are »bronze« after »tanning«. Freuen Sie sich also über das Kompliment: »You look (deeply) tanned and healthy since you returned from Italy.«

Idealbild – »*The landscape is so pittoresk.*« Ein typischer Satz gehobener deutscher Reisestände. Wenn Sie sich unbedingt so gebildet ausdrücken wollen, sagen Sie »picturesque«. Doch es ändert nichts daran, dass Ihr Schwärmen von »malerischen Landschaften« ungefähr so englisch klingt, wie es deutsch wäre, als Engländer über »szenische Landschaften« in Begeisterung auszubrechen. Das genau ist nämlich die beste Übersetzung. Merken Sie sich also unbedingt das Wörtchen »scenic«: »The landscape was scenic, the route was scenic, the view was scenically beautiful.« Etwas Schöneres gibt es nicht!

Jammertal – »*We must make reclamations.*« Ach ja, die Reklamationen! Sie prägen den Grundwortschatz unzufriedener deutscher Reisender. But how do you »make reklamationen« in English, dear crabbing guest – lieber nörgelnder Gast? Sind Sie unzufrieden, weil die Umstände wirklich inakzeptabel sind – if conditions are quite inacceptable –, dann reichen Sie eine Beschwerde ein: »I have to file/make/register a complaint.« Oder im Plural: »I have complaints about the hotel.« Und als Entschädigung (»compensation«) stellen Sie eine Rückerstattungsforderung: »I have to file/make/register a claim.« Was Sie dann mit nach Hause nehmen und womöglich Ihrem Anwalt übergeben, nennt sich »complaints claim/files«: die wohl beste Übersetzung unserer »Reklamationen«.

Kurschatten – »*I met him during my cure.*« Gibt es das überhaupt noch? Ich meine die Kur. Falls ja, dann sprechen Sie von Ihrem »spa treatment«, vielleicht im »health resort«. Und was den Schatten betrifft, wissen Sie ja selbst am besten, was er war: An admirer or a lover perhaps? Auf jeden Fall kein »shadow«!

Liquidität – »*Where is the next bank automat?*« Klingt irgendwie international, bleibt aber eine deutsche Kreation. In aller Welt verständlich ist »ATM«. Die Abkürzung stammt aus dem Land, in dem Tellerwäscher noch immer davon träumen, Millionäre zu werden: »Automated Teller Machine«. (Dieser »teller« ist übrigens ein älteres Wort für den Bankangestellten.) Verständlich ist auch »cash machine« oder »cash dispenser«. In England heißen die Automaten außerdem »cash point« oder sehr bildhaft »Loch in der Wand«: »Where's the next hole in the wall?«

Mietverhältnisse – »*This car is borrowed.*« Kann schon sein, dass Ihnen jemand das Auto geliehen hat, ohne dafür Geld zu verlangen – in that case, he would have lent it to you, while you borrowed it from him. Bestimmt erinnern Sie sich seit Schulzeiten an diese Regel. Dann wissen Sie ja, dass wir es mit dem Unterschied zwischen »mieten«

und »leihen« im Deutschen nicht so genau nehmen. Im Englischen müssen Sie hingegen unterscheiden: Haben Sie das Auto gegen eine Geldzahlung bekommen, spricht man von einem »rental car«. Oder Sie sagen: »We hired this car.« Dasselbe gilt selbstverständlich auch für Boote, Fahrräder oder Raumschiffe: »We have rented/hired a boat, a bike and a space ship.«

Nervenzusammenbruch – »*Houston, we have a ... problem!*« Selbst wenn Sie nicht mit einer Rakete in die Ferien fliegen, können Probleme auftreten, für die Sie Hilfe benötigen. Und weil es sich nicht immer gleich um einen Unfall handelt, der als »accident« bezeichnet wird, kommen Sie (auch noch!) in die sprachliche Klemme: »Wie erkläre ich denn jetzt ›Panne‹?« Eine lässige Übersetzung wäre »mishap«, wenn das Problem nicht so gravierend ist. In schlimmeren Fällen sprechen Sie von »trouble«. Ist Ihr Auto liegen geblieben, fahren Sie auf die Standspur (»breakdown lane«), rufen Sie den »Pannendienst« (»breakdown service«) und erklären Sie: »My car has broken down.« Oder auch ganz ohne psychologische Hemmungen: »We've had a breakdown.« Man wird dann von Ihnen verlangen, das »breakdown triangle«, also das Warndreieck, aufzustellen. Im Notfall kommt ein »breakdown vehicle«, der Abschleppwagen. So werden Sie den Zusammenbruch im Urlaub gut überstehen!

Obdach – »*We have a nice pension.*« So alt sehen Sie gar nicht aus! Unangenehm wird es, wenn Sie anderen Leuten die Frage stellen: »Do you have a nice pension?« Antwort: »I am not retired!« Dabei wollten Sie gar nicht von der Rente, sondern von der Unterkunft sprechen – you are talking about the guesthouse! Es ist immer okay, »small hotel« zu sagen. Wenn es nur Frühstück anbietet, handelt es sich um ein »Bed and Breakfast« (B&B). (Merke: Unser altmodisches »garni« wird im Englischen nie verstanden.) Und unsere »Halbpension« ist »half board«, die Vollpension »full board«.

Pauschalangebot – »*We make a ... flat rate tour.*« Das ist oft eine der Varianten, die uns einfallen, bevor der flüssige Strom unserer Lieblingsfremdsprache jäh abbricht: »We make a ... Schaaatz, schaust du bitte einmal rasch nach, was ›Pauschalreise‹ heißt!« Zugegeben, »pauschal« ist ein spezieller Begriff, den nicht jeder kennt und der je nach Situation unterschiedlich übersetzt wird. Eine Pauschalsumme ist »lump sum«, zum Beispiel eine pauschale Einmalzahlung: »a lump sum payment«. Eine »flat rate« ist eine regelmäßige pauschale Zahlung (zum Beispiel monatlich fürs Telefon). Und in der Zwischenzeit hat Schaaatz bestimmt herausgefunden, dass man Pauschalangebote oder Pauschalreisen »package deals« oder »all-inclusive tours« nennt.

Qualität – »*The hotel has a good price-value relation(ship).*« Ein Ausdruck aus der Kiste kritischer Touristen. Leider waren Aufwand und Ergebnis Ihrer englischen Ausdrucksweise schon besser! Da ist es völlig egal, ob Sie von »relation« oder »relationship« faseln. Es ergibt alles keinen Sinn! Wenn Preis und Leistung für Ihren Geschmack (nicht) übereinstimmen, sagen Sie: »It's (no) good value for money.«

Ruinentour – »*We went to antique places.*« Waren Sie auf einem Flohmarkt für Antiquitäten? Dann könnten Sie es so formulieren. Oder haben Sie Orte der Antike besucht? Dann sprechen Sie von »ancient sites / places / ruins«.

Stock und Stein – »*We like to wander / wandering.*« Wer gerne wandert, macht genau das nicht, solange er nicht zielloses Umherbummeln meint: »wandering about town«. Zwar verleihen US-Amerikaner intensivem Fernweh gerne mit dem deutschen Wort »wanderlust« Ausdruck. Allerdings fühlen sie sich dann für längere Zeit in die weite Welt gezogen und nicht bloß für einen Wanderausflug in die Berge. Wer also nicht nach einem neuen Sinn fürs Leben wandert, geht »hiking« oder »trekking«. Oder sagt es ohne Umwege: »Let's go for a walk!«

Transport – »*Let's wave a taxi!*« Sie werden bestimmt verstanden, aber Sie erzeugen wahrscheinlich ein Schmunzeln. Denn was Sie sagen, klingt, als wollten Sie auf offener Straße Taxis zuwinken. Wollen Sie auch transportiert werden, das Taxi also herbeiwinken, dann ergänzen Sie die Präposition »down«: »Let's wave down a taxi!« Noch gängiger ist eine Tätigkeit, die wiederum auf das Grüßen unter Germanen zurückgeht: »Let's hail a taxi!« (Ich kannte mal einen Engländer, der es witzig fand, am Straßenrand andauernd »Heil Taxi« zu rufen ...) Wenn Ihnen das alles nicht gefällt, stellen Sie sich vor, ein Winkelement in der Hand zu halten: »I'm flagging down a taxi.« Oder machen Sie es ganz einfach per An- und Zuruf: »I'm calling (for) a taxi.«

Unpässlichkeit – »*My pass has run out.*« Blöde Situation! Gehen Sie zurück auf Los und verlängern Sie Ihren Ausweis. Und passen Sie auf, dass er Ihnen nicht wegläuft. ;) Ok, Sie haben jetzt keine Lust auf Späße.

Merken Sie sich deshalb ganz einfach – just bear in mind: »My passport has expired because the expiry date has passed. Now I have to apply for a new one.«

Ventilation – »*Is our room climatised?*« Ich gehöre zu jenen Reisenden, denen die Klimaanlagen der Amerikaner meistens zu kalt eingestellt sind. (Außerdem stinken sie oft nach billigem Reiniger.) Doch wenn es draußen schweineheiß ist – say: »when it is baking hot« –, dann tut so ein andauernd summender Kasten auch sein Gutes. Fragen Sie: »Is our room air conditioned/do you have air condition?« Und wenn Sie nur einen »Ventilator« wollen, der von der Decke hängt und Sie abkühlen, aber nicht krank machen soll, ist »ventilator« auch nicht das beste Wort der Wahl. Der Propeller heißt: »ceiling fan«. Wird er aufgestellt, ist es »an air-cooling fan«, »a cooling fan« oder ganz einfach: »a fan«.

Wohlgefühl – »*We are looking for comfort.*« Geht es Ihnen so schlecht, dass Sie ausgerechnet in den Ferien Trost suchen? Das jedenfalls bedeutet der Satz. Verständlich wäre: »We wish to travel in comfort.« Noch besser beschreiben Sie Ihren Zustand in der Mehrzahl: »Glamping offers all the comforts I desire!« Und was ist nun »Glamping«? Ein neuer Reisetrend! Camping mit viel Komfort: »glamour« + »camping«.

Xenophilie – »*We love outlandish things.*« Was der deutsche Reisende wohl damit meint? Fremdländische Rezepte vielleicht? Sollten die Speisen so seltsam sein, dass sie aus einer anderen Welt kommen und mit Schuhcreme oder Klebstoff zubereitet werden, wäre »outlandish« treffend. Für alle schönen fremden Dinge spricht man von »foreign«: »I love all things foreign!«

Yacht für Arme – »*Has anyone seen my air mattress?*« Egal, ob Sie eine Luftmatratzenschlacht planen oder ein Mittagsschläfchen auf dem Wasser: Was Sie benötigen, wird im Englischen »air bed« genannt. Falls Sie jetzt noch eine Luftpumpe benötigen, kein Problem! What you need is called »air pump«. Manchmal sind englischsprachige Ferien eben ganz leicht!

Das Ziel – »*Our target is the sun.*« Sind Sie sicher, dass Sie auf die Sonne reisen wollen? Viel besser würde es aber auch nicht klingen, wenn Sie erklären: »Our target is New York.« Es wirkt sogar bedrohlich und könnte das Interesse der mithörenden NSA-Agenten an Ihrer Person steigern. Klar kann man auf New York »abzielen«, wenn man zum Beispiel Luftmatratzen produziert und dort einen neuen Absatzmarkt wittert. Oder wenn man im Ernst beabsichtigt, New York mit Wasserpistolen zu beschießen. Falls es sich allerdings um ein Reiseziel handelt, peilt man die Stadt als »destination« an. Wir können uns das leicht merken, schließlich ist die »Destination« längst auch in unser denglisches Reise-Kauderwelsch eingegangen:
– Welche Destination wünschen Sie?
– Bitte was Schönes, nur nicht auf die Sonne!

101 teuflische Wendungen des Lebens

Wie oft ist mir das selbst schon passiert! Dass ich eine gängige deutsche Redewendung im Eifer des Gesprächs wörtlich übersetzt habe. Das unbeholfene und letztendlich unverständliche Ergebnis wird übrigens auch »Filserenglisch« genannt. Es hat mich veranlasst, eine Liste alltäglicher Redewendungen zusammenzustellen: zum Spaß wörtlich gefilsert und dann ins Englische übersetzt und erklärt.

Er geht auf die 40 zu – *He is going to the 40.* Je älter man wird, desto mehr besteht die Gefahr, dass man zum Arzt gehen muss. Auf ein Alter werden wir hingegen niemals »zugehen«, jedenfalls nicht in der englischen Sprache. Merken Sie sich am besten zwei Ausdrücke: »He's approaching 40.« Und etwas lässiger: »He's pushing 40.« In Großbritannien hört man auch: »He's getting on for 40.« Diese Formulierung ist allgemein sehr nützlich, weil man sich mit ihr auch anderen Zahlen annähern kann, etwa wenn ein Unternehmen fast 100 Mitarbeiter beschäftigt: »They are getting on for 100.« Now, let's get on with it – weiter geht's!

Das kannst du dir abschminken! – *You can remove your make-up!* Klar, man könnte jemanden auffordern, die Schminke zu entfernen. Doch das ist hier ja nicht gemeint! Vielmehr wollen wir einen anderen Menschen belehren, schleunigst Abstand von etwas zu nehmen. Manchmal auch von einer Person, dann bleibt noch Zeit für einen Abschiedskuss: »Kiss her/him goodbye!« Ist es ein Plan oder ein Gegenstand, soll er aus dem Gedächtnis gestrichen werden: »Get it out of your head!« Oder: »Put it out of your mind!« Man kann die Dinge auch im übertragenen Sinn abschreiben: »Write it off!« Übrigens wird der etwas spöttische und hochmütige Unterton der deutschen Redensart – the sneering and condescending undertone – im Englischen nicht automatisch mitgeliefert. Gerade wenn ernste Zweifel an den Begabungen des Gegenübers bestehen, sollte man freundlich per Frage darauf hinweisen: »Sure you can cope?« Oder: »Are you up to it?« Die typischen »Muss«-Sätze aus Deutschland müssen Sie sich auf jeden Fall abschminken *(»you must forget that!«)*. People outside Germany find it hard to cope!

Sie wurden aufs Abstellgleis geschoben – *You were pushed on the parking rail*. Schlimm genug, dass so etwas passiert und Sie nicht besser eingesetzt wurden. Im Englischen werden Sie allerdings auch nicht schöner geparkt. Anstatt auf rostigen Schienen in stehendem Gewässer: »You have been put in a backwater.« Aus solchen Nebengewässern sind übrigens auch unsere »Käffer« gemacht: »She was born in a sleepy northern English backwater.« (Erfahren Sie mehr über das Englisch der Seefahrer im Kapitel »Ein Tag am Meer«.)

Ich bin auf Achse – *I'm on axis*. Jetzt mal ehrlich: Müssen wir alles wörtlich übersetzen? Sprachwissenschaftler beschreiben gefilserte Wort-für-Wort-Sätze als »interlineare« Übersetzungen. Um eine Linie geht es auch hier, die Frage ist bloß, um welche. Eine Bedeutung von »Achse« ist eine von Punkt A zu Punkt B verlaufende Gerade, die oft noch weitere Punkte durchquert. Im Englischen sagt man dazu »axis«, was im politischen Jargon auch ein Inbegriff für diejenigen ist, die auf einer Bündnislinie liegen, zum Beispiel »the Anglo-American axis«. Außerdem gibt es die »Achse«, die zwei Räder miteinander verbindet: that's called »axle«. Keine Ahnung, auf welcher »Achse« wir uns nun bewegen, wenn wir unterwegs sind. Im Zweifel auf beiden: der Linie und auf dem Gestänge! Damit Sie am Ziel ankommen und verstanden werden, sagen Sie: »I'm on the road.« Um es zu betonen und vielleicht auch, weil Sie lieber fliegen oder segeln, anstatt zu rollen: »I'm always on the move.« Hauptsache, Sie kommen voran!

Sie zieht sich aus der Affäre – *She pulls herself out of the affair*. Eigentlich sind die Voraussetzungen ideal für eine direkte Übersetzung. Schließlich sind Affären im Englischen noch viel weiter verbreitet als bei uns. Es gibt nämlich nicht nur Skandale oder Liebesaffären (die man recht flott als »fling« bezeichnet, wenn sie kurz und intensiv sind), sondern auch ganz normale geschäftliche Vorgänge und persönliche Angelegenheiten. Warum sollte man sich also nicht auch ganz einfach aus ihnen herausziehen können? Weil man es einfach nicht sagt! Klar können Sie den Versuch unternehmen: »She tried to get out or even pull out of that love affair with him.« Aber aus allen anderen Umständen würden Sie sich wohl eher herauswinden oder -schlängeln. »She was wriggling out of their shared financial affairs.« Sonst wäre es nicht der Rede wert!

Können wir das unter vier Augen besprechen? – *Can we discuss it under four eyes?* Können wir nicht! Jedenfalls liegt die Betonung im englischen »Tête-à-Tête« nicht auf den Augen und schon gar nicht auf ihrer Anzahl. Man betont das Gespräch: »Can we have a word, please?« Oder: »May we discuss it in private?« Yes, we may!

Sie kämpfen mit harten Bandagen – *They fight with hard bandages.* Und was soll das bewirken? Während wir uns ultradefensiv verhalten und die Glieder schützen, spielt im englischen Schlagabtausch die Härte der Waffe eine größere Rolle. Zum Glück ist es oft nur ein Ball: »They are playing hardball.« Oder die bloßen Fingerknöchel: »They're having a bare-knuckle fight.« Wer dann unverdrossen die Faust einsetzt, hält seine Schläge nicht zurück: »They don't pull their punches.«

Will er das Thema auf die lange Bank schieben? – *Does he want to push it on the long bench?* Unsere »lange Bank« ist im englischen Wörterbuch nicht einmal auf der Ersatzbank anzutreffen. Stellen Sie das Thema ganz einfach ins Regal: »Let's shelve it!« Oder ins Kühlfach: »Let's put it into cold storage!« Eine andere gängige Formulierung fürs Auf-die-lange-Bank-Schieben haben wir längst ins Deutsche importiert: »Prokrastiniert er – is he procrastinating?« (Lesen Sie mehr über diese neue Form des »Latenglischen« im Kapitel »Prokrastinierst du noch oder performst du schon?«.) In beiden Sprachen ist auch vom »Geduldsspiel« und von der »Salamitaktik« die Rede: »Is he playing the waiting game?« Oder: »Is it his usual piecemeal tactics?«

Das Ding mit -ing
Verlaufsform & Co

3. Kapitel

Damit unser Englisch schön fließt, müssen wir die Sätze richtig laufen lassen. Doch wann und wohin? Die Antwort besteht aus drei Buchstaben – und einem sprachlichen Kniff, der uns beim Deutschsprechen nicht so geläufig ist. Deshalb jetzt Achtung! We're gonna look into a fuckin' stunning thing!

Sprechen ist wie Reisen – talk*ing* is like travell*ing*. Auf langen und auf kurzen Strecken. Auf Höhenflügen um die halbe Welt und genauso oft auf Umwegen ins Nichts – fly*ing* high and tour*ing* half the world is as much a part of the experience as trott*ing* around in circles and end*ing* up nowhere.

Können Sie mir folgen – are you follow*ing*?

Seit vielen Jahren begleitet mich diese Vorstellung: dass Sprachen ein unendliches Netz von Wegen bilden, in dem wir uns sprechend, schreibend und denkend fortbewegen – for a long time, I have had the idea of languages be*ing* an endless network of roads that enables our talk*ing*, writ*ing* and think*ing*. Manchmal brauchen wir nicht einmal nachzudenken – some travell*ing* does not even require any think*ing*! Denn auf immer wiederkehrenden Routen dient uns ein ganzer Fuhrpark bequemer Sprüche, Floskeln und Redensarten, die von ganz alleine fahren – on each road, we have a range of handy, standalone phrases and say*ings* at our disposal, able to navigate autonomously.

Eines steht fest – one thing goes without say*ing*: Je gekonnter man sich in einer Sprache fortbewegt, desto müheloser lassen sich die Gänge wechseln und die Geschwindigkeiten ändern – with a grow*ing* level of proficiency, shift*ing* gear and chang*ing* speed gets easier as one advances. Trotzdem habe ich mich oft gefragt, warum mir das Englische besonders flink und barrierefrei erscheint. Haben unsere Freunde auf den britischen Inseln Wendungen entwickelt, die sie wendiger machen – are there expressions in English that make it easier than in other languages to talk faster, with more flexibility and without limitations?

Worauf ich hinauswill, ist der reibungslose und kraftvolle Fluss der englischen Sprache, der es einem leicht macht, vom Fleck zu kommen, wenn wir aufbrechen, um Geschichten zu erzählen – what I'm gett*ing* at, is the seamless and energetic flow of the English language, allow*ing* us to make real headway when we start tell*ing* stories.

Was also zählt, ist der richtige Schwung – gain*ing* momentum is all that matters! Und da jeder »Schwung« von »schwingen« kommt, führt uns ausgerechnet die eigene Sprache auf die richtige Fährte. Hören Sie mal:

Wir mögen Wörter, die schön schwingen
und dabei sogar springen.
Die alles in Bewegung bringen
und locker ins Gehör eindringen.
Weil sie einfach herrlich klingen,
als würden Kinderstimmen singen.

Es sind diese deutschen Verben der Bewegung und des Klangs, die ein Feel*ing* transportieren, das in unserer Lieblingsfremdsprache ganz alltäglich ist. Im Englischen spielt es nicht einmal eine Rolle, ob man lieber schwingt oder steht. Springt oder fliegt. Etwas bringt oder abholt. Singt oder tanzt. Das Gefühl entfaltet sich in unzähligen Varianten und ist getragen von angenehmer Leichtigkeit: »You're swing*ing* or stand*ing*«. »Jump*ing* or fly*ing*«. »Bring*ing* or collect*ing*«. »Sing*ing* or danc*ing*« ...

Ich übertreibe nicht, wenn ich sage, dass es genau dieses Feel*ing* ist, das mich seit langer Zeit fasziniert – in all honesty, it is precisely this feel*ing* has been intrigu*ing* me for a long time. Großen Gefallen finde ich schon alleine an seiner praktischen und zugleich äußerst abwechslungsreichen Gleichförmigkeit – its great variety and convenient uniformity is very appeal*ing*, to start with. Everybody is talk*ing*, think*ing*, act*ing* and, naturally – ganz natürlich – breath*ing*. Millions of people are mov*ing*, work*ing* and struggl*ing*. Half of the world is sleep*ing*. Many are suffer*ing*. And a few seem to be party*ing* constantly.

Genau genommen gibt es keine Bewegung und auch keinen Zustand, den diese drei immer gleichen Buchstaben nicht herstellen könnten. It's easy to get carried away by these three unvary*ing* letters, sometimes in remarkable ways:

- Wer ein Amt bekleidet, bleibt ohne Unterbrechung sitzen: »a sitt*ing* president«.

- Wer plötzlich Erfolg hat, schießt in die Höhe wie ein Komet: »a shoot*ing* star«. (Vorsicht: Absturz vorprogrammiert!)

- Wer ängstlich ist, schwebt über seiner Brut wie ein Helikopter: »a hover*ing* mother«. (Im Luftraum befinden sich auch viele »helicopter moms«, zu Deutsch: »Glucken«.)
- Wer dumm ist, dreht oft völlig frei: »a flipp*ing* idiot«.
- Wer tot ist und noch laufen kann, zählt zu den Zombies: »the walk*ing* dead«.

Und es geht noch viel weiter – it goes much further. Denn ihre ganze Wirkung entfalten englische Wortkonstruktionen auf »ing« erst in vollständigen Sätzen. Dabei können sie sich sogar mit einer gewissen Penetranz häufen! Wie außerordentlich stilprägend das ist, möchte ich mit einer lustigen und lehrreichen Sentenz des britischen Satirikers und »Monty Python«-Mitgründers John Cleese vorführen. Sie stammt aus der Fernsehsendung »How to irritate people« von 1968. Es war eine Art Lehrfilm, wie man anderen gehörig auf die Nerven gehen und wie man sich vor Nervensägen – say: »nags« – schützen kann. John Cleese sagte damals:

»It's very irritating having people talking
when you are trying to watch television.«

Ich weiß nicht, wie es Ihnen geht: Als ich den Satz zum ersten Mal hörte, dachte ich: Der Mann hat recht – his think*ing* is appropriate! Auch nach beinahe fünfzig Jahren kann ich mich dem Gedanken uneingeschränkt anschließen – I have no difficulties subscrib*ing* to it unequivocally *(anni-kwiwok-li)*!

Noch mehr beeindrucken mich allerdings der Rhythmus, die Melodie und insgesamt das Tempo des Satzes. Ohne Zweifel bauen sie auf die Silbe »ing«, die Cleese, einem Heckspoiler ähnlich, gleich an vier Wörter montiert hat. So sind sie stromlinienförmiger und steigern den Sprachfluss – »ing« works like a rear spoiler, streamlin*ing* particular words, add*ing* momentum and increas*ing* the fluency of speak*ing*. Mit dieser Technik wirkt der Satz tatsächlich flinker, barrierefreier, kräftiger und aus einem Guss. Er kann in einer Weise Fahrt aufnehmen, die wir im Deutschen nicht kennen: »It's very irritat*ing* hav*ing* people talk*ing* ...« Wrroooom!

Trotzdem geht das vielen englischsprachigen Menschen noch nicht schnell genug. Deshalb frisieren sie den Wortspoiler und lassen sein »g« weg: »It's very irritat*in'* hav*in'* people talk*in'* ...« In der Popkultur ist das längst Standard, wie vier, fünf Sekunden aus einem Lied von Rihanna, Kanye West und Paul McCartney zeigen:

Now I'm FourFiveSeconds from wildin'.
And we got three more days 'til Friday.
I'm just tryna make it back home by Monday mornin'.

Es ist leicht zu erkennen, dass es diese Zeilen sehr eilig haben. Die Verkürzung von »going to« zu »gonna« kennt man ja schon. Sie ist ähnlich wie unser »hamma« (für »haben wir«) oder »watma« (für »warte mal«). Doch was ist »tryna«? Die Verkürzung der Verkürzung! »tryna« = »tryin'ta« = »trying to«.

Das führt mich zu einer Frage, die ich mir schon zu Schulzeiten gestellt habe: Wie klänge Englisch eigentlich ohne »ing«? Einfach abmontieren kann man den Wortspoiler ja nicht. Ein paar leichte Eingriffe wären erforderlich:

> »It irritates a lot when people talk while one tries to watch television.«

Zwar ist der Satz auch so verständlich, doch muss ich sagen, dass er seine Besonderheit und seinen Reiz verloren hat – it has lost its key characteristics and its zest. Ohne »ing« wirkt er spröde und brüchig, weniger flüssig, gewandt und viel weniger spielerisch. Am Ende ist er nicht halb so ironisch wie das, was John Cleese ursprünglich gesagt hat.

Außerdem wage ich einen weiteren Schluss: Ohne »ing« klingt der Satz auf einmal deutscher – I am assum*ing* that without »ing«, English sounds more German! Das offenbart sich auch in der wörtlichen Rückübersetzung, die plötzlich wie gemacht erscheint für unser deutsches Sprachgefühl, wenigstens für unser schriftliches:

> »Es ist sehr ärgerlich, wenn Leute quatschen, während man versucht fernzusehen.«

Zeit für eine letzte Gegenprobe – time for the final crosscheck! Ich frage mich, ob es möglich ist, die deutsche Fassung so flott umzuformulieren, dass John Cleese damit leben könnte. In diesem Moment wünsche ich mir, wir hätten einen ähnlichen Wortspoiler parat. Es versteht sich ja von selbst, dass niemand die direkte Übersetzung »ihr seid quatschend« oder »ich bin guckend« wählen würde. Dabei ist es genau das, was uns fehlt: ein Kniff, der hilft, alles einen Gang schneller auszudrücken. Eine Endung, mit der wir Wörter beschleunigen, verbinden und sogar in neue Wörter verwandeln können. Tweak*ing* and tun*ing* the German language turns out to be a lot less easy!

Also versuche ich es mit einer Variante, die typisch ist »beim Deutschsprechen«. Manche würden auch sagen: »... wenn man gerade am Deutschsprechen ist«. Das flotteste Angebot, das wir John Cleese machen können, ist ein Satz mit diesen Krücken. So oder so ähnlich wurde er auch schon vor meinem Fernseher gesagt:

> »Es ist nicht zum Aushalten, wenn die Leute die ganze Zeit am Quatschen sind und man gerade am Fernsehgucken ist.«

Das ist nicht schlecht! Doch mal abgesehen davon, dass dieser Satz schlicht und einfach schmerzt; für meinen Geschmack ist er um vieles umständlicher und nicht annähernd so mitreißend wie der Originalsatz – the German clause is not in any way as arrest*ing*, mov*ing*, stirr*ing*, stimulat*ing*, sweep*ing* and rous*ing* as the original one.

Was uns John Cleese obendrein demonstriert hat, ist die Zügellosigkeit, mit der die Silbe »ing« verwendet werden kann. Wir selbst sind im Deutschen ja eher gehemmt, Wörter andauernd zu wiederholen. Doch in der englischen Sprache dürfen wir uns regelrecht angespornt fühlen, hemmungslos zu ... wie soll ich sagen? ... zu »*ing*-en« – because ing-*ing* is what we should feel encouraged to be do*ing* more often!

Der Formvollendung unserer Lieblingsfremdsprache steht also nichts mehr im Weg, wenn wir nur häufiger

Wörter auf »ing« bilden und mit ihrer Hilfe die Sätze gekonnt laufen ... und verlaufen lassen! Es ist ja kein Zufall, dass von der »Verlaufsform«, der »continuous form« die Rede ist, auf deren Erwähnung Sie womöglich schon die ganze Zeit warten – a reference you may have been wait*ing* for the whole time! Dabei liegt in der Verlaufsform längst nicht die einzige Funktion des englischen Wortspoilers. Auch ist sie bei Weitem nicht die einzige Dimension, die das Feel*ing* annimmt!

Doch der Reihe nach.

Um zu einer kleinen Gebrauchsanleitung für den Spoiler gelangen zu können, müssen wir uns etwas genauer mit einer Wortart beschäftigen, die Sprachwissenschaftler als »Partizip Präsens« bezeichnen – the advantage of the English language springs from the swift nature of the socalled »present participle«. Während wir schon gemerkt haben, dass unser deutsches Partizip Präsens mit der Endung »-nd« eher einem Bremsklotz ähnelt, wird es im Englischen mit dem Wortspoiler »ing« gebildet:

»annoy« + »ing« = »annoy*ing*«
»have« + »ing« = »hav*ing*«
»talk« + »ing« = »talk*ing*«

Aus grammatikalischer Sicht sind es diese Partizipien, die den ersten großen Unterschied zwischen unseren Sprachen ausmachen. Sie »partizipieren« an zwei gleichberechtigten Funktionen:

1. Sie dienen als Adjektive. Sprachforscher sprechen von der »attributiven Funktion« des Partizips: Es beschreibt Merkmale und Makel, Qualitäten, Zustände, kurz: Eigen-

schaften. Wir kennen das zigfach aus dem Alltag: »That's boring«, »that's interesting« oder eben »that's annoying«. Der Unterschied zum Deutschen wird mit den direkten Übersetzungen sofort deutlich: »langweilend«, »interessierend« und »nervend« entsprechen nicht unseren Adjektiven »langweilig«, »interessant« und »nervig«. Die Sache ist also bereits hier etwas komplizierter.

2. Partizipien helfen, die Verlaufsform zu bilden. Sie beschreibt Handlungen, Abläufe, Tätigkeiten, kurz: Prozesse. Man spricht von der »verbalen Funktion« des Partizips: »I am working«, »I was working« und so weiter. Anders als die »simple form« (Verb ohne »ing«) drückt die Verlaufsform eine andauernde, oft zunehmende und auf jeden Fall erwähnenswerte Aktivität aus, die irgendwo einen Anfang und irgendwann irgendein Ende hat – a continuous, possibly progressive and noteworthy activity that must be marked by a beginning and some form of ending. In englischen Grammatiklehrbüchern heißt sie deshalb »continuous« oder »progressive form«. In der direkten Übersetzung zeigt sich auch hier ein großer Unterschied: »Ich bin arbeitend« ist im Deutschen total ungebräuchlich.

Doch vor allem tun wir uns als deutschsprachige Menschen mit dem Bedeutungsunterschied schwer, der zwischen verlaufenden und nicht verlaufenden Formen liegt.

- *Simple form:* »We have difficulties« – manchmal, phasenweise, oft, immer – at times, periodically, often, always.
- *Continuous form:* »We are having difficulties« – immer, jetzt, vielleicht gestern zwischen vier und fünf, morgen ab

zwölf oder seitdem wir darüber nachdenken – at this moment, or perhaps yesterday between four and five o'clock, tomorrow as of noon or since we have been mull*ing* it over. Entsprechend sagt man auch: »We were hav*ing* / we will be hav*ing* / we have been experien*cing* difficulties.«

Immer wieder sorgen deutschsprachige Menschen für Missverständnisse, wenn sie auf Englisch etwa über ihr Zuhause sagen: »I am liv*ing* in Berlin / Zurich / Vienna.« Weil sie damit in der Wahrnehmung englischsprachiger Menschen nur einen vorübergehenden Aufenthalt beschreiben, kann es zur Rückfrage führen: »Where do you usually live – wo wohnen Sie gewöhnlich?«

Mit derselben grammatikalischen Logik kann einem wiederum die Selbstbezichtigung »I am be*ing* stupid« dienen, um sich vor der Annahme zu schützen, dass Dämlichkeit ein Dauerzustand sein könnte. Schließlich ist man ja nur gerade in diesem Moment töricht – if I'm not mistaken – wenn ich hier und jetzt nicht irre ...

Der progressive Modus gestattet einem auch, andere zu befragen, ohne sie dabei generell infrage zu stellen:

»Why are you be*ing* lazy / crazy?« – Warum bist du (in diesem Moment) etwas faul / durchgeknallt?

»Are you be*ing* bothered / harassed / pestered?« – Wirst du (gerade in dieser einen Angelegenheit) behelligt, belästigt oder drangsaliert?

»Are you be*ing* served?« – Kümmern wir uns bereits mit allen Kräften um Ihr Wohl, während Sie hier sitzen und warten müssen?

So verbreitet »be*ing*« im englischsprachigen Alltag ist, sosehr habe ich immer wieder den Eindruck, dass wir damit nicht umgehen können, weil uns das spezielle Verständnis dafür fehlt – be*ing* German-speak*ing*, we are not very familiar with us*ing* »be*ing*« even though it is commonly used in everyday English. Hav*ing* said this, I believe that develop*ing* a proper sense for us*ing* it would soon make us sound much more articulate.

So lässt sich mit »be*ing*« meisterhaft herumwirbeln, ausprobieren und eine Art produktiver Leerlauf herstellen, während man vielleicht noch nachdenkt und die richtige Einschätzung sucht: »Are you be*ing* ... be*ing* ... be*ing* ...?« Hier könnte jetzt zum Beispiel »funny« folgen. Und stilsicher sagt man über ein Thema, das zurzeit diskutiert wird: »This topic is be*ing* discussed.« Zwar könnte man »currently« dazu sagen, doch man braucht es gar nicht! Denn selbst wenn man es auslässt, schwingt der zeitliche Aspekt stets mit.

Dasselbe gilt auch für die Redewendung »for the time be*ing*«. Hans, ein zweisprachiger Weggefährte aus London, der für eine gewisse Zeit nach Berlin zog, verkündete per Facebook: »For the time be*ing*, Berlin«. Danach ging er vorübergehend nach Washington: »For the time be*ing*, D. C.«. Diese für unser Sprachgefühl nicht einmal vollständigen Sätze bieten mehr Information, als wir ahnen. Es ist eine elegante Art, die Abwesenheit von einem und zugleich die Anwesenheit an einem anderen Ort zu erklären. Das »Oxford English Dictionary« erklärt: »... until some other arrangement is made«. Es fasst also »seit Längerem«, »zurzeit« und »bis auf Weiteres« in einer einzigen Formulierung zusammen.

Das führt mich zurück zum wahren Faszinosum englischer Partizipien. Es liegt in ihrem Mix aus Bewegungen und Zuständen, aus Handlungen und Eigenschaften oder etwas abgehobener formuliert: in einer radikalen Verdichtung von zeitlichen und qualitativen Aspekten. Schließlich dient ein Partizip oft gar nicht ausschließlich als Verb oder als Adjektiv. Vielmehr hat es eine andauernde Zwitterfunktion, die das Tun und das Sein umfasst: So bedeutet »it's work*ing*« auf der prozessualen Ebene (des Verbs), dass etwas momentan arbeitet. Gleichzeitig erklärt es auf der qualitativen Ebene (des Adjektivs), dass es funktioniert. Wer eine Bewegung beschreibt, bekommt also eine Eigenschaft mitgeliefert und umgekehrt!

Die folgende Liste zeigt beispielhaft, wie eng in jedem englischen Partizip beide Dimensionen verwoben sind:

He's assum*ing*.	Er fordert andauernd, mehr als ihm zusteht; hört, wie anmaßend er gerade wieder ist!
A bewilder*ing* fact ...	Ein Umstand, der mich nicht erst seit heute irremacht und den wir uns wohl auch morgen nicht erklären können ...
A challeng*ing* task ...	Eine schwierige, rundherum fordernde Aufgabe, die uns noch einige Zeit beschäftigen wird ...

His dwindling interest ...	Sein Interesse nimmt seit Längerem erkennbar ab ...
She's endearing.	Ist sie nicht stets liebenswert?
He's faltering.	Er stockt und stammelt die ganze Zeit.
Her voice is galvanising.	Ihre Stimme erreicht mich tief, sie hält mich wach und ist in einem Wort: elektrisierend!
A haunting thought ...	Ein Gedanke, der sich fest in meiner Erinnerung verankert hat und der mich auf Schritt und Tritt verfolgt ...
That's infuriating.	Es ärgert mich ungemein, und es bleibt vertrackt.
He must be joking ...	Er reißt die ganze Zeit Witze.
A kicking debut ...	Ein steiler erster Auftritt mit großer Nachwirkung.
No laughing matter ...	Nichts, worüber wir gestern, heute oder morgen lachen können.
It's maddening.	Es raubt mir den Verstand, solange ich mich damit beschäftige.
A nagging pain ...	Ein pausenlos quälender Schmerz ...
It's offputting.	Es stößt oder schreckt mich ab – jetzt und für immer.
A passing fad ...	Ein hochaktueller, aber letztendlich vorübergehender Modefimmel ...
She's not qualifying.	Was sie bisher demonstriert hat, reicht nicht, um den Anforderungen zu genügen.

That's reassur*ing*.	Das zu hören/zu sehen, sagt mir zu und lässt mich fortan ruhig schlafen.
A stun*ning* detail …	Ein durch und durch atemberaubendes Detail …
A trend*ing* topic …	Ein hochaktuelles Thema, das gerade viele Menschen beschäftigt und bis auf Weiteres beschäftigen wird …
An unnerv*ing* experience …	Eine Erfahrung, die tief sitzt und permanent mahnt …
She's volunteer*ing*.	Sie hilft aus Überzeugung und mit Hingabe, solange es erforderlich ist.
A worry*ing* fact …	Ein unaufhörlich Angst verbreitender Umstand, der mich beschäftigt …

Erinnern Sie sich noch an das Schild »You are leav*ing* the American Sector«? Es war nicht bloß eine nüchterne Grenzmarkierung quer durch Berlin. Vielmehr war es auch ein öffentlich aufgestellter Grundkurs für das englische Partizip Präsens, weil es dem Betrachter mehr sagen konnte, als eine deutsche Zeile hergibt: »Sie sind gerade im Begriff, eine Grenze zu überschreiten, hinter der Sie nicht nur unsere Welt verlassen, sondern hinter der Sie zugleich in eine vollständig fremde Welt übertreten werden.«

Verbunden mit der Warnung der Amerikaner waren übrigens noch andere implizite Botschaften. Sie führen mich zu einer weiteren Wortart mit »ing«, mit der ich das Ende dieses Kapitels – the end*ing*! – einleite:

- »Lea*ving* means quit*ting*!«
- »Lea*ving* means mee*ting* the enemy!«
- »We are warning you that lea*ving* us means that we will be lea*ving* you!«

Haben Sie es gemerkt? Alle kursivierten Wörter sind auf einmal keine Partizipien mehr. Sondern Hauptwörter! Das ist die dritte wichtige Funktion, die der Wortspoiler »-ing« erzeugen kann. Es ist gewissermaßen das wahre »Fee*ling*«, denn die Rede ist vor allem von »Verbalsubstantiven«: wenn aus einem Verb (wie »to feel«) ein Hauptwort wird. Das Resultat wird »gerund« genannt.

Auch wir haben diese Gerundien, weshalb wir auch »das Kommen und Gehen« sagen können, obwohl es im Deutschen etwas kantiger klingt als »co*ming* and go*ing*«. Trotzdem benutzen wir sie regelmäßig, wenn ich nur an Erich Fromms Buch »Haben oder Sein« denke. Es wurde übrigens nicht mit »Hav*ing* or Be*ing*« ins Englische übersetzt, sondern mit »To have or to be«. Das zeigt einerseits, dass englische Gerundien auch mit dem Infinitiv gebildet werden können, was sie immer wie Hamlets berühmten Ausspruch klingen lässt: »To be or not to be …«. Zugleich hätte »Hav*ing* or Be*ing*« viel zu viele letztendlich irreführende Bedeutungsvarianten mit sich gebracht. Die Spanne möglicher Übersetzungen von »hav*ing*« reicht nämlich von »bekommen« (»hav*ing* a baby«) und »erhalten« (»hav*ing* a letter from …«) über »einnehmen« (»hav*ing* lunch«) und »erleben« (»hav*ing* trouble find*ing* …«) bis »besitzen« und »haben«, und das mal für kurze Zeit (»hav*ing* guests for dinner«) und mal für immer (»hav*ing* no patience«).

Noch ein Tipp: Wenn Sie sich unsicher sind, ob Sie es mit einem Gerundium oder vielleicht doch mit einem Partizip zu tun haben, fragen Sie, ob es sich bewerten, also mit einem Adjektiv beschreiben lässt. Zum Beispiel »Hav*ing*/to have is good«. Außerdem kann es als Subjekt eine Handlung auslösen: »Hav*ing*/to have makes me sad.«

Gerundien verstetigen und verfestigen, manifestieren und zementieren den Handlungszustand und die Bewegungseigenschaft der Partizipien. Und sie fügen andauernd noch einige Ebenen hinzu:

- »What do you do for a liv*ing*?« (... ein ständiger Lebensunterhalt)

- »There's no deal*ing* with him.« (... sein stets unmögliches Verhalten)

- »That was bad tim*ing*.« (... eine schlechte Zeitplanung)

Gerundien verstärken bestimmte Bilder in unseren Köpfen. Sie verbinden Vorstellungen und Vorschriften, Gefühle und Gesetze. Deshalb müssen sie oft für Werbungen und Warnungen herhalten.

- Die Zeitung »Financial Times« umwirbt neue Leser mit dem Spruch: »It's not about catch*ing* up. It's about stay*ing* one step ahead.«

- Auf manchen Schildern wird sogar der totale Stillstand vorgeschrieben: »Park*ing*«! Oder die Weiterfahrt erzwungen: »No Park*ing*«! »No Camp*ing*«! »No Stopp*ing*!«

- Und wo ich schon wieder von Schildern spreche – speaking once more of warn*ing* signs: Wenn ich am Beckenrand stehe und »No Div*ing*!« lese, befördert die große Suggestionskraft des Wortspoilers genau das vor mein inneres Auge, was verboten ist: einen schönen Sprung ins Wasser! Lese ich bei uns hingegen »Springen verboten!« oder »Nicht vom Beckenrand springen!«, denke ich nur an die Wasserpolizei. (Im Kapitel »I've got a hair in my soup – Sprachunverträglichkeiten« erfahren Sie, wie die Berliner Schwimmbäder »No Div*ing*« übersetzen.)

Die genaue Rückübersetzung von »No Div*ing*« verdeutlicht zugleich unser sprachliches Manko:

- »Kein Tauchen!« Das wäre zu ungenau und ja auch gar nicht verboten, solange man im Wasser zu tauchen beginnt.
- »Kein Springen!« Auch das wäre ungenau und letztendlich nicht verboten, solange der Sprung nicht im Wasser endet.
- »Kein Abspringen und Eintauchen!« Genau das wäre eine Beschreibung des verbotenen Prozesses. Bloß viel zu kompliziert für ein Warnschild!

Selbst die größten Englischmuffel unter uns darf es deshalb nicht überraschen, dass seit Jahrzehnten immer mehr englische Gerundien ins deutsche Word*ing* eindringen. Ohne Mühe fallen mir von A bis Z Beispiele ein: Aquaplan*ing*, Bodybuild*ing*, Consult*ing*, Dop*ing*, E-Learn*ing*, Fundrais*ing*, Gam*ing*, Happen*ing*, Internetbank*ing*, Jogg*ing*, Kidnapp*ing*, Leas*ing*, Market*ing*, Network*ing*, Outsourc*ing*, Pett*ing*, Qualify*ing*, Recycl*ing*, Shopp*ing*,

Train*ing*, Upcycl*ing*, Videoblogg*ing*, Windsurf*ing*, X*ing* und Zapp*ing*.*

Dass wir mit dieser neudeutschen Vorliebe manchmal danebenliegen (oder passender gesagt: pseudoenglisch am Ziel vorbeisenden), zeigen unsere zahlreichen »Public Viewings«. Auf den britischen Inseln werden solche öffentlichen Aufführungen mit einem anderen Gerundium bezeichnet – a public show*ing* of a televised event is called »a screen*ing*«.

Das »Screen-*ing*« führt mich zu einer letzten Besonderheit: den »Superhauptwörtern«. So wie unser »Bankwesen«, die »Hurerei« oder das »Soldatentum« werden »bank*ing*«, »whor*ing*«, »soldier*ing*« mithilfe des Spoilers aus anderen Hauptwörtern fabriziert. Wichtig: Lassen Sie unbedingt den Artikel weg! »Bank*ing* has become more difficult« oder »Humane hous*ing* is a challenge«. Auch hier schwingen unterschiedliche zeitliche und attributive Aspekte mit. So ist »Housing« zum Beispiel mehr als das »Wohnungswesen« oder der »Wohnungsbau« in einem technisch-organisatorischen Sinn. Es kann auch den Prozess der Erbauung, des Bewohnens sowie die laufende politisch-gesellschaftliche Debatte über das Wohnen umfassen.

Wenn Sie sich *im Anwenden* von englischen Gerundien noch nicht sattelfest fühlen, fällt Ihnen hoffentlich *das Üben* mit *dem Verwenden* der folgenden Verben leichter:

---

* Mit »Y« will mir kein Beispiel einfallen – I cannot think of a good example. Vielleicht lassen Sie ja diese deutsch-englische Krücke gelten: »Yodell*ing*«.

- I admit cheat*ing* ...
- We avoid eat*ing* ...
- You carry on talk*ing* ...
- Let's consider walk*ing* ...
- He denied hav*ing* admitted cheat*ing* ...

Die Liste können Sie noch lange fortsetzen: »to dislike do*ing*«, »to enjoy ...«, »to finish ...«, »to give up ...«, »to go on ...«, »to hate ...«, »to imagine ...«, »to involve ...«, »to keep (on) ...«, »to like ...«, »to love ...«, »to mention ...«, »to mind ...«, »to miss ...«, »to not help ...«, »to practise ...«, »to prefer ...«, »to recommend ...«, »to regret ...«, »to risk ...«, »to spend time ...«, »to start ...«, »to stop ...«, »to suggest ...«.

Generell gilt auch, dass auf Verben mit Präpositionen (sogenannte »phrasal verbs«) ein Gerundium folgt, so wie *im Ausdrücken* von Lust oder Freude, was wir in der Schule alle gelernt haben: »I look forward to do*ing* ...« oder »I feel like do*ing* ...«. Entsprechend sagt man: »I apologise for do*ing* ...«, »You are used to do*ing* ...«, »He concentrates on do*ing* ...«, »She decided against do*ing* ...«, »We dream of do*ing* ...« und so weiter.

Wenn der fortgeschrittene Anwender irgendwann ausreichend Sicherheit empfindet, kann er sich langsam dem besonderen Spaß hingeben und durch das Mischen von Partizipien und Gerundien bewusst große Verwirrung stiften: »We like annoy*ing* teachers.«

Am Ende möchte ich noch einmal am passenden Beispiel von »end*ing*« eine Übersicht über die unterschiedlichen Funktionen und Bedeutungen geben, die der Wortspoiler »ing« im Unterschied zu unserer Sprache erzeugen kann:

Englisch	Deutsch
1. Verb und Adjektiv: end-*ing*	end-*end*, endlich, zum Ende kommend, abschließend
2. Hauptwort: (the) end-*ing*	das Ende, das Enden, die End-*ung*, die Beendig-*ung*, der Schluss

Vorstellbar ist die maximale Verdichtung aller Aspekte: »The never-end*ing* end*ing* is never end*ing*.« Mein Übersetzungsvorschlag für »the ending« lautet deshalb: »die auf den Abschluss zielende und derzeit noch laufende Beendigung«. Zugegeben, das klingt zu dick aufgetragen für den alltäglichen Sprachgebrauch. Aber wichtig ist ja nicht, dass Sie es ausformulieren und der ganzen Welt erklären, sondern dass Sie es denken und fühlen können! So wie auch die Bedeutung des folgenden Satzes: »The mak*ing*, the fund*ing*, the watch*ing* and the end*ing* of a great Hollywood picture.«

Ob unsere germanischen Vorfahren auf den britischen Inseln also einfach fauler waren als ihre Cousins auf dem Kontinent? Oder ob sie ein genialeres Gesamtkonzept für ihre Grammatik verfolgten? Letztendlich ist es auf dasselbe Ding hinausgelaufen – eventually, it has led to the same *thing*: die radikale Vereinheitlichung der Sprache mithilfe einer universellen Silbe, die in allen Wortgruppen vertreten ist.

»Ing« ist also King! Als englische Königsendung thront sie über allen Wörtern und sucht in der deutschen Sprache ihresgleichen – its superiority is unrivalled in the German language. Ihre Omnipräsenz ist so überwältigend, dass sie für mich *das* Markenzeichen unserer Lieblingsfremdsprache ist. Genau genommen sind wir die ganze Zeit gar kein Englisch am Sprechen. Sondern: *Ing*lisch!

Ing ist King

Wortgruppen		Beispiele
1. Hauptwörter	a. Reine Substantive	»king«, »ring«, »thing«
	b. Mit »ing« gebildete Verbalsubstantive (»Gerundien«; identisch mit Gruppen 3.b und 4.b)	»acting«, »ending«, »watching«
2. Pronomen (ersetzen Hauptwörter)		»something«, »nothing«, »everything«, »anything«
3. Tätigkeitswörter	a. Reine Verben	»to bring«, »to sing«, »to swing«
	b. Mit »ing« gebildete Verbformen (»Partizipien«; identisch mit Gruppen 1.b und 4.b)	»acting«, »ending«, »watching«
4. Eigenschaftswörter	a. Reine Adjektive	»interesting«, »boring«
	b. Mit »ing« gebildete Adjektive (»Partizipien« als Verbaladjektive; identisch mit Gruppen 1.b und 3.b)	»acting«, »ending«, »watching«
5. Präpositionen		»notwithstanding« (»dennoch«)

Ein verdammtes Steak bitte!
Im Restaurant (mit Liste)

Immer das Gleiche, wenn wir eine englischsprachige Speisekarte in den Händen halten: Wir haben Hunger und müssen raten! Das wäre halb so schlimm, würden wir wenigstens den Kellner verstehen – und könnten ihm erklären, wie das Fleisch gebraten werden soll.

Essen! Eine in aller Welt beliebte Beschäftigung, die weit mehr zu bieten hat, als bloß satt zu machen – eating is a popular pastime that does more than just fill our stomachs. Egal, wohin man kommt: Überall interessieren sich die Leute für Rezepte und für Restaurants, eben kurz: fürs Essen – all around the world, people are culinary-minded. At home. On television. And even in kindergarten!

Der Kult ums Kulinarische hat gute Gründe: Denn wer gerne isst, hat mehr davon als die bloße Sättigung – the repletion. Erstens kommt man leichter unter Leute – food makes it easy to socialise –, was wiederum eine Reihe weiterer Vorteile mit sich bringt – having a meal in the company of others allows you to kill many birds with one stone: Man kann unverfänglich über Zutaten und ihre Zubereitung sprechen – it is easy to chat about ingredients and ways to prepare them. So kann man schwierige Themen wie Politik und Paarprobleme ganz einfach ausklammern und lernt eine Menge übers Kochen – in this way, you avoid addressing difficult issues and gain much knowledge of cooking.

Umso wichtiger finde ich es, dass wir mitreden können, auch wenn wir im Ausland speisen. Und weil ich mit »killing many birds« schon die toten Vögel erwähnt habe, will ich mit einer leichten Frage beginnen: Wie würden Sie in England oder in Amerika über »Geflügel« sprechen?

Ich meine es ganz allgemein – in general terms. Egal, ob es sich um die Vögel handelt, die wir alle gut kennen: »chicken« (»Huhn«), »turkey« (»Truthahn«, »Pute«), »duck« (»Ente«) oder »goose« (»Gans«; Achtung, Mehrzahl: »geese«). Oder um die weniger alltäglichen und besonders delikaten wie »pheasant« (»Fasan«), »mallard« (»Wildente«), »snipe« (»Schnepfe«) oder »quail« (»Wachtel«).

Selbstverständlich kann man sie alle jeweils als »bird« bezeichnen. Doch in der abstrakten Mehrzahl werden sie als »poultry« gehalten, gekocht und gegessen. Wenn Sie also das nächste Mal unsicher sind, was auf einer englischsprachigen Speisekarte steht, können Sie sich ganz leicht erkundigen: »Excuse me! On the menu it says ›grouse‹, ›partridge‹ and ›woodcock‹. Are these all poultry?« Wer sich mit dem deutschen Federvieh auskennt, könnte dann antworten: »They are indeed! In German they are called ›Moorhuhn‹, ›Rebhuhn‹ and ›Waldschnepfe‹.«

Ich erinnere mich an ein Abendessen mit britischen und deutschen Freunden in London. Wir waren im »Rules«, ein Restaurant der Extraklasse, nicht nur, weil es angeblich das älteste der Stadt ist – not only because it claims to be the oldest existing in town.

Ein weitverbreitetes Vorurteil, das ich hier von vornherein ausräumen möchte, besagt ja, britisches Essen komme meistens in Zeitungspapier daher, sei grundsätzlich fad und pappig, einfallslos und immer verkocht – a lot of people seem to believe that English food comes wrapped in newspaper, is crude and boring, stale, sticky and overcooked. Die Wahrheit: Ja, britisches Essen *ist* auf Dauer lebensbedrohlich, aber es *kann* köstlich und reich an Varianten sein, die weit mehr bieten als »Fish'n'Chips«, »mince« (Hackfleisch), »gravy« (Bratensauce) und »Yorkshire Pudding« (eine wirklich langweilige Teigbeilage). Das Restaurant »Rules« ist nur einer von vielen Orten, wo man die bessere englische Küche kennenlernen kann – it's a place to meet and taste fine English *cuisine*.

An unserer Runde im »Rules« nahm auch Hans-Peter teil, ein lieber Bekannter mit *frrr'nk'sch'm* Akzent. Sein angeborenes Nuscheln ist schon für sich genommen ziemlich unverträglich mit der englischen Sprache – taken by itself, his native mumbling is rather out of harmony with the nature of the English language. Was die Situation für ihn noch erschwerte, war sein begrenzter gastronomischer Wortschatz – which made it even more difficult for him to grapple with the situation, was his limited knowledge of gastronomical terms. Obwohl er selbst ein ausgesprochener Feinschmecker ist, hatte er sich auf den Besuch eines englischen Gourmettempels nicht ausreichend vorbereitet – for all that he is a foodie, he didn't come sufficiently prepared. So kam es, dass er erklärte, Vielfraße und andere Schweine nicht zu mögen, obwohl er mit dem Kellner eigentlich über die Fleischauswahl sprechen wollte: »I don't like pigs.«

Der Kellner schaute etwas herablassend – the waiter looked down at him a bit condescendingly. Selbstverständlich ahnte er, dass Hans-Peter lediglich über seine

Abneigung gegen Schweinefleisch sprechen wollte. Doch wenn der Gast aus Deutschland schon seine Meinung kundtun musste, anstatt einfach zu bestellen, konnte er ihn auch ein wenig zappeln lassen – since the guest from Germany was expressing his opinion rather than placing an order, the waiter kept him hanging.

Jedenfalls sollte man unbedingt die sprachlichen Fallen kennen, die uns die Tiere stellen, die auf Tellern landen – mind the nasty little ways of the animals we eat:

Tierart	... auf der Weide	... auf dem Teller
Hirsch/Reh	deer/roe	venison / game (allgemein Wild)
Rind	cattle/cows	beef
Schaf	sheep	mutton
Schwein	pig	pork

Nur der Fisch bleibt »fish«! Aber er lebt ja auch weder in Ställen oder Wäldern noch auf Weiden. Außerdem sind seine Gräten bereits eine lästige Tücke in Menschenhälsen, um nicht zu sagen: eine andauernde Bedrohung – a constant threat to the human throat!

Im »Rules« wohnt einigen Speisen übrigens noch eine weitere Bedrohung inne: »Game birds may contain lead (gesprochen *led*) shot – Wildvögel können Schrot enthalten«!, erklärt einem die Speisekarte. Doch eine Bleivergiftung brauchte Hans-Peter nicht zu befürchten. Denn er entschied sich zuerst für Lamm. Und für die Bestellung fand er auch die richtigen Worte: »As a first course, I would like the Salad of Lamb Tenderloin with roast fennel and squash – als Vorspeise den Salat mit Lammlendchen, gebratenem Fenchel und Kürbis.« Allerdings übersah er, die kleine Bombe zu entschärfen, die das Lamm mit sich bringt. Welche Bombe? Das »b« in »lamb« wird genauso wenig gesprochen wie das »b« in »bomb«. Man lässt *a bomm* hochgehen. Und bestellt: »The *lemm* please!«

Als Hauptspeise orderte Hans-Peter Rind: »Rump Steak with béarnaise sauce and chips« – auf gut Deutsch: mit Pommes. Danach musste er die Frage beantworten, die jeder Kellner stellt, um Fleischbestellungen vollständig an die Küche weitergeben zu können – to take the order in full detail, every waiter will ask: »How would you like your steak?«

Hans-Peter fragte zurück: »You mean, if I want the flesh bloody or well-done?«

»Yes, bloody or well-done!« Der Kellner lachte. Schließlich ist »bloody« eher ein Fluch als eine Beschreibung, und der Gast aus Deutschland wollte mit Sicherheit kein »verdammtes Stück Fleisch«. Über die Verwechselung von »flesh« und »meat« sah der Kellner freundlich hinweg. Das passierte gelegentlich, und es verstand sich ja von selbst, dass Hans-Peter kein lebendes, sondern nur genießbares und schon geschlachtetes Fleisch essen wollte. Also »meat«!

Geduldig zählte der Ober die Garstufen auf – he listed the options: blue, rare, medium, well-done. Dann ergänzte er: »I recommend medium rare.«

»English?« Dass wir halb rohes Fleisch nur in Deutschland als »englisch« bezeichnen, wusste auch Hans-Peter. Der alberne Witz stand ihm dehalb ins Gesicht geschrieben – the silly joke was written all over his face. Jetzt schaute er in die Runde, um zu prüfen, ob der denglische Kalauer fruchtete. Und Treffer! Die Deutschen lachten.

»Bloody English!«, rief einer dazwischen. Der Kellner wurde sichtlich ungeduldig und begann, mit dem Stift auf seinen Block zu klopfen – the waiter was becoming impatient and began to tap on his note-pad. Hans-Peter schob rasch hinterher: »Okay. I take it medium *rrrährrr*.«

Auch ich hatte mich in der Zwischenzeit entschieden, für Geflügel (hoffentlich nicht vom Trafalgar Square): »Salad of Pigeon with chestnut, pomegranate and beetroot – Salat von der Taube mit Kastanie, Granatapfel und Rote Bete.« Und danach für Fisch (womöglich aus dem Ärmelkanal): »Dover Sole Meunière with capers, lemon and parsley – Seezunge auf Müllerinnen Art mit Kapern, Zitrone und Petersilie.« Es erschien mir das bekömmlichste Hauptgericht im »Rules« zu sein – to me, it seemed the most wholesome of all dishes on the menu.

Gerne würde ich an dieser Stelle ins Meer englischer Fischnamen eintauchen. Doch es würde nicht nur ein eigenes Buch erfordern, um alle Fischlein vorzustellen, sondern auch mindestens einen ganzen Urlaub, um sie zu lernen. Nur so viel: Der Lachs ist »salmon« und wird *semm'n* gesprochen. Gebeizt heißt er »smoked salmon«. Oder »lox«, was aus dem Jiddischen stammt. Thunfisch ist »tuna«. Eine Pizza mit Thunfisch bestellt man als »tuna pizza« und nicht als »tuned pizza«, wie es mein Freund Axel immer wieder macht. Der »Barsch« heißt »perch« oder »bass«, was *bas* gesprochen wird. Als *beis* gesprochen, ist es der »Bass« in der Musik. Die Dorade heißt »gilthead (seabream)«, was an ihren deutschen Namen »Goldbrasse« erinnert. Und eine ihrer Verwandten klingt wie eine Zahnpasta: »dentex« – die Zahnbrasse!

Was nun die lästigen Gräten der Fische betrifft, so ist auch ihre Übersetzung etwas gewöhnungsbedürftig: »fish bones« – Fischknochen! Wer sie entfernen (lassen) will, spricht nur von »boning«. So fragte mich der Kellner im »Rules«: »Would you like to bone the sole yourself – möchten Sie die Seezunge selbst entgräten?«

Ich halte es übrigens für eine bemerkenswerte Kuriosität der englischen Sprache, dass man jedes ungenießbare Teil, das man von Tieren oder Früchten entfernen will, auch als Verb verwenden kann. Für mich klingt das immer so, als wolle man Schuppen, Stiele und das andere Zeug irgendwie wieder ankleben:

Ungenießbares Teil	Inedible part	Beseitigung
Knochen	bone	to bone the chicken (Achtung: »to bone« hat in den USA auch eine vulgäre Bedeutung!)
Schale	peel	to peel a banana
Schuppe	scale	to scale the fish
Kruste	shell	to shell the oyster; to shell beans
Haut	skin	to skin the rabbit; to skin the tomato
Stiel	stem	to stem grapes
Stein	stone	to stone peaches
Samen	seed	to seed chilies
Kern	pip	to pip an apple

Eine weitere Merkwürdigkeit des kulinarischen Englischs ist Ihnen vielleicht in der Aufzählung schon aufgefallen: Erstaunlich viele Handgriffe beginnen mit dem Buchstaben »s«. Ich möchte sogar behaupten, es sind alle wichtigen außer »to bake« (backen), »to fry« (braten, eher in Fett), »to roast« (braten, eher im Ofen) und »to cook« (kochen; aber Vorsicht: »to make coffee« und »to boil water«).

Englisches Verb	Deutsche Bedeutung
to salt	salzen
to savour/to savor (US)	(ab)schmecken, verkosten
to sauté	kurz anbraten, sautieren
to scramble	verrühren
to season	würzen, abschmecken
to shred	raspeln, schnetzeln, zerkleinern
to sieve	(ab)sieben, abseihen
to simmer	köcheln, schmoren, leicht kochen
to skewer	aufspießen
to skim	abschöpfen
to slice	(auf)schneiden
to smoke	räuchern
to spread	verstreichen
to steam	dämpfen

Englisches Verb	Deutsche Bedeutung
to steep	eintauchen, tränken, ziehen lassen
to stew	dünsten, einkochen, dämpfen
to stir; stir-fry	umrühren; unter Rühren anbraten
to strain	passieren, zerdrücken
to stuff	füllen
to sugar/sweeten	süßen

Besonders gut schmeckt mir übrigens »savoury« (amerikanisch: »savory«). Vielleicht kennen Sie die Frage aus Flugzeugen und von Partys: »Sweet or savoury?« Als Adjektiv vereint »savoury« in sich die Eigenschaften »salty« (salzig), »spicy« (pikant), »tangy« (würzig), sodass es sich am besten mit »herzhaft« übersetzen lässt. Damit ist es nah dran am fünften Geschmackssinn »Umami« und beinhaltet alles, was gerade in England viele Speisen ausmacht – they are appetising, mouthwatering, lip-smacking or just yummy!

Mit so viel Wasser im Mund hätte ich nun beinahe die wichtigste Tätigkeit mit »s« vergessen, jedenfalls aus Sicht des Gastes: das Servieren – the serving. Es beginnt ja längst nicht erst damit, dass Getränke und Essen gereicht werden. Bedient wird ja bereits im Moment der Begrüßung, wenn der Kellner Stuhl und Tisch zurechtrückt, vielleicht die Serviette reicht, glatt streicht und die Speisekarte übergibt – when the waiter pulls back the chair, moves the table, possibly passes and straightens the table napkin before handing the menu to the guest. Für mich gipfelt der beste Service immer in einer passenden Empfehlung für den Nachtisch. Er wird »dessert« *(de-söhd)* und in England auch »sweet« oder »afters« genannt. Oder »pudding«. Aber Achtung! »Puddings« können auch »savoury« sein, also herzhafte Aufläufe und Klöße. »Black pudding« ist die Blutwurst. Und unser »Pudding« (Vanille oder Schokolade) wird meistens »blancmange« oder als Sauce »custard« genannt.

Hans-Peter wurde im »Rules« ein Stück Kuchen serviert: »Cherry and Almond Bakewell Tart with clotted cream ice cream – Kirsch und Mandeltarte mit Eis aus Rahm«. Und weil der Kellner Brite war, ließ er wie beim Lachs das »l« von »almond« aus: *ah'mönnt*. In den USA sagt man *ahl-mönnt*.

Ich ließ mich am Schluss zu meiner Lieblingsnachspeise hinreißen, einem sogenannten »sponge pudding« oder »treacle pudding«, der im »Rules« so hieß: »Golden Syrup Steamed Sponge with custard«. Für ein Gedicht viel zu mächtig, ist er aber doch so köstlich, dass ich gerne einen Nachschlag bekommen hätte ...

Wenn Sie sich nun fragen, wie man »Gedicht«, »mächtig« oder »Nachschlag« übersetzt, hilft Ihnen die folgende Liste weiter. Ich serviere sie als sprachliche Diät von A bis Z:

Altbacken – »*The bread is dry.*« Manchmal ist das Brot, das wir aufgetischt bekommen, vom Vortag. Dann ist es ohne Pepp und so altbacken wie ein schlechter Witz – a stale joke. Dass es trocken ist wie im Deutschen, vergessen wir also einfach: »The bread is stale.«

Bekömmlich – »*The kitchen is healthy.*« Wie gut, wenn eine Küche sauber ist und die Vorschriften der Gesundheitsbehörde erfüllt. Doch wie ist das Essen? Anders als im Deutschen sind »Küchen« im Englischen niemals gleichbedeutend mit den darin zubereiteten Speisen. Wenn Sie also nicht über den Raum sprechen wollen, sagen Sie: »The food is healthy.« So wie Sie auch über sich selbst sagen können: »I feel healthy.« Legen Sie Wert auf bekömmliche Nahrung, können Sie es auch so ausdrücken: »I keep a healthy diet.« Und was die »Küche« betrifft: Mögen Sie »die englische Küche« (so wie ich!), loben Sie »English cooking« oder »the English *cuisine*«.

Codewort – Jede Mahlzeit hat ihren eigenen Code, und wenn Sie das Rezept dafür suchen, fragen Sie bloß nicht nach einer Quittung! Oder gar nach einer Verschreibung von Medikamenten, selbst wenn uns das Essen manchmal zum Arzt führt:

Rezept (Medizin)	prescription
Rezept (Küche)	recipe (gesprochen: *rœsse-pie*)
Kaufbeleg	receipt (gesprochen *ri-ßiet*)

Dotterspeisen – Ich habe nie verstanden, warum wir vom »Spiegelei« sprechen. Weil es glänzt wie ein Spiegel? Oder weil das Gelbe in der Mitte so aussehen soll wie mein Gesicht? Unsere Lieblingsfremdsprache bietet zwei andere Varianten: 1. eine sachliche: »fried egg« (»gebratenes Ei«), 2. eine gut gelaunte: »I'm having two eggs sunny side up.« Wer die Eier lieber gerührt isst, bestellt »scrambled egg«.

Eingemachtes – »*Can I have the strawberry marmalade?*« Darauf gibt es nur eine Antwort: »No!« Denn »marmalade« ist stets Konfitüre aus Zitrusfrüchten. Alles andere wird zu »jam«, »jelly«, »chutney«, »relish«, »curd«, »spread« oder »fruit butter« eingemacht, wobei es auch »lemon curd« oder »grapefruit jelly« gibt. Ganz allgemein sind eingemachte Früchte »preserved fruits«. Der Überbegriff im englischen Marmeladenmischmasch heißt deshalb »preserves«, egal, ob Orangen, Erdbeeren oder (mein Geheimtipp:) Zwiebeln!

Fang des Tages – »*I would like to eat sea fruits.*« Obwohl auch wir die »Frutti di mare«, die Meeresfrüchte, aus Italien importiert haben und sie auf keiner englischsprachigen Speisekarte zu finden sein werden, hat man vielleicht Glück, weil man nuschelt! Denn dann versteht der Kellner nicht »sea fruit«, sondern »seafood«. Daraufhin könnte er sich freundlich und zutreffend vergewissern: »Shellfish?« Doch das lässt Sie an einen »Schellfisch« denken, der allerdings »haddock« genannt wird. Tatsächlich will der Gast aus Deutschland Krabben bestellen: diese kleinen Dinger, die an der Nordsee gefangen (»shrimped in the North Sea«), in Marokko gepult (»shelled elsewhere«) und danach bei uns mit Schwarzbrot und Rührei gegessen werden. »Crabs« sind eine bestimmte Krebsart (»Taschenkrebse«), nicht aber »shrimps« oder »prawns«. Zur weiteren Verwirrung trägt bei, dass die aus Katalonien importierten »Gambas« im Englischen weitestgehend unbekannt sind. Man verspeist »king prawns«. So, what's the catch of the day? Take potluck – lass dich überraschen!

Grünzeug – »*I like flower cabbage.*« Vielleicht liegt es daran, dass der Rotkohl nicht grün ist. Auf jeden Fall dürfen wir ihn direkt mit »red cabbage« übersetzen. Seine grünen Verwandten haben hingegen andere Namen: Der Grünkohl heißt »kale«. Der Blumenkohl heißt »cauliflower«. Und der Rosenkohl heißt »Brussels sprouts«. (Achtung, Plural!) Auch Salat ist nicht gleich Salat. Man unterscheidet zwischen »lettuce«, gesprochen *lä-tiss*, dem rohen Salat(kopf) und einem fertig zubereiteten »salad«. Sogar die Zucchini trägt zur Verwirrung bei: Sie wird in Großbritannien »courgette« genannt.

Heißhunger – »*Can I eat more afterwards?*« Man hat eine Ahnung, wohin diese Frage führen soll: zum Nachschlag! Doch so wird es keinen geben. Und wenn Sie mehr wollen als eine flüssige Extraportion, fragen Sie auch nicht nach »free refill«. Was Sie suchen, ist »a second helping«, kurz: »May I have a second, please!« Keine Sorge: Mit einer »Sekunde« hat das nichts zu tun. Für Ihren Nachschlag haben Sie alle Zeit der Welt. Ist ja schließlich keine Henkersmahlzeit.

Irrtum – »*Why are you building the animal together?*« Die Verwirrung ist groß: »Warum wollen Sie denn jetzt das arme Tier wieder zusammenbauen, Herr Kellner – why are you reassembling the poor thing?« Und das alles wegen des kleinen Verbs »to joint«, das tatsächlich eine Kuriosität ist. Denn Metzger und Kellner, die Ihnen einen Braten oder einen Fisch verkaufen und servieren, fragen: »Do you want me to joint it – darf ich es auseinandernehmen?« In vielen anderen Berufen hätten sie damit genau das Gegenteil gefragt: »Soll ich das Ding zusammensetzen?«

Jagdsaison – »*Do you have wild?*« Die Frage nach »Wild« liegt nahe, wenn man Appetit auf Hase und Hirsch hat. Doch egal, ob Sie am Ende eine »wild duck« oder einen »wild boar« essen, Wildtiere erhält man nur unter dem Gattungsbegriff »game«. Warum? Keine Ahnung. Ich nehme an, weil es ein sportliches Spiel ist, die Tiere zu jagen. Verständlich gestellt, lautet Ihre Frage: »Do you have/offer game (dishes)?«

Kalorienbombe – Drückt und zwickt es in der Magengegend oder Richtung Galle? Are you full – sind Sie satt? Are you even stuffed – sind Sie sogar pappsatt? Dann war das Essen wohl zu mächtig. Oder ganz einfach zu schwer: »The food was too heavy.« Falls Sie in Ihrem Zustand trotzdem noch Lust auf ein Fachgespräch über kalorienreiches oder -armes Essen und über »Cholesterin« haben, achten Sie auf verträgliche Übersetzungen: »high-calorie / low-calorie diet« und »cholesterol«.

Leidenschaft – Egal, ob Wein oder Essen: niemand kann sich aus Ihrer Begeisterung einen rechten Reim machen, wenn Sie behaupten: »*It is a poem!*« Allgemein verständlich wären die Urteile »it is excellent« oder »delicious«. Doch es ist okay, wenn Sie nicht lockerlassen mit der Poesie: Was hat die amerikanische Freundin neulich über Ihr Essen gesagt? Auf einmal fällt Ihnen das Kompliment wieder ein: »Pure poetry!« So lässt sich wahre Leidenschaft teilen.

Märtyrertum – »*The food is sharp.*« Es kann ja wirklich passieren, dass man sich an einem Lorbeerblatt schneidet. Das wäre eine blutige Qual. Doch falls mit »Schärfe« die unblutige, aber schmerzhafte Reizung der Geschmacksnerven und der Kehle gemeint ist, dann wird das Essen als »würzig« oder »heiß« bezeichnet: »The food is spicy/

hot.« Und wenn's wirklich nur heiß ist? Dann wird es betont, zum Beispiel: »It's burning hot.«

Nabelfrüchte – »*We got fresh citrons from Italy.*« Auch mir passiert das immer wieder: dass ich die im Englischen gängige »lemon« für unsere Limette halte. Unsere Limette wird hingegen »lime« genannt. Man muss es sich einfach merken. Oder lernen, zitronige Blicke zu ertragen.

Ouvertüre – »*I'd like a precourse.*« Mit dem »course« liegen Sie schon auf verständlichem Kurs, schließlich übersetzt man die Gänge eines Mahls als »courses of a meal«. Die Hauptspeise ist entsprechend »main course«, und die Vorspeise kann als »first course« bezeichnet werden. Noch gängiger ist aber »starter«: »I'll have the soup for starter, and for my main course the steak.«

Problemzonen – »*I make diet.*« So wird das nichts mit der Diät! Jedenfalls nicht sprachlich. Sagen Sie: »I'm dieting«, »I'm on a diet« oder »I keep to a diet«, wenn Sie Ihre zurückhaltende Bestellung erklären möchten. Und Sie sollten wissen, dass »diet« längst nicht immer »Schlankheitskur« oder »Schonkost«, sondern in vielen Fällen einfach »Ernährung«, »Nahrung« oder »Kost« bedeutet: »Your health problems stem from your diet.«

Qualitätsanspruch – »*I only eat bio.*« Längst ist »bio« für viele so etwas wie ein Grundbedürfnis. So ähnlich wie übrigens auch »WLAN«, was nichts mit Essen zu tun hat, aber zum Nachschlagen von Rezepten dienen kann und sich auch nicht direkt übersetzen lässt. Also stehen wir in der englischsprachigen Welt und fragen mit sehnsüchtigem Blick nach zwei Dingen, die wirklich niemand versteht. Um es kurz zu machen: »Bio« is called »organic«. Und »WLAN« ist »wifi«.

Restauration – »*Can you renovate my home?*« Wenn sich das gastronomische Personal bei deutschen Gästen vorstellt, kann es besonders in den USA zu ungeahnten Missverständnissen kommen. Während der eine für den Chef gehalten wird, erhält der wahre Boss einen Renovierungsauftrag:

Englisches Wort	Bedeutung	Missverständnis
chef	(Chef-)Koch	Chef/Boss
restaurateur	Restaurantbesitzer	Restaurateur
steward	Kellner	Flugbegleiter
captain	Chefkellner	Flug-/Schiffskapitän

Superfood – »*I like rootbeet.*« Ein Wort, eine Täuschung. Denn beide Wortteile kommen uns vertraut vor, doch nur »beet« ist identisch mit unserer »Beete« (oder »Bete«). »Root« hat hingegen nichts mit der Farbe »Rot« zu tun. Sagen Sie »beetroot« zu der roten Superrübe, die zurzeit so sehr in Mode ist. Übersetzt bedeutet das so viel wie »Wurzelrübe«. Von »rot« keine Spur. Man sieht es ja!

Teigwaren – »*I go for the noodles.*« Beim Chinesen hat der Satz eine Berechtigung, beim Italiener nicht. Dort bestellen Sie »pasta«. Die kennen wir ja auch. Feine und meist gesüßte Teigwaren heißen übrigens »pastry«. Wir nennen sie »Gebäck«.

Unzufriedenheit – »*The food is sick.*« Ihnen mag von dem Essen schlecht werden – it may make you sick. Doch Nahrung, die schlecht oder verdorben ist, nennt man »off«, »spoilt« oder »spoiled«. Zum Beispiel so: »The milk is off.« Oder man sagt: »It has gone bad.« Als Beschwerde im Restaurant empfehle ich den allgemeinen Hinweis: »It doesn't taste right.« Schmeckt das Essen fad, können Sie es als »a bit flat« oder, wie das Brot, als »stale« beschreiben. Und ist das Fleisch zäh, haben Sie viele sinnbildliche Ausdrücke zur Wahl: »It's chewy / leathery / rubbery / stringy / tough.« Und ist das Essen verkocht, sagen Sie es genau so: »It's overcooked.«

Verknappung – »*The chicken is out.*« Wo ist es denn jetzt, das Huhn? Im Garten vielleicht oder auf der Straße? Und vor allem: Hat es die Freundlichkeit zurückzukommen? Wir wollen es schließlich essen! Falls das Tier gar nicht abgehauen ist, sondern als Gericht so beliebt war, dass es mittlerweile ausgegangen ist, sagt man: »We've run out of chicken.« Oder: »We've sold it out.« Als Superkurzform habe ich auch schon »it's off« gehört. Das klang allerdings, als sei es verdorben (siehe »Unzufriedenheit«).

Wiederverwertung – »*Let's eat remains!*« Es geht hier nicht um sterbliche Überreste oder Ruinen aus Stein, sondern ums gute alte Resteessen! Selbst James Bond war sich »im Angesicht des Todes« nicht zu schade dafür. Doch von »rests« oder gar »remains« war nicht die Rede, als er für Stacey eine Quiche aus Resten zubereitete. Vielmehr kochte er mit dem »Übriggebliebenen« – he prepared a meal made from uneaten food: the leftovers! Manchmal gehen diese »leftovers« auch an die Hunde. Oder wir essen, was offiziell für die Hunde ist: die Reste aus dem Restaurant, die wir als »doggy bag« mit nach Hause nehmen.

Der X-Faktor – Andere Länder, andere Sitten: In vielen englischsprachigen Ländern heißt eine Sitte »service charge included«. Wahlweise wird das auch einfach als »service«, als »gratuity« oder, wie ich erst neulich in London gelernt habe, als »reciprocal charge« bezeichnet. Das bedeutet, dass das Trinkgeld direkt aufgeschlagen wird auf die Rechnung – »the bill« in Großbritannien und »the check« in den USA. Der Zuschlag beträgt häufig 12,5 Prozent. Ob dieser Betrag angemessen ist, liegt in Ihrem Ermessen – if the tip is fair, it is for you to decide: It's at your discretion. Falls Sie beabsichtigen, zu verhandeln oder sich gar vor dem Trinkgeld zu drücken, passen Sie auf – if you start to negotiate or pay too little, you will be stigmatised for »stiffing«.

Der Y-Faktor – Wenn's mal wieder schmeckt, sind unsere spontanen Glücksgefühle kaum zu überhören: »Lecker!« Das ist jedoch ein typisches Ritual deutschsprachiger Leckermäuler, das von anderen Kulturen weder geteilt noch sofort verstanden wird. Amerikaner oder Briten bemessen ihre Zustimmung zum Essen so: »Yummy, yummy«, sagen sie als Kinder. Oder »Yum, yum«, wenn sie schon groß sind.

Zurückhaltung – »*I stay by the water.*« Wie bitte, Sie wollen ans Wasser? Wir sitzen aber gerade in einem Restaurant und wollen wissen, ob Sie den Wein mittrinken. Falls Sie heute Wasser vorziehen, sagen Sie: »I stick to the water.« Das führt uns zurück zum Anfang und zu einem anderen »A«: Schließlich glänzen Sie durch »Abstinenz« vom Alkohol. Wir nennen es das »Trinken« und bezeichnen Menschen als »Trinker«. Abgesehen davon, dass das unfreundlich ist, kann man es nicht als »*drinking*« oder »*drinker*« ins Englische übersetzen. Sagen Sie es entweder ganz nüchtern: »I/He never drink/s alcohol.« Oder probieren Sie zum Schluss mal ein neues Wort, selbst wenn Sie kein Teetrinker sind: »I am teetotal/He is a teetotaler.«

101 teuflische Wendungen des Lebens

Wir standen uns die Beine in den Bauch – *We stood the legs into the belly.* Ich mag diese Redewendung: Sie ist brutal bildhaft. Aber sie sollte auch jeden halbwegs aufmerksamen Chirurgen alarmieren. Schließlich klingt es wirklich übel, wenn Sie einmal darüber nachdenken: Vor lauter Langeweile haben sich meine Hüftgelenke in die Gedärme geschoben ... Kühlen Sie sich also besser die Fersen: »We cooled our heels waiting.« Wenn Sie auf etwas sogar »bis in alle Ewigkeit« gewartet haben, können Sie das fast wörtlich sagen: »We waited for/to all eternity.« Und unser »Sanktnimmerleinstag« ist im Englischen gleich das Reich Gottes: »Has he not arrived? I'm not prepared to wait till kingdom come.«

Alles im grünen Bereich! – *Everything in the green area!* Ganz generell sind unsere »Bereiche« oft nix für den Englischbereich. Damit will ich sagen, dass der »Bereich« als ein inflationär verbreitetes sprachliches Gehege schon für sich genommen ein Germanismus ist. Die unverständliche Übersetzung »*everything (is) in the green area*« ist deshalb längst zu einem Filser-Klassiker geworden. Vielleicht liegt es ja auch daran, dass die alltägliche englische Redensart eher im fantasielosen Bereich angesiedelt ist: »Everything is fine« oder »Everything is ok«. Außerdem gibt es »Roger!«. Damit sollten wir allerdings vorsichtig sein! Erstens ist es streng verboten, »alles« davorzusetzen: »*All roger!*« und »*everything roger!*«. Zweitens hat »to roger« gerade in Großbritannien eine vulgäre Bedeutung: sozusagen im roten Bereich! Alles klar?

Deine Haare stehen zu Berge – *Your hairs stand like a mountain.* Wenn Ihnen bloß eine Frisur nicht gefällt, vergessen Sie die Berge. Wenn Ihnen jemand nicht ausreichend gekämmt erscheint, können Sie sagen: »Your hair [Einzahl!] is all over the place.« Wenn Sie hingegen über Angst und Schrecken sprechen, bleiben Sie ruhig bei den Haaren, doch ebenfalls ohne Berge: »Her hair stood on end.« Ich habe diese Frisur selbst schon ausgelöst: »My proposal to venture into a relationship with me made her hair stand on end.« Und weil ich gerade von Haaren spreche. Es gibt auch einen »bad hair day« mit zwei Bedeutungen: 1. Man bekommt seine Frisur nicht in den Griff. 2. Alles geht schief.

Sie haben es durch die Blume gesagt – *They told it through the flower.* Wenn Sie zu einer etwas komplizierten Ausdrucksweise neigen und nicht sofort zum Punkt kommen, dann haben Sie entweder nichts zu sagen oder Sie ziehen es vor, die Dinge anzudeuten. Oder beides! Die gängigste Wendung für die Andeutungen kennen wir im Deutschen: »Are you insinuating that ... – insinuieren Sie, dass ...?« Auch hört man häufig die Verben »to imply« und »to hint«: »He was implying that my English is funny«; »he hinted at my funny English«. Wer nun gerne schwurbelig spricht, neigt zu einer »verschleierten Sprache«: »a veiled language«. Zugleich bewegt man sich wie in einem Kreisverkehr: »They said it in a roundabout way.« Wer sich dann auf der anderen Seite aus schwurbeligen Andeutungen einen Reim machen muss, die Dinge also nicht auf direktem Weg erfährt, kann es mit den Worten von Barrett Strong sagen, die später Marvin Gaye gesungen hat: »I heard it through the grapevine.« Dieser Weinstock hat Ähnlichkeiten mit unserer Blume. Und mit dem Flurfunk! Für das mühsame Zusammenlesen von Information kann man auch (wieder einmal) die englische Seefahrersprache bemühen: »When she spoke vaguely, he would fish for information.«

Ich gehe an die Decke! – *I go under the roof!* Auf jeden Fall befinden Sie sich mit Ihrer Stinkwut schon im richtigen Raum: einem mit Decke, die Sie bestimmt gleich mit dem Kopf von unten berühren: Given the state of your anger, you will be hitting the ceiling very soon. Noch dramatischer wird es, wenn Sie vollständig durchs Dach schießen, was uns im Fall von Aktienkursen freut, aber im Fall von Menschen auf eine Depression deutet: »The stock price went through the roof. But I will be going through the roof!« Falls das erst der Anfang war und Sie danach so richtig in die Luft gehen, lässt sich Ihr Zustand mit einer meiner englischen Lieblingsformulierungen aus der Waffenkunde beschreiben: »I will go ballistic if you don't stop that Abba Music!« Während Sie auf 180 kochen und rasen – while you are raging –, fragt jemand, ob Sie komplett übergeschnappt sind: »Has he gone off the deep end?« Oder: »Has he lost it?« Immerhin bekommen Sie damit eine Abkühlung, denn wörtlich bedeutet diese Formulierung, dass Sie an der tiefsten Stelle ins Wasser gesprungen sind.

Sie stecken alle unter einer Decke – *They all stick under one blanket.* Ich habe mich schon als Kind gefragt, was ein paar Gangster unter einer Decke machen, wenn sie doch ständig alles im Blick haben und auf der Hut sein müssen. (»They are always on guard because they don't want to be caught off guard!«) Selbstverständlich kann man jederzeit mit den Bösen ins Bett (»they are in bed with the bad guys«). Doch besser wäre es, statt der unpraktischen Decke einen Handschuh zu benutzen: »They are working hand in glove (with the mafia).« Auch wird oft ein anderes Wort verwendet, dessen praktischer Ursprung allerdings vollkommen unklar ist: »They are in *cahoots* with the mafia.« Und dann spricht mich das »Oxford English Dictionary« noch mit einer weiteren Variante an: »He is in league with the devil.«

Lass es uns auf dem kleinen Dienstweg regeln! – *Let's regulate it on the short administration way!* Jetzt wollen Sie mal total unkompliziert vorgehen, und dann drücken Sie sich so kompliziert und gewunden aus, dass Sie niemand versteht. Unumwunden könnten Sie sagen: »Let's do it through unofficial channels.« Lockerer wäre die Aufforderung: »Let's cut the red tape!« Der Ausdruck »red tape« ist gerade unter Briten sehr verbreitet, um einerseits über die ausufernde Bürokratie (ja, ja, die »EU« ...) und andererseits über Menschen zu sprechen, die sich an alles halten, was sich Staatsbeamte so ausdenken. »There's too much red tape – let's just ignore it!«

Er hat einen Draht zu den Menschen – *He has a wire to the people.* Ein kommunikatives Gespür gilt vielen heute als wichtige Eigenschaft. Sie zeigt sich darin, wie wir auf andere zugehen und die Leute andersherum auf einen reagieren: It's always a question of how well you relate to other people. Gerne pflegen wir einen direkten Draht zu bestimmten Leuten: »He has a direct line to ...« Politiker machen sogar am liebsten den Eindruck, sie hätten eine Art Standleitung zur Bevölkerung: »He's got the common touch.« Und wer wirklich in einer guten und engen Beziehung zu einer Person steht, darf behaupten: »I have a good rapport with ...«

Ein Tag am Meer
Seefahrerenglisch (mit Liste)

5. Kapitel

Möchten Sie Ihren Wortschatz ein wenig auftakeln? Dann stechen Sie in See! Die Wörter und Redewendungen, die ich an der englischen Südküste gelernt habe, kann man in allen möglichen Situationen vom Stapel lassen – sogar im staubtrockenen Büro!

Als ich zum ersten Mal an Englands Küste landete, war ich 17 – I came ashore on the Kent coast in 1990. Schwebend hatte ich den Ärmelkanal überquert – I had crossed the Channel aboard a hovering vessel called »Luftkissenboot«: the hovercraft. Mein Ziel – my destination – war die Hafenstadt Dover. Überall flogen Möwen – seagulls were all over the place and from day one I enjoyed the sea breeze.

Der Zweck meiner Reise war recht angenehm – I was on a rather pleasant mission. Oder wie Kapitäne sagen: »It was plain sailing« – es war ein Leichtes! Auf Kosten meiner Eltern durfte ich für einige Monate die englische Seeluft genießen und als Gastschüler ein englisches Internat besuchen. Sozusagen eins von der alten Schule – a traditional English boarding school. Der Aufenthalt im »Dover College« sollte meinen Horizont erweitern – the purpose of my stay was to gain new perspectives and to broaden my outlook.

Ich freute mich darauf, endlich das Volk kennenzulernen, dessen Sprache wir alle wie selbstverständlich lernen.

Und ich fand es aufregend, dass sie auf einem Außenposten zwischen Nordsee und Atlantik lebten – a seafaring nation that naturally speaks our Lieblingsfremdsprache and lives at an outpost, belted by a coastline of many thousand of miles. To put it in naval terms – in der Sprache der Seefahrer: people »adrift« from the continent – abseits vom Geschehen auf dem europäischen Festland. Heute kann man das alles ganz leicht im Internet finden und erfährt, dass die Briten mehr als 130 Inseln bevölkern.

Dabei war mein Leben im Dover College zunächst wenig maritim, wenn ich einmal von den Fischstäbchen aus Nordseekabeljau absehe, die wir jeden zweiten Tag vorgesetzt bekamen – except for the cod fish fingers. Das soll nicht heißen, dass das Essen schlecht war: Täglich gab es drei anständige Mahlzeiten – we were served three »square meals« a day, ein Begriff, der aus den Schiffskantinen stammen soll, den aber auch jede Landratte versteht – a phrase also common to landlubbers.

Ein weitaus größerer Genuss als die Mahlzeiten war allerdings der beinahe 900 Jahre alte Speisesaal, in dem wir uns morgens, mittags und abends versammelten – more palatable than the food was the splendid dining hall: a »refectory« dating back to the 12th century. Für einen Gastschüler aus Deutschland bot der Raum wahrlich eine neue Perspektive, die es leicht machte, die Außenwelt zu vergessen. Überhaupt beeindruckten mich anfangs die alten Häuser, die weiten Wiesen und die umherstehenden Ruinen innerhalb der Schulmauern mehr als das Meer: Dover College war auf dem Grund eines mittelalterlichen Klosters gegründet worden – it had been founded in 1871 on the site of a former priory from the

Middle Ages. Ein buchstäblicher Höhepunkt war der Geschichtsunterricht in einem kleinen Raum über einem Torbogen von 1320!

Dover selbst war keine schöne Stadt. Gewichtige Gründe dafür waren 1914 und 1941 in Form deutscher Bomben aus dem Himmel gefallen. Leider war die Stimmung auch Jahrzehnte danach ziemlich mau. Auf einem Schiff würde man von einer Flaute sprechen: »Dover seemed to be in the doldrums« – Dover wirkte deprimierend. Zum Glück sorgte der große Hafen für Leben und wohl auch für Geschäfte und verhinderte Schlimmeres: »Dead in the water«, also total verloren, schien Dover noch nicht zu sein.

Und schließlich war da der spektakuläre Horizont! Dover verdankt ihn seiner speziellen Lage am Ärmelkanal und den weltberühmten »White Cliffs«, jener steilen Felsküste aus weißem Kreidestein, die schon im Altertum kennzeichnend für das Hinterland war. Während »Britannia« lateinisch ist, geht »Albion« auf die griechische Bedeutung von »weiß« zurück. Und damit auf *die* Sehenswürdigkeit von Dover.

Auf den weißen Klippen verbrachten wir viele Wochenenden. Genauer gesagt: auf den graswachsenen Dächern der verlassenen Militärbunker, die dort einst gegen Napoleons Flotte und später gegen deutsche Angriffe vom Wasser und aus der Luft gebaut worden waren. Von dort oben hatten wir einen grandiosen Ausblick auf die »Straße von Dover«, die engste Stelle des Ärmelkanals. An sonnigen Tagen konnten wir am Horizont die französische Küste sehen – on sunny day we could discern the French coastline across the Straits of Dover. Wo heute jeden Tag Hunderte von Handelsschiffen passieren, lieferten sich die europäischen Nationen noch vor wenigen Jahrzehnten ungeheure Schlachten. Der Ort gab mir eine erste Ahnung, wie stark das Meer die Sicht und die Sonderbarkeiten der Briten geprägt hat.

Damals wurde mir klar, dass die Briten und ihre Vorfahren im Unterschied zu vielen unserer Ahnen immer in See stechen mussten, um andere Völker zu treffen, um mit ihnen Handel zu treiben oder um sie zu erobern – I became aware that they had to go to sea to be able to meet, to deal with and to conquer other peoples. Erst seit knapp 100 Jahren stehen dafür Flugzeuge zur Verfügung. Und erst seit der Fertigstellung des »Eurotunnels« im Jahr 1994, der auf britischer Seite übrigens stets »Channel Tunnel« heißt, können die Briten auch mit dem Zug auf dem europäischen Festland einfallen. Obwohl sie es jeden Sommer zu Hunderttausenden tun, scheinen sie allerdings weiterhin mehr Angst vor einer Invasion in ihre Richtung zu haben. Ich kenne Inselbewohner, die noch heute in der 50 Kilometer langen Röhre nach Frankreich den Anfang vom Ende sehen – I know islanders who still see the beginning of the end through that tube.

Einer von ihnen war Mr. Smith, mein Geschichtslehrer am Dover College. Der Tunnel befand sich damals im Bau und ließ ihm keine Ruhe. Holy Mackerel – heiliger Strohsack! Mr. Smith erinnerte mich an John Cleese in der Rolle des Basil Fawlty, jenen griesgrämigen und überheblichen Besitzer eines runtergekommenen Hotels an der englischen Küste – an overbearing misanthrope and owner of a run-down hotel, pretentiously named »Fawlty Towers«. Wäre Mr. Smith bei ihm aufgekreuzt, hätten die beiden bestimmt gemeinsam über andere Völker gewettert. Uns gegenüber bekundete Mr. Smith jedenfalls sehr offen seine Abneigung gegenüber Franzosen, Deutschen, Niederländern, Norwegern und Spaniern: »Because they all tried to attack us from the sea.«

Herrlich aufregen konnte sich Mr. Smith auch über den feststehenden Ausdruck des »perfiden Albion«: ein Vorwurf, den sich einst die Franzosen gegen die Täuschungsmanöver der Briten ausgedacht hatten – an admonishment by the French for the British chicanery and »red herrings«. Sie haben richtig gelesen: Mit Räucherheringen lassen sich in der englischen Sprache nicht nur Spürhunde, sondern im übertragenen Sinn auch Menschen und ganze Staaten in die Irre führen!

Ob die Engländer nun jemals perfide waren oder nicht: Mr. Smith wollte nicht viel von anderen europäischen Ländern wissen oder gar von ihnen abhängig sein. Einen europäischen Staatenbund hielt er deshalb für einen großen Irrtum – as he put it: »a political bilge dreamed up by statesmen«. Ob er vergessen hatte, dass der Gedanke der »United States of Europe« auch von Winston Churchill stammte? Und ob er ihm unterstellen wollte, er habe »bilge« produziert? Wir kennen den Begriff auch von deutschen Schiffen: Als »Bilge« wird der unterste Raum auf einem Schiff bezeichnet, wo sich das »Bilgewasser« im Rumpf sammelt. Also trüb und überflüssig. Der letzte Dreck.

Was nun die Zukunft Europas betraf, erlebten wir 1990 revolutionäre Zeiten. Die Mauer war gerade gefallen, und die alten Siegermächte handelten die neue Einheit Deutschlands aus. Das stimmte Mr. Smith alles andere als optimistisch: »German unification will bring about enormous sea change for Britain, for Europe and the rest of the world.«

Sea change?

Diesen Ausdruck hatte ich bis dahin noch nie gehört! Während wir im Deutschen von »tief greifenden Veränderungen«, »Umbrüchen«, einer »Zeitenwende« oder vielleicht von einer »neuen Großwetterlage« sprechen würden, fuhr Mr. Smith aufs Meer, um die Weltlage zu kommentieren, und sprach von einem »Wandel der Wogen«. Es ist ein beliebter Ausdruck, wenn frischer Wind – the wind of change – den Lauf der Dinge – the run of events – durcheinanderwirbelt. Wer diesen Prozess aufhalten will, muss sich den Gezeiten entgegenstellen – if you want to bar the change, you have to stem the tide!

Auch nach vielen Jahren kann ich mich noch an den Moment erinnern, als Mr. Smith den Begriff »sea change« in meinen aktiven Wortschatz spülte. Übrigens soll es William Shakespeare gewesen sein, der die Redewendung mit seinem windigen Theaterstück »The Tempest« (»Der Sturm«) in die englische Alltagssprache einführte. Es ist die Geschichte von einem Zauberer, der auf einer Insel die Kontrolle über den Wind erlangt und die Zeitläufte zu seinem Zweck beeinflussen will. Ich glaube, von der Bändigung der natürlichen Gewalten träumen die Briten noch heute.

Wie sehr schon den alten Angelsachsen die Angst vor Wind und Wetter in den Knochen steckte, kann man in dem Gedicht »The Seafarer« nachlesen. Es ist vor der ersten Jahrtausendwende entstanden, also noch vor dem berühmten Datum 1066, als die Normannen unter Wilhelm dem Eroberer auf den britischen Inseln einfielen. Ich erspare uns hier die Originalfassung in altenglischer Sprache. In modernes Englisch übersetzt, beginnt es so:

> »I can make a true song about me myself, tell my travels, how I often endured days of struggle, troublesome times, [...] have known in the ship many worries, the terrible tossing of the waves, where the anxious night watch often took me at the ship's prow, when it tossed near the cliffs. [...] This the man does not know for whom on land it turns out most favourably, how I, wretched and sorrowful, on the ice-cold sea dwelt for a winter [...] hung about with icicles; hail flew in showers. [...] Indeed he credits it little, the one who has the joys of life, dwells in the city.«

Das Gedicht ist noch viele Zeilen länger, doch soll dieser Ausschnitt genügen, um die Gefühle der Furcht, der Einsamkeit, der Traurigkeit und der Frustration zu illustrieren, die englische Seefahrer seit jeher begleiteten. Das war es wohl, was ich beim Blick von den Kreidefelsen in Dover gespürt hatte: dass das Meer die britische Seele in einer Weise beeinflusst, die wir uns kaum vorstellen können. Damals begann ich zu begreifen, was mir bis dahin kein Lehrer in Deutschland vermittelt hatte: wie tief die Erfahrungen, die Ängste und Hoffnungen, die das Meer erzeugt, in der englischen Identität, Kultur und letztendlich auch in der Sprache verankert sind.

So ist es kein Wunder, dass englischsprachige Fischer und Matrosen – fishermen and sailors –, Händler und Piraten – merchants and pirates – und alle anderen Seeleute und Wasserratten – seafarers and water lovers of all kinds – ein Meer von Wörtern und Wendungen hinterlassen haben. Viele davon sind längst Umgangssprache, sodass sie uns gar nicht mehr auffallen:

- to be taken aback: die Kraft, die ein Matrose spürt, wenn er ein Segel mit vollem Körpereinsatz gegen den Wind drückt. Auf dieselbe Weise können uns Ereignisse umwerfen oder gegen die Wand drücken, vor Schrecken, Freude oder Überraschung.

- to be overwhelmed: Wenn sich ein Schiffsrumpf im Wasser dreht und das Boot kippt, passiert dasselbe, wie wenn wir von einer Sache überwältigt und erstaunt werden, also zu viel des Guten oder Schlechten auf uns einstürzt.

- to overhaul: Eine Generalüberholung, Instandsetzung oder eine Revision ist heute das, was früher die Reparatur eines Schiffs war.

- to go overboard: Wer früher über Bord ging, fiel genauso auf wie jemand, der heute ein wenig über die Stränge schlägt: »Peter went overboard when he saw the beautiful gift.«

Je mehr ich während meiner Monate in Dover darauf achtete, desto mehr Seefahrerenglisch fiel mir auf. Drei herausragende Momente, an die ich mich erinnere:

- »He got a first, he's buoyant«: Wie eine Boje – just like a buoy – schwimmt er nach seiner vortrefflichen Leistung obenauf (»a first« ist die beste Note). »Buoyant« (ausgesprochen *boy-jant*) ist ein schönes Wort, um jemanden zu beschreiben, der heiter, lebensfroh, beschwingt, optimistisch und voll Vertrauen ist. Funktioniert auch als Verb: »She was buoyed up by her good results.«

- »I sailed through the exam«: ein Satz, der gerade zwischen Briten und Deutschen für große Missverständnisse sorgen kann. Schließlich sind wir Deutschen alles andere als heiter, wenn wir durch Prüfungen segeln. Im Englischen bedeutet es das Gegenteil: Man hat glorreich bestanden. Nächste Etappe: Party!

- »Let's push the boat out«: Den Satz hörte ich tatsächlich das erste Mal vor einer Party. Er ist nicht etwa die Aufforderung, die Flucht zu ergreifen. Vielmehr bedeutet er frei übersetzt: »Heute lassen wir es krachen!« Oder: »Wir hauen auf den Putz.«

Selbst wenn es zu Missverständnissen kommen kann, sind uns eine Reihe maritimer Begriffe, Redewendungen und Sprichwörter sehr vertraut. Ein schönes Beispiel ist der »Warnschuss«, der ja auch bei uns gefürchtet ist: »Mr. Smith fired a (warning) shot across my bows.« Früher schoss man über den Bug eines anderen Schiffs, bevor man gefährlich scharf zielte. Heute kassieren wir solche sinnbildlichen Schüsse entweder nach einer schlechten Leistung oder nach schlechtem Betragen. Im Klartext: Wenn du das noch einmal machst, wird es Konsequenzen haben!

Hier sind sieben weitere Redewendungen, die wir auch im deutschsprachigen Alltag kennen, wenn wir ...

... Schiffbruch erleiden: »We suffer shipwreck/We are shipwrecked.«
... klar Schiff machen: »We are clearing the decks.«
... jemandem im Kielwasser folgen: »We are following in the wake/on the backwash of someone.«
... die Ruhe vor dem Sturm erleben: »The calm before the storm.«
... zu nah am Wind segeln: »We are sailing too close to the wind.«
... anderen den Wind aus den Segeln nehmen: »We take the wind out of someone's sails.«
... gegen den Strom schwimmen: »We swim against the current.«

Vorsicht ist hingegen mit unserem »Tiefgang« geboten! Selbstverständlich gibt es auch englische Gedanken »mit Tiefgang«. Doch von »draught« (britisch) und »draft« (amerikanisch) spricht man nur in den Fahrrinnen von Schiffen. Im übertragenen Sinn ist ganz wörtlich von »thoughtfulness« die Rede.

Trotzdem gibt es zahlreiche identische Begriffe, mit denen wir uns in beiden Sprachen sicher über Wasser halten können – terms that are similar and keep us afloat in either language. Oft entstammen sie gemeinsamen sprachlichen Wurzeln. So teilen einige nautische Fachbegriffe denselben westgermanischen Ursprung, etwa »haven« und »Hafen«, »to hoist« und »hissen«, »keel« und der »Kiel«. Oder der »Freibeuter« und sein Kollege »freebooter«.

Im Laufe der Jahrhunderte waren es darüber hinaus gemeinsame Gewohnheiten, die dazu führten, dass ganze Wendungen übernommen wurden. Das Meer ermöglichte Handelsbeziehungen und Kontakte zwischen Menschen, die sich über den Landweg niemals kennengelernt hätten. Ihre Kommunikation war folglich durchdrungen von Begriffen der Seefahrt. Das Wasser hat einen universellen Code zwischen Kulturen geschaffen. Wenn ein Händler der Hanse von Lübeck oder Hamburg über die Nordsee zum Stahlhof reiste – the Steelyard in London was the main trading base of the Hanseatic League –, nahm er eine Vorstellung von der Welt mit, an der wir heute noch Anteil haben. Ein Beispiel von damals hat sogar im Jargon des weltumspannenden digitalen Netzes eine neue Bedeutung erlangt. Ich spreche vom »log (book)«, dem »Logbuch«. Daraus wurden »Weblog« und »Blog«.

Am Ende unserer Reise durch die englische Seefahrersprache habe ich ein kleines Logbuch für Sie verfasst. Es umfasst 15 Seefahrerphrasen, die wir selbst in den trockensten Momenten und in den staubigsten Büros vom Stapel lassen können. Und wie Sie sehen werden: Es ist besonders für Krisen geeignet.

15 Seefahrerphrasen

We are (all) at sea. Manchmal fühlen wir uns verloren wie auf hoher See ohne Boot und Rettungsring. Ich zum Beispiel, wenn ich Französisch sprechen soll: »I feel (all) at sea with my French.« Es ist ein gängiger Ausdruck der Verzweiflung, der Verwirrung und der Begriffsstutzigkeit.

We have the match sewn up. Im Deutschen würden wir sagen: »Wir haben das Spiel schon in der Tasche« oder »Es ist so gut wie gewonnen«. Der englische Ausdruck erforderte früher ein Leinentuch und einen Faden, zum Beispiel, um auf hoher See einen Leichensack fest zuzunähen, bevor man ihn ins Wasser ließ. Heute bedeutet »it is all sewn up« auch, dass »alles unter Dach und Fach« ist.

Down the hatch! Wenn ich ein Glas mit Schnaps die Speiseröhre hinunterspüle, landet er genauso in meinem Bauch, wie er früher in dem Bauch von Schiffen landete, wenn man die Rumfässer durch kleine Luken hinabwarf. Heute ist »Down the hatch!« eine Aufforderung, das Glas auf ex zu trinken. Hoch die Tassen!

This is a perfect storm. Was wir »GAU« oder »Super-GAU« nennen und mit explodierenden Atomreaktoren in Verbindung bringen, ist für die englischen Seefahrer eine Verkettung unglücklicher Umstände, die schon lange vor der ersten Atomspaltung der Wind, die Wolken und das Wasser brachten. Stumpf als »perfekter Sturm« übersetzt, deutet es auf ein fortgeschrittenes Stadium unserer »Anglizitis«. (Lesen Sie mehr über diese Krankheit im Kapitel »Prokrastinierst du noch oder performst du schon?«)

We are heading home as the crow flies. Praktische Lebenshilfe aus der Hochphase der Seefahrt. Weil Krähen vom Wasser aus immer den direktesten Weg zur nahe gelegenen Küste wählen, hatten die Schiffe früher stets einen Käfig mit Krähen an Bord. Wenn man sie freiließ, kannte man rasch die Luftlinie zum nächsten Land. Heute bedeutet der Ausdruck »auf dem schnellsten Weg«, »schnurstracks« oder »Luftlinie«: »The distance from Berlin to London is 930 kilometres as the crow flies.«

We have to tie up loose ends. Die »New York Times« hat eine feste Rubrik mit dem Titel »Loose Ends«. Das bedeutet »Unerledigtes«. Früher beschrieb es das Ende eines Seils oder einer Kette, um das man sich (noch) kümmern musste, indem man es zusammenband, befestigte oder es einfach festhielt. Heute werden »loose ends« oft als unangenehme Belastung, Verpflichtung oder Mühen empfunden. Vor allem im amerikanischen Englisch kann es auch bedeuten, nichts mit sich anzufangen zu wissen: »I am at loose ends.«

We are high and dry. Ein Schiff, das auf ein Riff oder eine Sandbank fährt, steht plötzlich hoch und liegt trocken. In ähnlichen Krisen können wir uns wiederfinden. Das »Oxford English Dictionary« kennt ein Beispiel: »Your family would be left high and dry by the death of the breadwinner.«

He's on a binge. Ein Ausdruck, der schwer in Mode ist. Von »binge drinking« (Komasaufen) und »binge eating« (Vollfressen) hat sich auch »binge watching« abgeleitet: das andauernde Glotzen von Fernsehserien, das eine Menge Nächte, Kraft und Sozialkontakte kosten kann. Ursprünglich stammt der Begriff von einem englischen Dialekt und bedeutete »einweichen« oder passender: »sich volllaufen lassen«. Als Matrosen auf den Schiffen die Fässer leeren mussten, die nicht selten Alkohol enthielten, sagte man: »He has/is on a binge.«

You are on your beam-ends. Sie sind beinahe gekentert – they almost capsized. Sie liegen also auf der Seite wie ein Käfer auf dem Rücken. There's no room left for manoeuvre – kein Handlungsspielraum! In klaren Worten: Sie sind pleite.

I feel marooned. Es kann mehr sein als ein Gefühl, wenn man irgendwo gestrandet und dann von der Außenwelt abgeschnitten ist. Dann darf man sich schnell im Stich gelassen fühlen, so wie eine Schiffsmannschaft, die vor zweihundert Jahren auf einer verlassenen Karibikinsel landete und schon bald in der Heimat abgeschrieben wurde, weil man sie für gesunken, verloren und tot hielt. In Wahrheit ist der Begriff politisch nicht korrekt, um nicht zu sagen: unerhört rassistisch. Da er die unterstellte kastanienartige Hautfarbe von Menschen auf entlegenen Eilanden beschreibt. Trotzdem ist er der Ausdruck der Wahl, wenn der Urlaub zum Horrortrip wird.

We live at close quarters. Eine Formulierung, die aufdringliche Nähe, eine Beklemmung und meistens auch eine Notlage beschreibt. Ursprünglich waren »close quarters« verriegelte und abgeschlossene Bereiche auf Deck, um sich vor Angreifern zu schützen. Daraus wurde bald der »Nahkampf« – close quarters battle/fighting. Und das sogar im übertragenen Sinn: Wer etwa mit anderen auf engstem Raum arbeitet, sagt: »We work close quarters.«

We are looking for a safe harbour. Der rettende Hafen in der Not. Egal, ob für Kinder aus Kriegsgebieten, streitgeplagte Eheleute, schuldengeplagte Unternehmer oder Nutzer digitaler Daten. Sie alle benötigen Schutz vor ihren Feinden, und sie haben im Zweifel auch ein Recht darauf.

I am under the weather. Dieser Ausdruck für Unwohlsein oder schlechte Laune stammt von Bootspassagieren, die sich in ihre Kajüten zurückzogen, in der Hoffnung, dort den Seegang weniger zu spüren. Oder wenigstens näher am Klo zu sein.

Will he walk the plank? Es war die Art, wie die englischen Piraten ihre Feinde quälten: Sie zwangen das Opfer, über eine Holzplanke zu laufen, bis es ins Meer und damit meistens in den Tod stürzte. Im übertragenen Sinn empfinden manche Menschen heute ähnliche Qualen, selbst wenn das Holz, die Piraten und die tödliche Demütigung abgeschafft wurden. Auf jeden Fall sagt man über jemanden, der seine Aufgabe und Anstellung verlieren wird, genau das: »He will be walking the plank.«

We cross the bridge when we come to it. Warum über ungelegte Eier reden? Oder über ein Problem, das noch gar keins ist? Im Englischen sind diese Eier und Probleme eine Brücke, die man erst einmal erreichen muss. Ich denke dabei an die wilden Flüsse und die schönen Brücken in Schottland. Und ich denke mir: Da will ich mal wieder hin!

Wenn Sie noch mehr Seefahrerenglisch lernen wollen, schauen Sie einmal hier nach: www.phrases.org.uk/meanings/nautical-phrases.html Doch geben Sie acht! Damit Sie sich nicht zu den Menschen gesellen, die nahezu alles zum begrifflichen Inventar von Schiffen zählen. Sie sitzen in einem Fantasieboot, das es gar nicht gibt: das »Canoe« – the Committee to Ascribe a Naval Origin to Everything!

Schmidt the Lip
Ein Nachruf – an obituary

6. Kapitel

Helmut Schmidt beherrschte unsere Lieblingsfremdsprache wie kaum ein anderer Politiker. Weil er zudem ungewöhnlich ironisch und meinungsfreudig war, nannten ihn die Deutschen »Schmidt-Schnauze«. Ich würde ihm posthum lieber einen anderen Titel verleihen: »The most English Bundeskanzler of all times«!

Einmal habe ich ihn persönlich getroffen – I met him once in person. Nicht in Hamburg, sondern in Berlin. Und obwohl sein Büro Unter den Linden sehr groß war, saßen wir eine Stunde unerhört eng nebeneinander – we spent one hour sitting uncomfortably close together in his spacious office. Incredibly close! Gewöhnlich legen Hanseaten wie er ja großen Wert auf Distanz – people from Hamburg usually cultivate a healthy distance. In particular with strangers – mit Fremden sowieso!

Vier Monate hatte ich auf diese eine Stunde gewartet. Und nun saß er neben mir – there he was: Helmut Schmidt! Der Mann mit dem schnurgeraden Seitenscheitel und der grauen Tolle – with his dead-straight side parting and the grey quiff. Er war der Bundeskanzler meiner Kindheit und der ewige Besserwisser während meiner Jugend in der Ära Kohl – he was the Chancellor of my childhood and the faultfinder during my adolescence in the subsequent tenure of Helmut Kohl. Schon als Schmidt nur Verteidigungsminister war und ich noch nicht einmal geboren, hatte er die Welt mit englischsprachigen Witzen belustigt. So nannte er die Bundeswehr einmal »German Hair Force«, als ihm die Haarpracht in der deutschen Truppe viel zu verlottert erschien. Ich hätte ihm gerne noch zu Lebzeiten gesagt, dass er sich mit seiner eigenen flotten Frisur den Titel »German Hair Force One« verdient hat. Doch das habe ich verpasst.

Als wir uns im Frühjahr des Jahres 2002 trafen, war er beinahe 20 Jahre »Bundeskanzler a. D.« – by the time we met he had long been retired as head of government. Ich selbst war mit 28 Jahren der damals jüngste Redakteur der Wochenzeitung »Die Zeit«. Schmidt war seit 18 Jahren der Mitherausgeber unserer Zeitung – he was our joint publisher. Ihn zu besuchen und mit ihm ein politisches Gespräch zu führen war für jeden Kollegen eine Ehre – paying him a visit and discussing with him current political topics (or rather: listening to him talking) was an honour for every member of staff.

Technisch betrachtet, waren die Voraussetzungen für unser Treffen schlecht: Sein Hörgerät war nicht richtig eingestellt – his hearing aid was badly adjusted. Deshalb saßen wir so eng! Um von ihm verstanden zu werden, musste ich sehr laut sprechen. Weil er trotzdem nicht alles verstand, parkte er sein Ohr immer wieder so nah an meinem Mund, dass selbst mir als Rheinländer das etwas zu nah vorkam. Und wenn er dann selbst sprach (was er meistens tat), schrie er mich an, als würde ich am anderen Ende des Raums stehen. Unser Treffen war also schon deshalb unvergesslich, weil wir uns anbrüllten wie auf einer Baustelle – it was a memorable meeting no least because we were yelling at each other as if on a building site.

Wie zu erwarten, saß ich in einer Rauchwolke. Eine in Deutschland sehr berüchtigte Wolke. Nicht, dass ich hier posthum über seine Nikotinsucht lästern will – I don't wish to speak ill posthumously of his nicotine addiction. Andererseits kann sie auch nicht unerwähnt bleiben, wenn man über diesen Kettenraucher berichtet. Angeblich hortete der Mann am Ende seines Lebens mehrere Hundert Stangen Mentholzigaretten in seinem Keller – it was rumoured shortly before his death that he was hoarding hundreds of menthol cigarette cartons at home. Bis zu seinem Tod am 10. November 2015 galten für ihn sogar andere Gesetze. Ungeschriebene, versteht sich – there were unwritten rules just to accomodate him. In deutschen Fernsehstudios, Restaurants oder Krankenhäusern. Kurz, an vielen Orten, wo für alle anderen Bürger längst Rauchverbot herrscht – in many places where smoking is banned for ordinary people.

Noch faszinierender als seine Dunstwolke war allerdings der Dunstkreis, in den Helmut einen großen Teil der deutschen Bevölkerung auch ohne Zigaretten zu ziehen vermochte – not just did he create a haze dome around his listeners but also he was able to cast an irresistible spell on them. Je älter er wurde und je mehr er den bitteren eigenen Machtverlust überwunden hatte, desto verführerischer war das – the older he got and the more he had overcome his own bitterness at his loss of power, the more enticing he became for many. Das war einerseits verblüffend, weil er sein Leben lang ein ganz schön arroganter Bursche sein konnte. Andererseits verblüffte es überhaupt nicht, da er wie kein anderer eine verbreitete politische Grundhaltung zu verkörpern schien und zur grauen Eminenz der Bundesrepublik Deutschland aufgestiegen war – long after his time in political office he had evolved into the grey eminence of German political thinking. Angela Merkel hat ihn sogar als »Vaterfigur der Deutschen« beschrieben – a father figure. Er war glaubwürdig, weil er sich mit einigen komplizierten Themen besser auskannte als viele andere und sie noch besser erklären konnte – his knowledge and his ability to explain complex issues made him particularly trustworthy. He was the epitome – die Verkörperung und der Inbegriff – of the elder statesman.

Als wir uns trafen, interessierte mich natürlich vor allem seine Haltung zum Vereinigten Königreich und zu den USA. Also lenkte ich unser Gespräch in Richtung Westen – I directed our conversation towards matters in the West. Er mochte das Thema. In meinen Notizen habe ich einige Bemerkungen gefunden, die seine Einstellung ausdrücken. Sie war von Dank geprägt: »Die Freiheit haben wir Deutschen schon früher verstanden«, sagte er. »Doch wir konnten damit nicht umgehen.« Er deutete auf die Philosophie der Aufklärung, die liberale Bewegung im 19. Jahrhundert, die Entwicklung der Sozialdemokratie und die Errungenschaften der Republik von Weimar. Kräftig zog er an seiner Zigarette, und kraftvoll rief er mir ins Ohr: »Wir Deutschen haben uns die Freiheit zuerst erkämpft und sie dann wieder verspielt. Ob wir es heute hören wollen oder nicht: Winston Churchill und die USA haben für unsere Freiheit gekämpft. Sie haben uns den Arsch gerettet! Und jetzt beschützen ihn die Amerikaner seit mehr als 60 Jahren.«

Na, so was, dachte ich. Hat der alte Mann gerade »Arsch« geschrien? Hatte er. Und hätte er von den aktuellen Entwicklungen gewusst, hätte er bestimmt noch andere Kraftausdrücke bemüht: für Nigel Farage, der als Anführer der britischen UKIP-Partei den »Brexit« erkämpfte und den 23. Juni 2016 zum britischen »Independence Day« erklärte, und dem Schmidt 2014 in einer öffentlichen Diskussion einen »Führerkomplex« unterstellte. Für Boris Johnson, dem man zwar einen »Churchillkomplex« unterstellen kann, aber mehr für seine schauspielerischen als seine politischen Fähigkeiten. Für Theresa May, die ihre Meinung über den »Brexit« in einem Jahr fundamental geändert hat. Und für Donald Trump, der nicht mehr daran denkt, Amerikas Arsch für uns hinzuhalten.

Ich denke, Helmut Schmidt hatte Glück, das alles nicht mehr erleben zu müssen. Vor allem wenn ich an die Rede denke, die Henry Kissinger während des Staatsaktes für seinen Freund Helmut über dessen besondere Einstellung zu den USA gehalten hat. Übrigens sprach Kissinger deutsch: »Er gehörte zu der Generation, die in den Führungsqualitäten von Amerika die beste und anfänglich die einzige Hoffnung für die freien Völker sah. Er legte daher an Amerika einen strengen Maßstab an und fand amerikanische Mängel schwieriger zu akzeptieren als die Mängel von Gesellschaften, an die er weniger hohe Erwartungen stellte.«

Immer wieder sprach Helmut Schmidt leidenschaftlich über die Freiheit. Privat wie politisch hatte er sie in einem langen Leben zu schätzen und zu nutzen gewusst.

- Mal ist sie fundamental und garantiert – »civil liberty« as guaranteed by law, for instance in a constitution.

- Mal ist die Freiheit jeden Tag für jeden da – the »freedom« to speak, to sleep, or, perhaps to smoke.

- Mal ist sie auch ein Privileg, das, was wir früher den »Freibrief« für alles Mögliche nannten – artists enjoy an »artistic licence« and secret agents like James Bond a »licence to kill«.

Ich war mir nie sicher, wie viel Freiheit Helmut Schmidt anderen Menschen zugestand. Sozialdemokraten setzen sich, aber vor allem anderen ja auch sehr viele Grenzen. Doch er selbst hat sich sein Leben lang alle Freiheiten genommen: Als Raucher. Als Redner. Als Realist. Als Regierungschef. Und als »Renaissance Man«, das Idealbild des in England auch heute noch geschätzten Universalgenies. In einem Fernsehinterview im Jahr 1975 dankte Helmut Schmidt der Lichtwark-Schule in Hamburg für seine Ausbildung zum Alleskönner. Worauf es ankomme, seien »musische Qualitäten, sportliche Förderung und selbstständiges Arbeiten«.

Auch als Soldat im Krieg soll er immer wieder so frei gewesen sein, seine Meinung kundzutun. Berühmt ist sein kraftvoller Ausspruch vom »Scheißkrieg – the f****** war«. Während der Kämpfe hatte er als kommandierender Leutnant gedient, obwohl er einige Jahre zuvor wegen »flotter Sprüche« aus der Hitler'schen Marinejugend geflogen war. Noch 1945 wäre er wegen seines losen Mundwerks beinahe vor einem Kriegsgericht gelandet. Und wie er selbst am Ende seines Lebens gestand – as he confessed late in his life: Auch in seiner Ehe, oder besser gesagt, außerhalb, nahm er sich Freiheiten. Doch ich finde, die Einzelheiten seiner Affären – let's say: flings – interessieren nicht. Wie gesagt: Freiheit! Die eine bedingt die andere.

Manchmal erscheint mir die Geschichte des sturen wie beweglichen Helmut Schmidt ungefähr so wechselhaft wie die Geschichte des Gebäudes Speersort 1 in Hamburg, wo er bis zu seinem Tod fast 33 Jahre lang ein Büro hatte, weil dort »Die Zeit« sitzt. 1938 war das Haus für einen nationalsozialistischen Zeitungsverlag erbaut worden. Und weil dort zwischenzeitlich auch »Der Spiegel« entstand, rückte 1962 die Polizei an, um den »Spiegel«-Gründer Rudolf Augstein festzunehmen und um geheime Unterlagen zu suchen, die Augstein womöglich schwer belastet hätten. Doch die sogenannte Spiegel-Affäre endete glimpflich, sodass am alten Sitz der Nazi-Presse letztendlich auch journalistische Freiheit über staatliche Obrigkeit gesiegt hat.

Wenn Schmidt sprach, merkte man, dass er progressiv und konservativ zugleich war. Kein typisches Profil für einen Politiker in Deutschland, schon gar nicht in der SPD. Wir kennen sie eher aus den USA oder Großbritannien. Es hat mich deshalb wenig überrascht, welche Worte Helmut Schmidt ausgerechnet in englischer Sprache für sich selbst fand: »I'm a lifetime politician and good pretender« – ein Berufspolitiker und guter ... ja, was? Ein »Pretender« kann ja auch ein Bluffer sein. Und tatsächlich kannte er diese Anforderung, ganz besonders für Europa. So erklärte er ausgerechnet britischen Politikern: »Being a European politician is not at all that difficult because all you have to do is to satisfy the farmers, satisfy the trade unions, satisfy a few other groups and still get elected.«

Aber ein »Pretender« ist immer auch ein Anwärter auf eine höhere Position. Und wer die Elogen las, die nach seinem Tod verbreitet wurden, konnte annehmen, dass einige Deutsche wirklich zu glauben schienen, dass Schmidts Anwartschaft bis hin zu einem imaginierten deutschen Thron reichten. Sogar ein Redakteur von Schmidts »Zeit« verbreitete diesen Glauben. In einem Gastartikel für die »New York Times« schrieb er, was den Deutschen gerade noch gefehlt hat: »The public surely would have voted him king.« Andererseits: Helmut Schmidt schien für viele Deutsche tatsächlich eine ähnliche Rolle auszufüllen wie die Königin für die Briten.

Wahrscheinlich hätte sich der Prätendent für einen Moment geschmeichelt gefühlt. Doch dann hätte er gelacht und diesem Englisch sprechenden Märchenerzähler aus Hamburg entgegnet: »Nun lassen Sie mal die Kirche im Dorf – quit dreaming!«

Zum Posten des US-Außenministers hätte es andererseits vielleicht gereicht. Nicht nur, weil Schmidt in den Ohren mancher Diplomaten flüssiger Englisch sprach als der gebürtige Fürther und frühere Amtsinhaber Henry Kissinger. In ihrem Nachruf gab die »Washington Post« zum Besten: »Helmut Schmidt spoke fluent English, ›better than Kissinger‹, some American diplomats joked.«

Helmut Schmidt beherrschte jedenfalls unsere Lieblingsfremdsprache so gut wie kaum ein anderer deutscher Politiker seiner Generation, ganz zu schweigen von den meisten heute. Und das, obwohl er, anders etwa als Richard von Weizsäcker, nie in England oder in den USA gelebt hatte.

Was den fünften deutschen Bundeskanzler nicht nur im Deutschen, sondern auch im Englischen auszeichnete, waren vor allem sein Witz und seine Schlagfertigkeit. Immer wieder fühlte er sich zu Einlagen verleitet, die diese Fähigkeiten bewiesen, etwa bei einem Auftritt auf dem Parteitag der britischen Labour-Partei im Jahr 1974, wo der deutsche Kanzler heftig für die Europäische Gemeinschaft warb. Ihr waren die Briten zwar schon beigetreten, aber das aus Schmidts Sicht nur halbherzig: »I cannot totally avoid to put myself in the position of a man who in front of ladies and gentlemen from the Salvation Army tries to convince them of the advantages of drinking.«

Darüber hinaus war Helmut Schmidt im Englischen stets wendig und verständlich, selbst wenn die Angelegenheit noch so ernst und der Sachverhalt noch so kompliziert war – eine Fähigkeit, die ihn ja auch in unserer Muttersprache stark und nicht selten überlegen machte. Die letzten Jahre vor seinem Tod stellte er seine sprachlichen Finessen immer wieder in öffentlichen Diskussionen über die Finanzmärkte unter Beweis. Sie können sich solche Auftritte bei YouTube ansehen.

Was mir an ihm besonders englisch erschien und was auch viele Deutsche faszinierte, war sein einmaliger Stil zu streiten. In den vielen Nachrufen – den »obituaries« – konnte man es lesen. So lobte ihn die »New York Times« als »magnetic speaker« und »pugnacious debater«, als streitlustigen Redner. Seine Unverfrorenheit. Seine Pointen. Seine Direktheit, ohne plump zu sein. Seine indirekte Art, ohne zu schwafeln. Und seine Ironie, ohne ins Sinnleere abzudriften – his bold, sometimes insolent nature. His punchlines. His direct and assertive rhetoric without being blatantly obvious. His way of insinuating without waffling. His meaningful irony.

Nicht ohne Grund wurde er ja auch »Schmidt-Schnauze« genannt – wenngleich das ziemlich großmäulig klingt, so wie die direkte Übersetzung »Big Mouth Schmidt« der BBC. Im Fall eines ganz gewöhnlichen Herrn Schmidt aus, sagen wir mal, Hamburg-Rahlstedt hätte das wohl keine Hoffnungen auf eine sagenhafte Laufbahn durch Ministerien, durch die SPD und durch einen deutschen Großverlag genährt. Doch Helmut Schmidt wusste, wie man eine Lippe riskiert – und erfolgreich durchkommt. Deshalb gefällt mir die englische Bezeichnung »Schmidt the Lip« viel besser.

Sein öffentlich zur Schau getragenes Selbstbewusstsein war von einer Form der verbalen Streitkultur geprägt, die eher in den Parlamenten von London oder Washington zu Hause ist als im Bundestag. Wenn er wollte, nahm er kein Blatt vor den Mund – man sagt: »he was outspoken«, oder: »he didn't mince words«. Gerade Briten und Amerikaner wissen diese Meinungsfreude und Urteilslust zu schätzen. In Deutschland macht sie einen eher verhaltensauffällig als erfolgreich. Doch Schmidt hatte sie mindestens so stark verinnerlicht wie seinen großen englischen Wortschatz und die Grammatik dazu. Deshalb ragt er hervor: He was the most English of all German Chancellors!

Dass Helmut Schmidt längst nicht immer nur zu Worten griff, um ironisch zu punkten, beweist eine Anekdote aus dem Jahr 1979. Sie bietet heute wieder prächtigen Stoff, um die Spannungen innerhalb Europas zu beschreiben: Während eines Gipfeltreffens der (damals noch sogenannten) Europäischen Gemeinschaft in Dublin stellte sich Schmidt demonstrativ schlafend, als Margaret Thatcher nicht aufhörte, ihre Zuhörer mit britischen Forderungen zu nerven. Und auch in diesem Moment war er wieder, was er über sich gesagt hatte: »A good pretender« – as he was pretending to sleep!

Eine ganz andere Episode aus Schmidts Leben hat wiederum Amerikaner und Briten fasziniert. Wie er 1984 dem Magazin der »New York Times« in einem noch immer sehr lesenswerten Interview anvertraute, war sein Vater das uneheliche Kind eines jüdischen Bankiers gewesen. Um unter Hitler Karriere machen zu können, führte Schmidt gefälschte Papiere mit sich, die ihn als Arier auswiesen. Verblüfft blickten vor allem die jüdischen Freunde in New York oder London auf diesen Ausschnitt seiner Biografie und wunderten sich: Dienten falsche Papiere in den Dreißigerjahren nicht in den meisten Fällen zu einer Flucht aus Nazi-Deutschland? Most people obtained forged papers to escape but he used them to further a career – Schmidt hingegen blieb! Es bleibt wohl seine größte und bedenklichste schauspielerische Leistung – the best and the most questionable acting and pretence of his lifetime.

Dass ihm die Macht gut stand, darüber besteht kein Zweifel. Er war gut aussehend, geistreich, weltläufig und wusste höflich aufzutreten, wenn erforderlich – he was »handsome«, »witty«, »cultured« and »urbane«. Doch neben der Freundlichkeit nach außen konnte er auch vernichtend nach innen sein, wie die »Washington Post« erklärte: »Almost always polite and correct in official public statements, Mr. Schmidt was often scathing (vernichtend) in his private assessments and – surprisingly incautious for a head of government.«

Noch etwas kritischer war die Redaktion des »Economist«, die Schmidt als intellektuelles Ekel beschrieb: »He was so clever, and so rude with it, that his listeners sometimes realized too late that they had been outwitted and insulted. He did not just find fools tiresome. He obliterated them. The facts were clear and the logic impeccable. So disagreement was a sign of idiocy.«

Wer das nicht so stehen lassen möchte, mag noch einmal Henry Kissinger lesen: »When I met Schmidt in 1957 he struck me as brash, forceful and intelligent. It gradually daunted on me that his somewhat overbearing manner – seine überhebliche Art – was the defence mechanism of a gentle, even sentimental man.«

Helmut Schmidt selbst hatte mir während meiner Audienz gesagt, er wünsche sich wieder mehr Weltpolitiker wie Winston Churchill. »Und wie wir damals waren.« Und selbst wenn er damit am Ende nur sich selbst gemeint haben mag, möchte ich ihm heute mehr denn je zustimmen!

101 teuflische Wendungen des Lebens

Verkauf mich nicht für dumm! – *Don't sell me for stupid!*
Spätestens wenn Sie sich zur Ware machen lassen, sind Sie wirklich dumm! Bleiben Sie deshalb immer Frau oder Herr Ihrer selbst und gestatten Sie dem anderen nicht mehr, als sich ein Bild von Ihnen zu machen: »Don't take me for a fool« oder »... for an idiot«. Dann kann er Ihnen wenigstens die Ausdrucksweise nicht anlasten.

Wir ziehen das Ding durch – *We pull that thing through.*
Tja, durch was? Es gibt eine Menge flotter englischer Wendungen, die unterschiedliche Grade von Entschlossenheit zum Ausdruck bringen. Wollen Sie zum Beispiel eine Bank ausrauben? Dann würden Sie Ihren Komplizen sagen: »Let's get the job done!« Oder: »Let's get it over with – lasst es uns hinter uns bringen!« Wenn Sie trotz aller Widrigkeiten an einer Sache festhalten, zum Beispiel, wenn die Panzertür des Tresors sehr robust ist, oder auch nur, wenn Sie entschlossen sind, auch bei miserablem Wetter mit der Beute auf dem Fahrrad bis zum Unterschlupf zu strampeln: »We stay the course!« Wie ein Krieger könnten Sie Ihren Schlachtplan mit dem Satz beteuern: »I'll go through (with the plan)!« Um zu unterstreichen, dass Sie nicht stecken geblieben sind und mit dem Vorhaben vorankommen, sagen Sie: »We'll go ahead with ...« Wenn Sie Restzweifel plagen und Sie erklären wollen, dass Sie es »schon irgendwie schaffen«, sagen Sie: »We'll manage« oder »We'll work it out (somehow)«. Etwas Vorsicht ist mit der Formulierung »we go all the way« geboten. Nicht, dass sie ohne Bedeutung wäre. Im Gegenteil! Sie unterstreicht vielmehr Ihre wilde Bereitschaft und Ihren Energielevel. Deshalb

wird sie auch schnell sexuell gedeutet: als »das volle Programm im Bett«. Wenn Sie, egal, ob in der Bank oder im Bett, beim Sport oder auch nur im Büro, »aufs Ganze gehen« oder »alles geben« wollen, sagen Sie: »We'll go all out (for it).« Als Einzelgänger könnten Sie noch betonen: »I do my own thing!« Bleibt die Frage, was nun mit der Wendung ist, die uns deutschsprachigen Menschen besonders leicht von den Lippen geht: »We pull it through!« Sie ergibt nur unmissverständlichen Sinn, wenn man eine schwierige oder gefährliche Situation bis zum Ende aushält, zum Beispiel eine Krankheit. »He's going through a hard time. Will he pull through?« Diese Frage bedeutet: »Wird er (sein Körper) es durchstehen?« Sie fragt nicht, ob er von A bis Z das große Ding durchzieht – if he will be pulling off a perfect heist from start to finish.

Sie ist unten durch – *She is deeply through.* Sie würden doch auch nicht auf die Idee kommen, das »Fettnäpfchen«, in das Sie womöglich getreten sind, direkt mit »fat bowl« zu übersetzen, oder doch? Ich schreibe das hier weniger, um zu erklären, dass man im Englischen seinen Kredit verspielt: »He's lost all credit.« Oder dass man in Ungnade fällt: »He is in disfavour/out of favour« (amerikanisch: »favor«). Vielmehr möchte ich erwähnen, dass man (vor allem in den USA) zum Holländer mutieren kann, wenn man wirklich unten durch ist: »He is in Dutch.« Ein Film aus dem Jahr 1991, der »Dutch« hieß, wurde als »Giftzwerg« ins *Deutsche* übersetzt. Und jetzt raten Sie mal, woher das Wort »dutch« ursprünglich kommt ...

Du begibst dich auf (dünnes) Eis – *You're putting yourself on thin ice.* Mit unserer beinahe direkten Übersetzung bewegen wir uns ausnahmsweise mal nicht auf dünnem

Eis. Solange wir uns nicht erst aufs Eis begeben. Man ist schon dort und sagt: »You are walking / treading / skating on thin ice.«

Er kann das aus dem Effeff – *He can do it out of the, how do you say ...?* Was ist wohl dieses »Effeff«, das wir alle kennen und in der einen oder anderen Situation auch beherrschen? Zuerst müssen Sie sich merken, dass man besondere Kenntnisse im Englischen in der Fingerspitze speichert: »I have this knowledge at my fingertips.« Ich werde nie vergessen, wie mich einmal ein deutscher Soziologieprofessor mit diesem Anglizismus fragte: »Haben Sie Habermas im kleinen Finger?« Ich hätte ihm antworten können: »Yes, I can explain Habermas standing on my head.« Gängig ist auch die Wendung: »I know it backwards.« Wer etwas auswendig gelernt hat, beherrscht es »off the top of my head« oder »by heart«. Und es gibt das Wörtchen »pat«, das ähnlich kurz und zackig ist wie »eff«. Damit können Sie punkten, solange Sie es nicht versehentlich wiederholen und »pat-pat« sagen: »I have this expression down pat – ich kann / kenne diesen Ausdruck aus dem Effeff.« In England sagt man auch »off pat«. Aber Vorsicht mit »pat down«! Das passiert während der Sicherheitskontrolle an Flughäfen, denn es bedeutet »abtasten«.

Ich weiß weder ein noch aus – *I know neither in nor out.* Da ist man schon verzweifelt, und dann kann man es nicht einmal ausdrücken! Wer in dieser Situation aus totaler Verzweiflung im Wörterbuch nachschlägt, landet schnell im Sumpf der Redewendungen – you are deep in the mire of expressions. Zunächst werden einem einige Varianten für den hübschen deutschen Spruch »in der Tinte sitzen« angeboten: »We're in the soup« und »we're in a jam«. (Aber bitte niemals »*We're sitting in ink*«.) Danach stößt man auf den Spruch »between a rock and a hard place«. Er bedeutet tatsächlich, in einer Klemme zu stecken, allerdings ist es mehr »die Qual der Wahl – the agony of choice«, weil man zwischen (mindestens) zwei Optionen hin und her gerissen ist. Dann wird noch die Phrase »to be at a loss« vorgeschlagen, was ich mit »total ratlos« und »in Verlegenheit« übersetzen würde. Oder in einem Schlamassel: »You're stuck!« Man kann auch sagen: »I'm in a real fix.« Das erinnert mich an die lustige amerikanische Heimwerkerserie »In a fix«, die zeigte, wie professionelle Handwerker vorbeikommen, um total missratene Heimwerkerprojekte zu reparieren. Die Moral jeder Geschichte: Es gibt immer eine Lösung – there is always a way to fix it! Doch wie lässt sich nun die tiefe existenzielle Angst ausdrücken, die wir empfinden, wenn wir weder ein noch aus wissen – when we don't know which way to turn? Am nächsten kommt für mein Gefühl der Satz: »I'm at my wit's end – ich bin mit meinem Witz und meiner Weisheit am Ende!« Darüber hinaus kann man den unerträglichen Zustand so beschreiben: »I'm totally confused. I don't have a clue what to do. I'm deeply worried about the future. I am desparate.« So oder so ähnlich ...

Es hängt am seidenen Faden – *It hangs at the silk thread.* Der alles entscheidende Faden braucht im Englischen gar nicht seiden zu sein. Hauptsache, er reißt nicht! Und er hängt mal wieder an der richtigen Präposition: »It is hanging *by* a thread.« Dann kann der Faden sogar nur ein Haar sein: »It is hanging by a hair.«

Er ist weg vom Fenster – *He is away from the window.* Da wir uns allzu gerne mit dem Misserfolg anderer beschäftigen, gibt es für diesen Moment, in dem jemand »Schnee von gestern«, »ein alter Hut« oder schlicht »durch« ist, auch im Englischen viele verschiedene Arten zu lästern. Zum Beispiel: »He's old hat«, »... a goner«, »... out of the game«, »... out of the picture«. Oder mein Favorit, weil ganz nebenbei die Zeitform »Present perfect« erklärt wird: »He's a has-been – er ist bis hierher mal wer gewesen, jetzt ist ...« Halt! Jetzt muss ich vor unserer pseudoenglischen Formulierung »out« warnen. Denn sosehr alles Mögliche im Englischen »in« sein kann, sowenig ist es »out«, sondern vielleicht »out of date«. Oder, man höre und staune: »He/she/it is passé«!

Sie saugt sich etwas aus den Fingern – *She sucks something out of her fingers.* Wir reimen und dichten, erfinden und ersinnen, konzipieren und konstruieren. Obwohl wir oft vorher nicht wissen, was hinten rauskommt! Dass wir dann gelegentlich in den Fingern fündig werden, behalten wir im Englischen am besten für uns. Mit unseren englischen Freunden dürfen wir uns stattdessen etwas zusammenkochen: »They concoct a great story.« Oder wir benutzen einfach den Verstand und träumen uns was zusammen: »They dream / make up a great story!«

Schneid dir nicht ins eigene Fleisch! – *Don't cut yourself in your own flesh!* Wenigstens filsern wir nicht auch noch vom »meat«, denn das ist das Fleisch von Tieren, das wir essen. Bemerkenswert ist an unserer deutschen Redewendung, dass viele Menschen tatsächlich wissen, wie es sich anfühlt, sich selbst zu schneiden, manchmal sogar tief und wirklich schmerzhaft. Im Unterschied dazu werden nur wenige Menschen Erfahrung mit den ulkigen englischen Redensarten haben: »Don't shoot yourself in the foot!« und »Don't cut off your nose to spite your face«. Nicht einmal die waffennärrischsten Amerikaner, die ihre Pistolen neben ihre Fleischmesser hängen, können da mitreden. Ob es diese Leute leichtsinniger macht?

Er geht hart mit ihr ins Gericht – *He goes hard into court with her.* Ein Engländer wird sich fragen, warum er mit ihr nicht ins ... Restaurant oder ins Theater geht. Wenigstens ist »hard« nicht so weit entfernt, denn die gängigste Redensart lautet: »He is hard on her – er kritisiert sie sehr – he criticises her fiercely.« Noch härter zur Sache geht es nur mithilfe von Feuer: »He gives her a roasting / He's roasting her – er röstet sie.« Und: »He has blasted her ...« Bang!

Ich habe alles im Griff – *I have everything in the grip.* Sind wir Al Capone oder eine andere Plage? Obwohl die Mafia, eine Epidemie oder eine bedenkliche historische Entwicklung auch uns »im Griff« haben kann, klingt »in the grip« noch viel bedrohlicher. Wer also bloß Kontrolle signalisieren und Bedenkenträgern Entwarnung geben will, signalisiert mit einem Ausdruck der Überlegenheit – with an air of superiority: »I've got everything under control« oder »I'm on top of things«. Das lässt sich dann nur noch mit einem einzigen Satz überbieten: »I'm on top of the world – die Welt liegt mir zu Füßen!«

Kupplungen mit viel Spiel
Zusammengesetzte Wörter (mit Liste)

7. Kapitel

»Milchmädchenrechnung« oder »Lebensabschnittsgefährte« sind Musterexemplare deutscher Sprachingenieurskunst. Doch sosehr ihr Klang unsere englischsprachigen Gesprächspartner beeindruckt, sowenig lassen sie sich wörtlich übersetzen. In der Englischfabrik gelten schließlich andere Regeln!

Als uns noch die Vorstellungskraft für den heutigen US-Präsidenten fehlte – at a time when we could have barely imagined a president called Donald Trump –, war es ausgerechnet ein amerikanischer Hirnforscher, der sich zu Wort meldete. Und wie er sich meldete! Mit einem deutschen Wort – the neurologist took the floor with an expression taken straight from German. Richard Cytowic hatte es im Frühjahr 2016 nicht auf Donald Trump abgesehen, sondern auf den republikanischen Senator Ted Cruz, der sich damals noch die größten Hoffnungen auf das Weiße Haus machte – he still had high aspirations at the time. Im Fachjournal »Psychology Today« erklärte Cytowic, Cruz besitze das, was man im Deutschen ein »Backpfeifengesicht« nennt. Auf gut Englisch: »a face in need of a good punch«. Ein Neurologe der George Washington University träumte also davon, Ted Cruz die Fresse zu polieren!

Mir fiel die Kinnlade runter, als ich das las – my jaw dropped! Die Briten nennen solche Momente großer Verblüffung »marmalade droppers« – when a story is so stunnng that you don't realise that the marmalade is dropping from your toast. Frühstückende Amerikaner haben sich ein anderes lustiges Wort zusammengebaut: »muffin choker«. Laut des Wörterbuchs von »Macmillan« ist das eine Geschichte »so big in its import and so gruesome in its detail that you want to throw up your breakfast«.

Während »marmalade dropper« und »muffin choker« im deutschen Wortschatz ihresgleichen suchen, lässt sich unser »Backpfeifengesicht« nicht ins Englische übersetzen. Obwohl »slap face« zunächst passend erscheint, hat es doch einen anderen Klang, eine andere Bildsprache – a different sound, a different imagery. Wenn überhaupt – if at all.

Wahrscheinlich wäre Richard Cytowics Gehässigkeit vielen Amerikanern gar nicht aufgefallen und den amerikanischen Medien keine Erwähnung wert gewesen, hätte er »slap face« und nicht dieses merkwürdig lange, sperrige deutsche Wort benutzt – had he not used that weirdly long and unwieldy German word. »Backpfeifengesicht« erinnert an andere im englischen Wortschatz bekannte deutsche Wörter wie »doppelganger«, »gedankenexperiment« oder »wanderlust«. Sie klingen abgehoben und mysteriös. Und doch haben sie etwas, was das amerikanische Magazin »Quartz« anlässlich Cytowics Bemerkung so erklärte: »With the efficiency of one word, a common sentiment is beautifully expressed.« Offenbar konnten viele Amerikaner fühlen und nachvollziehen, was der Neurologe dachte, und vielleicht wollten auch sie dem armen Ted Cruz ... ach, lassen wir das!

Worauf ich hinauswill, sind die vielen Wortkonstruktionen, in die wir das Leben verpacken und mit denen wir unsere

An- und Absichten beschreiben. Mal sind sie ganz und gar wörtlich gemeint: »Tageslicht« – »daylight«. »Wasserfall« – »waterfall«. »Schuhmacher« – »shoemaker«. Und mal lassen sie so viel Spielraum für Interpretationen, dass sie ein Eigenleben führen und nur im übertragenen Sinn verstanden werden können – the most playful and imaginative idioms are not meant literally but in a figurative way. Wir sagen dann Dinge, die wir gar nicht meinen: »Rettungsanker« – »lifeline«. »Stichtag« – »deadline«. »Knalleffekt« – »punchline«. Honeymoon, cocktail, fatherland und unzählige andere Wortkupplungen mit viel Spiel.

Ganz gleich, ob wir es nun mit wörtlichen oder bildhaften Ausdrücken zu tun haben: Generell werden sie als »compound terms« bezeichnet: zusammengesetzte Wörter, die deutsche Sprachforscher auch »Komposita« nennen. Im Englischen werden sie nicht automatisch zusammengeschrieben, sondern oft getrennt oder mit einem Bindestrich verbunden, wenn es der Klarheit dient – they can be spaced and even hyphenated if it adds clarity: »no-frills airline«, »no-go area«, »no-name product«. Dennoch erscheinen die Möglichkeiten in beiden Sprachen auf den ersten Blick verblüffend ähnlich:

1. Wortart +	2. Wortart =	Kompositum
Hauptwort	Hauptwort	Bücherwurm – bookworm
Adjektiv	Hauptwort	Tiefpunkt – low point
Verb	Hauptwort	Stehvermögen – staying power
Präposition	Hauptwort	Unterwelt – underworld

1. Wortart +	2. Wortart =	Kompositum
Hauptwort	Adjektiv	glasklar – crystal clear
Adjektiv	Adjektiv	supermodern – ultramodern
Präposition	Adjektiv	überaktiv – overactive
Hauptwort	Verb	heimkehren – homecoming
Adjektiv	Verb	hochladen – uploading
Verb	Verb	schlafwandeln – sleepwalking
Präposition	Verb	unterbieten – underbidding

Der Grund für die Übereinstimmungen liegt in den gemeinsamen Wurzeln der westgermanischen Sprachen Deutsch und Englisch. Doch genau darin lauern auch große Gefahren im Umgang mit Compounds und Komposita. So verlockend es nämlich erscheint, 1:1 zu übersetzen, sooft ergibt das gar keinen Sinn! Heraus kommt dann entweder absichtlich gefilserter Nonsens à la Otto Waalkes. Er würde aus »Backpfeifengesicht« vielleicht »bakewhistleface« machen, wohl wissend, dass er damit auf dem »woodway« wäre. Doch selbst ohne jede komödiantische Absicht lassen wir uns immer wieder zu radebrechenden Konstruktionen hinreißen – we are tempted into mangling words. Ein erfrischendes Alltagsbeispiel ist die »Arschbombe im Freibad«. Anstatt eine »arsebomb in the freebath« vollzieht man »a cannonball in the lido«.

Direkte Übersetzungen dieser Art erwecken den Eindruck, ihre Sprecher hätten sich wie Sklaven an ihr Wörterbuch gekettet – they seem as if they had »swallowed a dictionary«. Das ist übrigens eine englische Redewendung, die Sie sich auch für andere Situationen merken sollten: wenn jemand komplizierte Wörter benutzt und schleierhafte Dinge sagt, die niemand versteht.

Wir alle kennen ja das Problem, wenn wir im Deutschen stumpfe und letztendlich sinnleere Übersetzungen englischer Compounds fabrizieren: Da wird die »comfort zone« zur »Komfortzone«. Das »blind date« zur »Blindverabredung«. Der »idiot friend« zum »Idiotenfreund«. Die »trophy wife« zur »Trophäenfrau« und so weiter. Dabei vergessen wir, dass es für viele flotte englische Wortkupplungen genauso flotte Entsprechungen gibt:

Flotte englische Wortkupplung	Deutsche Übersetzung
couch potato	Stubenhocker
eye candy	Augenweide
free rider	Trittbrettfahrer

Ich möchte hier an ein Gespräch zwischen Thomas Gottschalk und Boris Becker aus dem Jahr 1985 erinnern. Als die beiden auf ein »Exhibition Match« Beckers zu sprechen kamen, fragte Gottschalk albern nach, ob es sich um »ein Spiel ohne Hosen« handele. Der 17-jährige Becker ließ sich nicht verunsichern und erklärte: »Nein, das ist ein Schaukampf.« Die indirekte Botschaft des jungen Sportidols gefällt mir noch heute: Wir sollten keine krummen Übersetzungen durchgehen und uns nicht mit denglischen Witzen gehen lassen, sondern stets nach den besten Wortbildern und Umschreibungen suchen, um verständlich zu kommunizieren!

Wie unfreiwillig komisch diese Kommunikation verlaufen kann, erleben wir bereits, wenn wir richtige Wortteile nur in der falschen Reihenfolge zusammenkuppeln, weil wir es so gewohnt sind! Die britische Politikerin Gisela Stuart, die aus Bayern stammt, erzählte mir einmal, dass sie ihr Büro in London gerne mit Weidenkätzchen dekoriert: »Deshalb habe ich viele Jahre ›willow pussies‹ bestellt.« Tatsächlich heißt das Kätzchen auf englischen Weiden aber »pussy willow«. Die Politikerin hatte also eine Art »Weidenmuschi« erfunden. Es war eine kleine, aber doch typische deutsch-englische Stolperfalle. Oder soll ich »Grubefalle« sagen?

- **Pitfall:** »grubefall« anstatt Fallgrube
- **Standstill:** Wir sagen es andersherum: »Stillstand«
- **Tiptoe:** »spitzezeh« anstatt Zehenspitze
- **Scarecrow:** »scheuchkrähe« anstatt Krähenscheuche
- **Comeback:** »kehrzurück« anstatt Rückkehr
- **Throwaway:** »wirfweg« anstatt Wegwerf-
- **Takeover:** »nehmüber« anstatt Übernahme

Doch es sind längst nicht nur die unterschiedlichen Regeln, die in der Englischfabrik herrschen und die Missverständnisse verursachen. Viel schwerwiegender sind die kulturellen Unterschiede, die sich auf die verschiedenartige Bildung von Compounds und Komposita auswirken. Ich möchte die These wagen, dass englische Wortkonstrukteure zu mehr Originalität neigen und offener sind für kurze und kreative Wortkupplungen. Deutsche Sprachingenieure bevorzugen weiterhin die germanische Zusammenschweißtechnik:

Gratisgeschenk = freebie
Selbstporträt = selfie
Feinschmecker = foodie
Heißhunger = munchies
Neueinsteiger = newbie

Ganz ähnlich könnte man übrigens auch unsere »Lieblingsfremdsprache« abkürzen, jedenfalls als englischer Teenager – for it is our »fav foreign lingo«!

Schon diese Beispiele machen deutlich, dass in der Englischfabrik viel mehr kompakte, anschauliche und mitunter einfache Wörter gefertigt werden als bei uns. Ein bemerkenswert banales Beispiel ist das Compound »red tape«. Man hört und liest es überall in den USA und im Vereinigten Königreich, wenn vom Staat die Rede ist. Für mich verdeutlicht es die unterschiedlichen Qualitätsstandards in der Wortproduktion. Während wir von »Verwaltungsbürokratie« und salopp höchstens von »Amtsschimmel« oder »Behördenkram« sprechen, ist das alles im Englischen ein »rotes Band«. »Sich mit der Bürokratie herumschlagen« wird also kurz als »battle with red tape« beklagt. Und führt man einen Kampf mit einem »Paragrafenreiter«, »Moralapostel« oder »Besserwisser«, hat er im Englischen nicht mehr als vier Buchstaben: »prig«!

Kurz gesagt: Deutschsprachige Menschen lieben es

lang und logisch, mit zwei, oft mit drei und nicht selten mit vier oder mehr Wortbestandteilen. Fallen englische »high-speed trains« und »superhighways« bereits als ungewöhnliche Wortungetüme auf, gehen bei uns »Hochgeschwindigkeitszüge« und »Fernverkehrsstraßen« als Standardware durch. Wie sich der Unterschied auf die Alltagssprache auswirkt, zeigt die folgende Gegenüberstellung – a comparison of everyday life expressions:

- Betonmischmaschine: concrete mixer
- Arzneimittelunverträglichkeit: drug intolerance
- Geschwindigkeitsbegrenzung: speed limit
- Fahrbahnausbesserungsarbeiten: road repair works
- Arbeitsunfähigkeitsbescheinigung: sick note
- Schwangerschaftsvorbereitungskurs: prenatal class
- Rechtsschutzversicherungsgesellschaft: legal expenses insurance

Unser andauernder Hang zu Langwörtern zeigt sich bereits in den Haushalten, wo wir allerlei »Zeug« zusammenmontieren: »Spielzeug« – »toys«, »Feuerzeug« – »lighter«, »Bettzeug« – »linen«, »Werkzeug« – »tools«, »Fahrzeuge« – »vehicles«. Selbstverständlich würde uns niemand in England verstehen, kämen wir mit »playstuff«, »firestuff«, »bedstuff«, »workstuff« oder »drivestuff« um die Ecke. Noch deutlicher wird der sprachliche Unterschied mit ein paar weiteren Gegenständen – a few more household items will further highlight the difference in our languages:

- Glühbirne: »light bulb«, verkürzt zu »bulb«
- Kühlschrank: »refrigerator«, verkürzt zu »fridge«
- Staubsauger: »vacuum cleaner«, verkürzt zu »vacuum« und »vac«
- Kombinationsbesteck: Messer, Gabel und Löffel in einem. Im Englischen hat sich mit den neuen Esswerkzeugen gleich eine ganze Familie von Kurzwörtern entwickelt: »sporf« (spoon + fork + knife), »spork« (spoon + fork) und »knork« (knife + fork).

Diese kleine Produktschau reicht, um zu zeigen, dass sich der englische Wortschatz das Leben nicht immer und automatisch mit langatmigen Wortkoppelungen erschließt. Vielmehr gilt die generelle alte Regel für Englischschüler: »KISS: keep it short and simple!« Wir erkennen sie in den originellen Abkürzungen. Außerdem spiegelt sie sich in einer weiteren sehr spielerischen Technik, die ich nach ihren eigenen Regeln mit »Kowös« abkürzen möchte: die sogenannten »Kofferwörter«, so wie das schon genannte »sporf«. Zunächst werden zwei (oder mehr) Wörter zersägt und dann an der richtigen Stelle wieder verleimt. Ein berühmtes Kofferwort der vergangenen Jahre ist der »Brexit«. Da ist es fast unglaublich, dass die Kofferwörter im Englischen ausgerechnet einen französischen Namen tragen: »portmanteau words«:

- brunch (breakfast + lunch)
- email (electronic + mail)
- guesstimate (guess + estimate)
- hangry (hungry + angry)

- motel (motor + hotel)
- smog (smoke + fog)
- workaholic (work + alcoholic)

Wie groß die Lust ist, andauernd neue Kowös zu erfinden, bemerkte ich im Film »Up in the air«, als Ryan (gespielt von George Clooney) von falscher Gemütlichkeit in Hotels spricht. Er nennt sie »fomey«, ein Kowo aus »fake« und »homey«. Die deutschen Übersetzer haben daraus »feimelig« (»fake« + »heimelig«) gemacht, was zweifelsohne bestes »Denglisch« ist!

Übrigens nutzen auch viele Unternehmen und Marken diese Konstruktionstechnik: »Intel« (integrated + electronics). »Wikipedia« (wiki + encyclopedia). Und selbst die Wirtschaftspolitik von Ronald Reagan wurde als »Reaganomics« bekannt. Auch im Deutschen kennen wir eine Reihe Kowös: »Jein«, »Besserwessi« oder »Verschlimmbesserung«. »Mainhattan« oder »Schlepptop«. Und in besonders verschachtelter Weise die »Adilette«, die sich aus »Adidas« (Adolf + Dassler) und »Sandalette« zusammensetzt..

Und wo ich gerade davon spreche – while we are on the topic –, fallen mir eine Reihe denglischer Mixbegriffe ein, die wir uns zusammengebaut haben: »Alert-Dienst«, »Aktiensplit«, »Allroundlösung«. Schön sind sie nicht! Und mitunter stiften sie auch Verwirrung: »Back Factory«, »Webschule« ... Dass darüber hinaus denglische Wörter entstanden sind, die niemand braucht, beweist der »Chartbreaker«. Kein Engländer versteht ihn, weil es ja längst »chart topper« gibt. Andererseits gelingen uns hin und wieder auch sehr treffende Konstruktionen, wie die

»Bild-Zeitung« 2016 mit ihrer Beschreibung von Donald Trump bewiesen hat: Er sei ein »Sexmonster«. Das Kompositum erforderte keine Übersetzung und erntete im englischen Sprachraum mindestens so viel Applaus wie das »Backpfeifengesicht« von Ted Cruz.

Das größte Problem mit den Wortkupplungen besteht darin, dass wir oft einfach nicht wissen, ob sie in der anderen Sprache existieren, verstanden werden oder wie man sie am besten übersetzt. Während die »Gänsehaut« – gooseskin – und der »Flaschenhals« – bottleneck – auch im übertragenen Sinn existieren, ist die »Baustelle« kein englischer Ausdruck für eine verbesserungsbedürftige Situation. Anstatt von »building sites« spricht man zum Beispiel von »areas needing improvement«. Oder von »pending problems«. Oder ganz einfach von »work in progress«.

Und bloß, weil der deutsche »Ohrwurm« vor einigen Jahren tatsächlich einen englischen Cousin names »earworm« bekam, müssen wir weiterhin damit leben, dass unser »Eselsohr« im Englischen auf den Hund kommt – it's a dog-eared book. Und wo ich gerade von Eseln spreche: Die »Eselsbrücke« lässt sich ebenfalls nicht etwa als »donkey bridge« übersetzen. Vielmehr benutzt man das seltsamste Wort, das ich im Englischen kenne: »mnemonic«, gesprochen *nie-mouhnik*.

Wenn Sie sich das nächste Mal nicht sicher sind, wie Sie ein typisch deutsches Kompositum übersetzen sollen, hüten Sie sich vor der Einleitung: »In German, we say: ...« Ihre Zuhörer mögen freundlich nicken, doch in Wahrheit verstehen sie nichts. Die folgende Liste soll Sie vor solchen Situationen schützen:

Arbeitsniederlegung – eines meiner Lieblingsnachrichtenworte für Menschen, die mit den Füßen protestieren: »The decision provoked a walkout by workers and politicians.« Im Deutschen kein Wortbild, sondern ein wörtlich gemeintes Kompositium. Im Englischen die glänzend treffende Metapher »walk-out«.

Außenseiter – ganz wörtlich: »an outsider«. In der Gesellschaft mit verschränkten Armen auch ein »bystander«. Und mit ganz eigenen Qualitäten: »maverick« (siehe »Querdenker«).

Blaumachen – in der Farbenlehre unserer Sprache neben dem Schwarzfahren (»fare-dodging«) und dem Rotsehen (»seeing red«) der wohl schönste Vorgang. Könnte auch mit »Drückebergertum« übersetzt werden: »As a student, he was particularly good at skiving lessons.«

Blindgänger – Auch wenn uns ein »blindgoer« schon auf der Zunge liegt, wäre dieses Wort im Englischen genau das: »a dud«, »a nonstarter«, »a blind shell«, »a failure«.

Draufgänger – Ich habe mich immer gefragt, worauf sie eigentlich gehen, die Draufgänger. Im Englischen werden sie »daredevils« oder »go-getters« genannt: persons who are fierce, determined and ambitious, aggressively enterprising or reckless and enjoy doing dangerous things.

Dreikäsehoch – Kinder, die sich unter diesem Dreiklang aus Adjektiv, Hauptwort und Adjektiv diskriminiert fühlen, haben mein Mitgefühl – I have sympathy with every child that feels discriminated against by this strongly patronising German expression. Allerdings: Ist es besser, »Kerlchen«, »Zwerg«, »Steppke«, »Stift«, »Pimpf«, »kleiner Matz« oder »Hosenscheißer« zu sagen? Never mind! In English, call them »nipper« or »(tiny) tot«.

Dunkelziffer – Historiker erforschen »dark ages« – das Mittelalter. Astronomen untersuchen »dark matter« – dunkle Materie. Und Psychologen beschäftigen sich mit »dark horses« – besonders stille Wasser und erfolgreiche Außenseiter. Doch englischsprachige Statistiker kommen im Dunkeln nicht weiter. Sie haben »a number of unrecorded cases«.

Erfolgserlebnis – Der Lohn für viel Arbeit, Fleiß und den Glauben an den Erfolg. Also das Gegenteil von »instant gratification«, der schnellen Belohnung unserer Zeit. Wer es stark verspürt, spricht von einer Art Auftrieb: »Making this deal, has given everyone a lift.« Oder noch etwas gehobener ausgedrückt: »It gave us a sense of achievement.«

Erklärungsnot – In dieser Not können einem die unverständlichsten Wörter à la »explanation emergency« herausrutschen. Umschreiben Sie die Situation, wenn Sie keine Erklärung parat haben – if you're failing to offer an explanation: »I had difficulties explaining it.« Oder wie es PR-Berater sagen: »We experienced a crisis.« Der Rest ist egal.

Flüchtigkeitsfehler – a »careless mistake«. Just that. Sorry!

Fremdkörper – If you are completely out of place, then don't look for a better translation. It's time to leave!

Fremdschämen – Achtung, unübersetzbar! When others make a fool of themselves and you feel embarrassed on their behalf. »Fremdschämen« is your word if you cringe with phantom pain. Zum Beispiel, wenn Sie die herrlich peinliche Serie »Jerks« von Christian Ulmen und Fahri Yardim sehen. Oder das amerikanische Vorbild von Larry David: »Curb Your Enthusiasm«.

Frühlingsgefühle – Klingt im Englischen wie eine Krankheit, dabei wirkt es überall wie Medizin: the »spring-fever«.

Fußläufigkeit – Die englische Formulierung »walkability« enthüllt unsere Tautologie. Denn wie sonst sollte man laufen als mit den Füßen? Bleibt die Frage, was die »Läufigkeit« der Hunde (und anderer Tiere ist). Das englische »heat« trifft den Gemütszustand für meinen Geschmack besser.

Geisterfahrer – Englischsprachige Autofahrer fürchten sich stets, einem »wrong-way driver« zu begegnen. Für

»ghost driving« habe ich im »Urban Dictionary« eine andere Erklärung gefunden: »Any very short person driving a car, so that when you are behind the car it looks like its driving itself.«

Geistesblitz – Da es sich bei Nordamerikanern und Briten um führende »brainstorming«-Kulturen handelt, besitzen sie ein größeres Alternativangebot für unseren »Geistesblitz«, obwohl sie für unser Wort große Sympathien hegen. Geniale Einfälle heißen »brainwave«, »brilliant idea«, »sudden inspiration«, »flash of genius«, »flash of inspiration«, »flash of wit«. Eine spontane geistreiche Bemerkung wird auch »sally« genannt.

Gewissensbisse – Wenn das schlechte Gewissen – the guilty conscience – zubeißt, dann sticht es. Say: »It's weighing me down« oder »it's working on my mind«. Ganz gesittet wird auch von »scruples« oder von »compunction« gesprochen: »She had no compunction to bother them with her obtuse translations.« Oder: »She had no qualms about ...« Oder: »She was filled/seized/smitten with remorse ...« Noch heftiger sind »pangs of remorse«. Es gibt so viele Ausdrucksformen, dass ich längst den Eindruck habe, dass Gewissensbisse im englischen Sprachraum ein andauerndes Problem sind.

Glückspilz – Es wäre etwas unglücklich, von einem »luck mushroom« zu sprechen. Nennen Sie ihn beim Namen: »lucky Peter«, »lucky reader«. Oder »lucky bastard«.

Großwetterlage – Wenn Sie sich nicht sicher sind, ob Ihre Gesprächspartner zu den wenigen englischsprachigen Menschen zählen, die auch andere deutsche Intellektuellenbegriffe wie »Gesamtkunstwerk«, »Leitmotiv« oder »Realpolitik« verstehen, vergessen Sie das Wetter!

Beschreiben Sie die Lage ganz allgemein als »general (political) situation«.

Handlungsspielraum – ein Wort für Strategen, die ihren Handlungsspielraum im Englischen ausbauen wollen – who want to increase their scope/space (of action). Man braucht kein General zu sein, um sich nach einer größeren Manöverfläche zu sehnen. Man muss nur wissen, wo: in America, it is »room for maneuver/manoeuver«. In Britain, it is »room for manoeuvre«. Für mehr »policy discretion« erfordert es wohl einen Job in Politik oder Verwaltung.

Heimweh – ist im Englischen eine Krankheit: »homesickness«. Wen es dann wieder in die Ferne zieht, wen also »Fernweh« plagt, der verspürt »wanderlust«, »itchy feet«. Oder die Reisekrankheit: the »travel bug«.

Hüftgold – Im Englischen könnte man über den »muffin top« spotten, den wir mit ähnlicher Fantasie »Rettungsring« nennen. »Life belt« kann hingegen nur wörtlich verstanden werden, während wiederum für uns »Ersatzreifen« nicht dieselbe sinnbildliche Bedeutung wie »spare tyre« hat. Diejenigen, die im Hüftspeck einen Vorteil fürs Liebesspiel sehen, bieten der/dem anderen bereitwillig »love handles« an. Traurig wird es nur, wenn sich alles zu »Kummerspeck« auswächst. In English, that would be called »a flab from comfort eating«. Or simply »kummerspeck« – Wort des Jahres 2011 des »Global Language Monitor« in Texas.

Karteileiche – Obwohl uns der denglische Muskel kitzelt, »file corpse« zu sagen, ist das einen Schlag zu morbide. Ein bisschen Tod bekommen wir allerdings auch im Englischen: »dead file«. Oder »non-active member«.

Katzenjammer – Obwohl wir das Wort eigentlich nie benutzen, scheinen einige englischsprachige Menschen zu glauben, dass wir den ganzen Tag mit nichts anderem beschäftigt sind. Und was würden wir dann machen? Either we'd have a very strong hangover. Or we'd be in a depressed mood.

Kinderkrankheiten – In einer Gesellschaft, die Wert auf Perfektion legt, ist es schön, für das versehentlich Unperfekte eine niedliche Begründung bereitzuhalten. Also irgendwas mit Kindern, das kann ja keiner übelnehmen: »Mein Auto ist toll, aber hat ein paar Kinderkrankheiten.« Im Englischen ist nicht von Krankheiten, sondern von einem spezifischen Schmerz die Rede, dem kein Kind entkommen kann: »My car has teething problems – es zahnt.«

Klugscheißer – Irgendwas mit »smart« macht noch lange keinen »smart shitter«. Wenn ich hier einmal die verständlichen Begriffe klugscheißen darf: »smart arse« (US: »smart ass«), »smart aleck«, »wise guy«, »know-it-all«. Und zu Ehren der wirklich Schlauen, die einst aus Deutschland vertrieben wurden: »weisenheimer«.

Kuddelmuddel – Versuchen Sie es erst gar nicht! Es würde bloß Verwirrung erzeugen – it would only create »confusion«, and that's what it is: a »mess«, a »muddle«, a »mess-up«, a »schemozzle« or a »hodgepodge« (US) and a »hotchpotch« (UK).

Lampenfieber – Kommt im Englischen meist nur auf echten Bühnen als »stage fright« vor und ist in allen anderen Momenten des Lebens ein Bammel oder eine Art Zittern: »the jitters«. Im Theater auch: »opening night jitters«. Und als Verb: »He was jittering while on his way to the interview.« Ein »Nervenbündel« wird auch »jitterbug«

genannt. Rauschende oder wackelnde Aufnahmen sind »jittering recordings«.

Lebensmüdigkeit – ist nicht »life tiredness«, sondern »world weariness« oder »weariness of life«, also eine Art weltumspannender Überdruss. Wer bereits mit Todessehnsucht auf dem Dach steht, ist »suicidal«.

Lebensabschnittsgefährte – zählt mit der »Beziehungskiste« zum programmatischen Vokabular der aufgeklärten Nachkriegsgeneration – the urban post-war generation. Egal, ob männlich oder weiblich: Die Lebensabschnittsgelegenheitskisten könnte man im Englischen »cohabitants« nennen, eine bessere Übersetzung kenne ich nicht. Das »Oxford English Dictionary« erklärt: »An increasing number of couples are cohabiting.«

Leitkultur – Wer von einer Dominanz der eigenen Kultur träumt und gar »Kinder statt Inder« propagiert, so wie einst der Politiker Jürgen Rüttgers, hat offenbar nie erlebt, wie gut es einer Gesellschaft tut, wenn sich nicht immer nur Menschen mit derselben kulturellen Prägung reproduzieren. Wer hingegen von der Kultur spricht, die von einer Mehrheit geteilt wird, muss damit klarkommen, dass er im Englischen nicht mehr bekommt als die »mainstream culture«.

Lernschwäche – Mit meiner angeborenen Schwäche für deutsch-englisches Kauderwelsch habe ich immer von »learning weakness« gesprochen, bis ich gelernt habe, dass man »learning disability« sagt. Trotzdem würde ich am liebsten bei der Schwäche bleiben, weil ich die Hoffnung habe, dass sie sich überwinden lässt. Eine »Unfähigkeit« wird man hingegen nie mehr los. Doch leider, fürchte ich, ist sie zutreffender!

Lichtblick – ein federleichtes Wort mit federleichten Übersetzungen: »silver lining«, »ray of hope« oder »glimmer of light«.

Luftschloss – wird im Englischen immer in der Mehrzahl gebaut: »castles in the air«. Oder auch: »castles in Spain«.

Milchmädchenrechnung – Was haben wir bloß gegen die Milchmädchen? Es gibt sie heutzutage doch sowieso nicht mehr! Wir sollten uns schon deshalb nicht über »dairymaid calculations« beklagen. Zeitlos ausgedrückt: it's »naïve fallacy« oder »miscalculation«.

Mogelpackung – Dass »mogeln« entweder »to cheat« oder »to bluff« heißt, macht noch keine »cheating package«! Viel näher liegt die wörtliche Übersetzung von »Augenwischerei«: »eyewash«. Doch am besten hütet man sich vor Schwindel – say: »sham«. Und vor allem, was gefälscht, erfunden, vorgespielt und fingiert ist: »bogus deals«, »bogus offerings«, »bogus marriages« ...

Mordshunger – Im Englischen werden Sie sogar mit viel Durst zum Mörder: I could murder a steak and a gallon of Coke.

Mutprobe – Wir dürfen uns trauen und es fast wörtlich übersetzen: »a test of courage«.

Nachsicht – Ich habe schon Kollegen von »backsight«, »backview« oder »backlook« stammeln gehört. Dabei kann man dieses Wort, das der »Rücksicht« ähnlich ist, nicht direkt übersetzen. Wer mit anderen Nachsicht hat, sagt: »I'm lenient/forebearing with them.« Oder »I make allowances for their faults/view their faults with indulgence.« Wer keine Nachsicht kennt, sagt entsprechend: »I make no allowance/forebearance.«

Nebenwirkung – Es kommt ein bisschen darauf, ob Sie über ein Medikament oder andere Einflüsse sprechen. Allgemein können wir es fast wörtlich übersetzen und von »side effects« sprechen. Oder von »by-effects«. Die Folgen von politischen oder ökonomischen Entscheidungen werden auch als »spillover effects« bezeichnet. Im Beipackzettel – in the patient information leaflet – wird vor »adverse drug effects/reactions« gewarnt. Heftige Nebenwirkungen, die längst nicht nur nuklearer Natur sein müssen, äußern sich im »fallout«.

Pantoffelheld – a henpecked man/husband/partner.

Paragrafenreiter – ein hübsches englisches Wort für besonders kleinkarierte und humorlose Klugscheißer: »stickler«.

Politikverdrossenheit – mit der »Medienschelte« wohl eine unvermeidliche Erscheinung in modernen Demokratien. Man spricht von »disenchantment with politics« oder »with the media«. Wer im übertragenen Sinn draufhaut, betreibt »bashing«.

Preis-Leistungs-Verhältnis – ein Langwort, das in keiner Schulung über die Deutschen und ihre Kultur fehlen darf, sonst stimmt genau das nicht: »the value for money of the class«.

Purzelbaum – Da soll noch einer behaupten, englische Kinder könnten ihn nicht machen: »The little boy was doing the somersault.«

Querdenker – Parlamentsabgeordnete, die keiner Partei angehören, werden von London bis Canberra als »crossbencher« bezeichnet. Doch quer- und andersdenkende Menschen betreiben »unorthodox« oder »lateral thinking«. Bei größerer sozialer oder politischer Auffälligkeit werden sie auch »maverick« (siehe »Außenseiter«) oder »dissident« genannt.

Reizwort – Wer gereizt ist, wird sich diesen Ausdruck kaum ausdenken. Man muss also wissen, dass es »emotive word« heißt.

Richtungskampf – eine politische Normalität in unseren Zeiten. Übersetzt können wir von »infighting«, »factional conflicts« oder »political struggles« sprechen.

Rotlichtviertel – Auf diesem Gebiet unterscheiden wir uns nicht: »red light district«.

Rücksicht – Auch hier stammeln wir gelegentlich von »backsight«, »backview« oder »backlook« (siehe »Nachsicht«). Tatsächlich übt man sich in »consideration«.

Sauregurkenzeit – origineller Dreiklang aus einem Adjektiv und zwei Hauptwörtern für die lauen Sommermonate: Im Englischen langweilt man sich in der »dead season«, »off season« oder »silly season«.

Schachtelsatz – Wo wir schon über Bandwurmwörter sprechen, sollten wir auch die Sätze dazu benennen können: »convoluted clauses/sentences«.

Schadenfreude – ein Klassiker von Germanismus im englischen Wortschatz. Sie können also ganz bequem »schadenfreude« sagen, laut »Oxford English Dictionary«:

»the pleasure derived from another person's misfortune«. Gibt es allerdings auch kurz und englisch: »glee«. Oder etwas länger: »spitefulness«.

Schattenseite – Wenn es wirklich die schattige Seite eines Hauses, Gartens oder Tals ist, sagen Sie es genau so: »the shady side«. Sprechen Sie vielmehr über die Kehrseite oder den Nachteil einer Sache, ist es ihre dunkle »Unterseite«: »the underside of technology«. Oder: »the drawback of smartphones«. Oder ganz einfach: »the downside/disadvantage/snag of progress«. Erlebt jemand im übertragenen Sinn die Schattenseite des Lebens, spricht man von der »dark side«. Dort führt er womöglich ein Schattendasein, aus dem er irgendwann hoffentlich wieder heraustritt: »He leads a shadowy existence from which he will manage to emerge.«

Selbstläufer – Was sich jeder Hersteller wünscht, ist ein »fast-selling item«. Weil er sich ohne große Erläuterungen selbst erklärt, ist er ein »no-brainer«. So erfordert der Erfolg kaum Mühen: »It's plain sailing.« (Lesen Sie mehr über das alltagstaugliche Englisch der Seefahrer im Kapitel »In einem Boot mit den Briten«.)

Sitzfleisch – Das Wort hat es ins Englische geschafft, obwohl es dort auch einen viel eleganteren Ausdruck gibt: »stamina«. Das »Oxford English Dictionary« erklärt: »the power to endure or to persevere in an activity«.

Spaßbremse – Sorgen Sie mit »fun break« nicht unfreiwillig für den Spaß der anderen! Außerdem gibt es eine Menge spaßiger Ausdrücke für »Partymuffel« und »Spielverderber«, die Sie sich merken sollten: »buzzkill«, »party pooper«, »wet blanket«. Oder: »killjoy« – der »Tötspaß«!

Spitzfindigkeit – Ich habe Spitzfindigkeiten nie als besonders unangenehm empfunden, was eine Menge über meine deutsche Herkunft sagt. Außerdem können die britischen Freunde auch recht »subtle« sein (gesprochen *ß-attl*). Doch in Wahrheit ist es diese »subtlety« (gesprochen *ß-attl-tie*), mit der wir in anderen Kulturregionen auffallen und gelegentlich anecken.

Stallgeruch – Bleiben wir ruhig im »Stall«: »The young politician came from the same/right stable.« Auch in der Tierzucht finden Sie eine gute Formulierung. Dort ist »pedigree« der Stammbaum. Über den Politiker könnten Sie also sagen: »He has the same/right pedigree.«

Streicheleinheit – die größte Sprachunverträglichkeit, die ich kenne! Weil sie die heftigsten Gegenreaktionen mit sich bringen kann. Streicheln Sie andere gerne durch die Haare, erklären Sie: »I love to stroke your hair.« Wollen Sie über die Wange streicheln, fragen Sie: »May I stroke your cheek?« Doch wenn Sie sich selbst nach einer Streicheleinheit sehnen, sagen Sie niemals: »I need a stroke unit.« Denn das ist nichts anderes als die Intensivstation für Schlaganfallopfer!

Torschlusspanik – wieder so ein Wort, für das alleine sich dieses Kapitel lohnen würde. Weil eine deutschsprachige Sozialisierung ohne diese Panik gar nicht vorstellbar ist. Die Redaktion des »Oxford English Dictionary« nennt »Torschlusspanik« unter den Gefühlen, die die englische Sprache nicht kennt, und fragt: »Are you getting older? Scared of being left behind or left on the shelf?« Damit kennen Sie jetzt auch die besten Übersetzungen. Nein, halt, Panik! Bevor Sie weiterlesen, es gibt noch eine: »last-minute panic«. Dabei dachte ich als Journalist bislang immer, es gäbe gar keine bessere Erklärung als »deadline«.

Trittbrettfahrer – Es kommt darauf an, wie die Person schmarotzt: Ein »freeloader« reißt sich Dinge unter den Nagel, ohne zu bezahlen. Er profitiert materiell. Ein »freerider« segelt mit anderen mit, lässt sich zum Beispiel beschützen oder in die Ferien einladen und profitiert eher ideell. Als »copycat« macht man beides: Man klaut Ideen, um als Nachahmer daraus etwas Materielles zu schaffen.

Übermut – Vor Jahren habe ich es selbst einmal mit »overcourage« versucht. Das war wohl etwas übermütig – I did it out of high spirits. Je frecher und mutwilliger das Verhalten wird, desto eher würde man auch von »cockiness« oder »wantonness« sprechen.

Vergangenheitsbewältigung – die Kompositumwerdung Nachkriegsdeutschlands. Ich habe schon Mitbürger gehört, ganz gleich ob Schüler oder Senioren, die es mit wilden Konstruktionen wie »past management«, »forgetting the past« versucht haben. Aber genau darum geht es ja: Die Vergangenheit nicht einfach zu verwalten oder sie gar zu vergessen. Wir mussten lernen, mit ihr klarzukommen – we had to learn to come to terms or to cope with the past.

Verlegenheitslösung – eine Situation, die wir auch als »Klemme« bezeichnen könnten und die uns ungeheuer peinlich ist, schon weil sie ein »Gesamtkonzept« – a master plan – vermissen lässt. Im Englischen nennt man sie »stopgap«, bitte fragen Sie mich nicht, warum. Oder typisch britisch auch »makeshift solution«.

Warmduscher – dürfen wie »Waschlappen« auf keinen Fall wörtlich übersetzt werden! Wenn Sie wirklich über »Weicheier« und »Schattenparker« herziehen wollen, sagen Sie »wimp«, »milksop« (»Milchhappen«), »wuss«, »sissy« (oder als Brite »cissy«). Und wenn Sie andere unbedingt nass machen wollen, greifen Sie zum »douchebag«, was wörtlich »Intimdusche« bedeutet ...! In Nordamerika ist es auch ein Depp.

Weltschmerz – Wahrscheinlich ist es eine Frage des Bildungsgrads – it depends on the level of education –, ob Ihr englischsprachiger Gesprächspartner »weltschmerz« versteht. Ansonsten sagen Sie »world weariness«. Falls Sie gerade selbst nicht so genau wissen, was das sein soll, hilft das Wörterbuch »Merriam Webster«: »A mental depression or apathy caused by comparison of the actual state of the world with an ideal state; a mood of sentimental sadness«.

Willkommenskultur – ein Begriff, der im In- und Ausland für einige Verwirrung sorgt. In Deutschland denkt jeder, er stamme von einem englischen Konstrukt »welcome culture«. Doch das gibt es gar nicht. Zwar hält die englische Sprache eine ganze Menge Begrüßungsrituale für Gäste bereit: »welcome addresses« (Begrüßungsansprachen) und »welcome receptions« (Begrüßungsempfänge) mit »welcome drinks«, »welcome gifts« und »welcome speeches«. Im »Guardian« habe ich den Hinweis gefunden, dass »welcome culture« wahrscheinlich ein deutscher Pseudoanglizismus des »hospitality management« im Hotelgewerbe ist.

Wühltisch – Wer preisbewusst einkauft, sucht Restposten im Schlussverkauf, und die befinden sich auf Wühltischen: »One looks for items in the remaining stock during closeout sale, possibly on the bargain counter.«

Wunschkonzert – Wir kennen das Wort nur als dämpfende Feststellung, dies und das sei kein Wunschkonzert. Im Englischen hört man weniger ausufernd Musik, sondern begibt sich mit anderen auf Decken in die Natur und futtert: »Life is no picnic.«

Zugzwang – Auch dieser Zustand, der angeblich durch das Schachspiel entstanden ist, hat es in den gehobenen englischen Wortschatz für Strategen geschafft: »a situation in which the obligation to make a move in one's turn is a serious, often decisive, disadvantage«, so weit das Oxford English Dictionary.

Zukunftsmusik – Ich habe schon Manager von »future music« träumen hören. Verständlich hätten sie vom »Kuchen im Himmel« träumen müssen: »the pie in the sky«. Oder ganz schlicht von »Zukunftszeugs«: »stuff of the future«.

Zungenbrecher – Die direkte Übersetzung »tongue breaker« ist verlockend und nur halb daneben. Doch im Englischen verdrehen Sie schwierige Wörter per »tongue twister«. Oder sie brechen Ihnen gleich den Kiefer: »jawbreaker«.

101 teuflische Wendungen des Lebens

Er hat zu tief ins Glas geguckt – *He looked too deeply into the glass.* So schlüssig uns die eigene Redensart vorkommt, so unklar ist es genau genommen, was der Glasgucker eigentlich macht. Die englische Beschreibung erfordert hingegen keine weitere Erläuterung: »He had one (drink) too many«! Darüber hinaus existieren mehrere Dutzend andere Ausdrücke, um alle möglichen Stadien der Trunkenheit zu beschreiben. Welche, lesen Sie im Kapitel »Die Nacht vor dem Tag danach«.

Das erscheint mir an den Haaren herbeigezogen – *That seems to me pulled here by the hairs.* Ist Ihnen schon einmal aufgefallen, dass wir Deutsche voraussetzen, dass der herbeigezogene Umstand Haare hat? Ich denke nicht, dass wir immer davon ausgehen können. Aber vielleicht erklärt es, warum uns komische Dinge manchmal »haarig« erscheinen. Bei einem »hairy business« werden Ihre englischsprachigen Gesprächspartner hingegen unweigerlich an ein Friseurfachgeschäft oder vielleicht ein Shampoo denken. Und je mehr wir an schlechten Dingen kein gutes Haar lassen, desto eher werden sie den Eindruck bekommen, dass irgendwas mit unseren Frisuren, mit Friseuren oder mit unserer Einstellung zu beiden nicht stimmt. Am besten wir beginnen seltsame Dinge, ohne Haare herbeizuziehen: »The story seems far-fetched.« Politiker, Juristen und andere Besserwisser würden sie auch »implausible«, »unlikely« oder »unconvincing« nennen.

Um ein Haar wäre es passiert – *To a hair it happened.* Das ist um Haaresbreite verständlich. Sagen Sie: »It happened by a hair.« Oder noch knapper: »It all but happened.« Das Schöne ist, dass sich ungefähr so viele Ausdrucksvarianten wie Haarfarben anbieten, wenn wir etwas beinahe schaffen oder verpassen: »His knowledge takes him a hair above the contest«; »He was leading the field by a hair's breadth« (oder: »hairbreadth«); »I lost by an eyelash«. Außerdem können Sie auch immer »haargenau« sein: »Their hairs were to the hair of the same colour. And so was their haircut: same length to the hair!« Um ein Haar hätte ich jetzt vergessen, die tierischen Schnurrhaare zu erwähnen: »I was within a whisker of forgetting to mention this common expression.«

Das hängt mir zum Hals raus – *It hangs me out of the throat.* Noch so eine Redensart, die uns äußerst geläufig ist, aber, sobald wir sie übersetzen, mehr als merkwürdig erscheint. Wieso hängt es aus dem Hals, nicht aus dem Mund? Dasselbe gilt für die Nase, in der sich oft Sachen befinden, die wir nicht (mehr) mögen: *I have the nose full of this?* Anstatt schiefe Sprachbilder zu malen, dürfen wir im Englischen abscheulich offen aussprechen, was wir »ablehnen«, »hassen« und »verabscheuen«. Zur Auswahl stehen viele Ausdrücke: »I'm fed up with ...«, »I've had it up to here with ...«, »I've had my fill of ...«, »I've had it with him/her/you/them«, »I despise ...«, »I disdain ...«, »I detest ...«, »I condemn ...«, »I scorn ...«, »I hate ... (like poison)«, »I loathe ...«, »I resent doing ...«, »I abhor ...«, »I refuse ...«.

Er wirft sich mir an den Hals – *He throws himself at my throat.* Was jetzt? Ist er verliebt? Oder will er streiten? Auch beides zusammen tritt nicht selten auf, und so gesehen ergibt der gefilserte Satz beinahe Sinn: »Er schmeißt sich leidenschaftlich an meine Gurgel.« Doch Achtung! So was führt oft zu noch mehr Streit, sodass Sie dann beide erklären könnten: »We are at our throats.« Falls das alles bloß ein Missverständnis ist und er sich nur an Sie rangeworfen hat, sagen Sie: »He threw himself *at* me.« Wie so oft macht die Präposition den Unterschied. Er könnte sich zum Beispiel auch auf Sie werfen wie in einer Schlacht (auch das kann schön sein): »He is throwing himself on me.« Würde er hingegen zu Ihnen sagen: »I'm throwing you over«, wäre das ein Korb! Das kann zu neuen Annäherungsversuchen führen, die auch ganz sportlich als »pass« bezeichnet werden: »After he had turned me down, I made a pass at his best friend who I managed to turn on!«

Es liegt auf der Hand – *It lies on the hand.* Nein, im Englischen gibt es nur Dinge, die mir auf der Zunge liegen – it's on the tip of my tongue. Auf jeden Fall nichts mit »Hand«: »That's obvious!«

In seiner Haut möchte ich nicht stecken – *I don't want to stick in his skin.* Hoffentlich sind Sie nicht Hannibal Lecter! Versuchen Sie es mal mit den Schuhen: »You wouldn't want to be in my shoes, would you?« Falls Sie hingegen mal aus der eigenen Haut fahren wollen, sind auch einige Kunstgriffe erforderlich, selbst wenn Sie dabei wegfliegen wie eine Axt vom Griff: »I fly off the handle.« Oder Sie nehmen den Umweg über die Wand: »It's driving me up the wall!« oder »It's driving me around the bend«. Sollten Sie darüber hinaus klassisch in die Luft gehen wollen, lesen Sie auf Seite 82: »Ich gehe an die Decke.«

Er ist mit der Tür ins Haus gefallen – *He has fallen with the door into the house.* Da liegt er nun mit der Tür auf dem Boden und wundert sich über den Unfall, auch rein sprachlich. Kennen wir das nicht von fetzigen Verfolgungsjagden in englischsprachigen Filmen? Ich denke nur an »Tom und Jerry«. Allerdings gibt es andere Tiere, die für ihre Unverfrorenheit noch bekannter sind, zum Beispiel Stiere. Also sagen Sie: »He was like a bull at a gate – he came straight to the point.«

Ich mach mir ins Hemd! – *I urinate myself into the shirt!* Egal, ob wir vor lauter Angst groß oder klein machen: wieso ins Hemd? Es könnte ein Nachthemd sein oder ein langes Unterhemd, das unter dem Gummibund der Unterhose ... lassen wir das! Im Englischen geht es um eins: den Scheiß zu vermeiden – that's why you try to be »scared shitless«. Wenn's gar nicht mehr geht: »I get the shits.«

Das Thema liegt uns am Herzen – *The topic lies at our heart.* Sie liegen zwar schon ganz gut am Herzen, aber trotzdem daneben. Sagen Sie: »The topic is close to my heart.« Oder reimen Sie, dann können Sie sogar aufs Herz verzichten: »It's near and dear to me.«

Mir fällt ein Stein vom Herzen – *A stone falls off my heart.* Wahrscheinlich werden sie beide in Mitleidenschaft gezogen, wenn uns Probleme beschweren: das Herz und der Verstand. Im Deutschen freuen wir uns über die Entlastung der Pumpe, die in der englischen Sprache das Nachsehen hat. Man ist dort vor allem froh, wieder den Kopf frei zu haben: »That takes a load off my mind – I was very worried and it comes as a great relief.«

Nimm es dir zu Herzen! – *Take it to heart!* Yes, take it to heart!!! Finally: Volltreffer – bull's eye!

Mir ist das Herz in die Hose gerutscht – *My heart has slipped into my trousers.* Vielleicht kennen Sie das Gefühl: Aus Angst oder Sorge pocht das Herz so stark, dass man es im Hals und im Mund spüren kann. Englisch ausgedrückt klingt das so: »My heart was in my mouth / leapt into my throat when I heard a noise on the stairwell.« Sie können es allerdings auch durch die Hose hindurch in die Schuhe rutschen lassen: »My heart sank to my boots when my wife told me she is now dating you.«

Das Ding ging nach hinten los – *The thing went off to the back.* Warum so lang? Es geht doch viel kürzer: »It backfired!«

Das ist mir zu hoch! – *That is too high for me!* Was uns zu hoch erscheint, ist dem Englisch sprechenden Menschen zu tief: »That's all getting too deep for me.« Auch zu hart kann es sein: »It's too hard for me.« Und irgendwann auch viel zu hoch: »The discussion was way over my head.«

Er will hoch hinaus – *He wants to be high away.* Wer will das nicht? Am liebsten so leicht und frei wie ein Vögelchen, das durch die Lüfte fliegt: »He wants to fly high.« Die einen wünschen es sich in der Liebe, so, wie Frank Sinatra schon gesungen hat: »Fly me to the moon!« Und die anderen wünschen es sich im Beruf. Sie wollen als »highflyer« betrachtet werden und streben »nach Höherem«: »They're aiming high.« Wer dann zu hoch pokert, »greift nach den Sternen«: »He's reaching / aiming for the stars.« Danach folgt meistens der Absturz: »the comedown«.

Sie tanzt auf vielen Hochzeiten – *She dances at many weddings.* Als englischsprachiger Tausendsassa reicht es nicht, eine Hochzeit zu besuchen. Sie müssen sich auf die Hochzeitstorte stürzen! Und zwar mit den Fingern: »She has a finger in every pie« oder »She has her fingers in many pies«. Dafür wird nicht getanzt! Falls Sie Hochzeitstorten nicht mögen, können Sie sich auch »Jack of all trades« bezeichnen.
PS: Aber Vorsicht! Der Spruch hat einen zweiten Teil, und der lautet: »and master of none«.

Ich bin nicht auf der Höhe – *I'm not on my height.* I'm not at the moment but I will be at my very best again very soon!

Du bist auf dem Holzweg – *You are on the woodway.* Der »woodway« ist ein großer Klassiker des Filserenglisch. Auf ihm tappen wir durch den dunklen Wald der

Vokabeln, nicht ahnend, dass wir erst auf den Hund kommen und einen Baum hinaufbellen müssen, um im Englischen ungefähr dasselbe zu sagen: »You're barking up the wrong tree – hier bist du an der falschen Adresse.« Wenn man mit der falschen Person am falschen Ort über das falsche Thema spricht, kann man übrigens im übertragenen Sinn auch sagen: »You have come to the wrong address.« Und selbstverständlich funktioniert auch der bildlich gemeinte Hinweis »You're on the wrong track«. Solange Sie nicht auf die Idee kommen, auch »schiefgewickelt« wörtlich zu übersetzen. You would be very much mistaken!

Prokrastinierst du noch oder performst du schon?
Anglizitis (mit Krankheitsverlauf)

Sie essen »Zerealien« und loben »Disruption«? Sie »exekutieren« lieber als zu handeln? »Gehen für« ein Schnitzel, vermeiden einen »bias« und haben mirakulöse »jet legs«? Dann leiden Sie an einer Krankheit, die furchtbar kontagiös ist – und die Sie am Ende des Tages zum Unterperformer macht.

Unternehmensberater sind immer für Überraschungen gut – management consultants never cease to surprise me. Ich meine Leute wie Philipp aus Hamburg. Früher arbeitete er für die Beratungsfirma »Accenture«. Spötter bezeichnen sie auch als »Accidenture«, was ein treffender Wortwitz ist – a trenchant pun! Rein aus sprachlicher Sicht, versteht sich – purely from a language point of view.

Ich muss immer wieder an einen Abend in größerer Runde denken, an dem auch Philipp teilnahm. Anstatt uns mit »Hallo« oder »Wie geht's?« zu begrüßen, fummelte er an seinem »Handy« und entschuldigte sich mit einem eigenartigen Mischmasch aus Englisch und Deutsch: »Sorry. Ich häng' in 'nem Conference Call.«

Meine liebe Kollegin Andrea aus London war mit von der Partie. Als Philipp gerade nicht konferierte, fragte sie ihn: »Was machst du denn beruflich?« Wieder trat Philipp ans Mischpult der Sprachen und konstruierte die bemerkenswerte Antwort: »Ich consulte.«

Klar sollte das bedeuten: »Ich berate«. Doch es ging daneben – it went amiss. Es wäre nicht unsinniger gewesen, hätte er »ich conceive« gesagt. Oder »ich consume«. Oder »ich confuse«, obwohl ihm das immerhin passierte: Obviously, he was confusing the meaning of »to consult« and »to advise«. Ein überraschender Unfall für einen Berater!

Auch Andrea musste staunen – she was taken aback by the idiosyncratic mix of German and misleading English. »Are you a consultant?«, wollte sie wissen und wiederholte die Frage wie eine Therapeutin in mehreren Varianten – like a therapist, she paraphrased the same question: »Do you work in consulting? Do you offer advice to those who consult you?«

»Ja«, antwortete Philipp, demonstrativ genervt – with feigned annoyance, he replied: »Ich advise.«

Obwohl ich mich nicht für streng halte, wenn einzelne englische Wörter ins Deutsche einfließen, kam mir in diesem Moment nur eine Frage in den Kopf: Warum kann es Philipp nicht einfach lassen – can't he just let it be? Auch Andrea war anzusehen, dass sie sich wunderte: Macht es Philipp etwa Spaß, auf wackeligem Boden mit englischen Wörtern und Phrasen zu jonglieren – does he enjoy juggling on shaky ground? Oder ist er gar dazu verdammt, sein deutschsprachiges Leben mit Versatzstücken der englischen Sprache zu führen, sodass Sprachunfälle gewissermaßen sein Berufsrisiko sind – do language mishaps constitute an occupational hazard?

Die Antwort ist einfach: ja – it's a simple yes!

Obwohl Sprachpfleger Leuten wie Philipp gerne gespielte Weltläufigkeit unterstellen, ist demonstratives Denglisch in Wahrheit nicht selten Ausdruck einer Schwäche – as much as language purists see this behaviour as cosmopolitan pretence and swagger, those concerned more often than not are displaying a personal flaw. Viele Leute können nicht anders – they cannot help it!

Dabei ist es ein uraltes Klischee, dass es gerade Unternehmensberater und viele andere Business-Kasper sind, die ihre Sätze mit Englisch anreichern. Eine Studie der Hochschule Darmstadt vom Januar 2017 belegt, wie stark alleine die Sprache der 30 Konzerne, die den deutschen Aktienindex DAX bilden, mit Anglizismen durchsetzt ist. Während »Adidas« auf seinen Internetseiten »Fact Snacks« bereithält, ordnet die sowieso längst englisch getaufte Rückversicherung »Munich Re« ihre Themen wie selbstverständlich nach »topics«. Im Fall der »BMW Group« waren auf der Startseite im Netz 76 von 251 Wörtern englisch, also jedes dritte Wort! Bei Volkswagen war es hingegen nur jedes vierzehnte Wort. Andererseits hat der Automobilkonzern erst im Dezember 2016 der englischen Sprache als Konzernsprache denselben Rang wie der deutschen gegeben.

Helga Kotthoff, eine Professorin für Linguistik in Freiburg, betont, dass Englisch nun einmal »die globale Lingua franca« sei, also eine Sprache, die überall gesprochen wird. Gerade das helfe zu erklären, warum sich Anglizismen zur »Anzeige eines Anspruchs auf internationale Orientierung« eignen. Kotthoff beschreibt Denglisch deshalb als eine Art »Ritual« unter erfolgreichen Geschäftsleuten.

Auch die deutschsprachige Literatur nährt das Bild seit Langem. In Lion Feuchtwangers Roman »Die Geschwister Oppermann« von 1933 fand ich die Figur des Kaufmanns Jacques Lavendel, der Geschäftsbeziehungen in die USA unterhält und empfiehlt, Dinge zu »managen«. Wenn er anderen rät, sich mit Transaktionen zu beeilen, sagt er: »Go ahead!« Auch sein Sohn spricht schon denglisches Kauderwelsch. Seinen Vater nennt er »Daddy«, den Schuldirektor »good old fellow« und die Mitschüler »boys«.

Seit dem Zweiten Weltkrieg ist die Zahl der Mitmenschen explodiert, die durch berufliche wie durch private Verbindungen Englisch lesen, schreiben oder sprechen. Zwischen sechs und sieben Millionen glauben heute alleine in Deutschland, unsere Lieblingsfremdsprache gut bis sehr gut zu beherrschen. Philipp ist einer von ihnen. Sein Patzer hat allerdings gezeigt, wie leicht es passieren kann, dass sie die Beherrschung verlieren: der fremden, der eigenen und gleich beider Sprachen auf einmal! Sie sind oft schlicht überfordert – very often, they are simply not up to it.

Die deutsche Tennisspielerin Steffi Graf, die mit dem US-amerikanischen Tennisspieler Andre Agassi verheiratet ist, sagte einmal: »Ich habe manchmal Schwierigkeiten, die richtigen Worte auf Deutsch zu finden.« Wozu das führen kann, hatte die Modeschöpferin Jil Sander 1996 in einem Gespräch mit der »Frankfurter Allgemeinen Zeitung« vorgeführt:

»Mein Leben ist eine *Giving-Story*. Ich habe verstanden, dass man *contemporary* sein muss, das *Future*-Denken haben muss [...]. Aber die *Audience* hat das alles von Anfang an auch *supported* [...]. Wer *Ladyisches* will, *searcht* nicht bei Jil Sander.«

Ich hoffe, nicht einmal Philipp würde so sprechen. Doch Jil Sanders Wortwahl verdeutlicht, wie uns der »Sound« und der »Impact« gewisser englischer Wörter und Wendungen anzuregen und auch zu erregen scheinen. Ich schließe auf ein tiefer liegendes Problem: einen Erreger, der unser Sprachzentrum befällt und dort den Sensor stört, der uns normalerweise hilft, zwischen sinnvollen und sinnleeren Worten zu unterscheiden – a bug that inhibits the ability to discriminate between the meaningful and the meaningless; the useful and the useless; between right and wrong; the sane and the insane. Für dieses meistens chronische Leiden habe ich nur einen Namen: Anglizitis!

Falls Sie sich nun vielleicht für nicht betroffen oder gar für resistent halten, muss ich Sie enttäuschen: Selbstverständlich sind nicht nur Unternehmensberater befallen! Auch ich selbst »*handle*« alles Mögliche mit englischen Wörtern: verbringe Zeit in »meetings«, »shifte« Termine und »prokrastiniere« Aufgaben, wenn ich eigentlich »delivern« und »performen« sollte. Auch Lehrer »committen« sich. Auch Sprachpfleger freuen sich über einen »Voucher«. Auch Krankenschwestern essen »Zerealien«. Auch Eltern »setzen die Agenda«. Und ganz gleich, ob Männer oder Frauen: Sie »machen Liebe«, wenn ihr Sprachgefühl versagt. Der Erreger der Anglizitis ist viel zu ansteckend und hartnäckig, um eine einzige Gruppe zu befallen!

Linguisten nennen es »Attrition«: der langsame Abrieb der Sprachen, die man regelmäßig spricht. Sosehr einen anfangs die Muttersprache dabei stört, eine Fremdsprache zu erlernen, sosehr funkt später die Fremdsprache dazwischen, wenn man die Muttersprache spricht. Ab einem gewissen Punkt befinden sich beide Wortschätze und Grammatiken in ständigem Wettbewerb. Über ein

Kauderwelsch mit Pannen darf sich also niemand wundern.

Hinzu kommt im speziellen Fall der westgermanischen Sprachen Deutsch und Englisch, dass sie so eng verwandt sind, dass es leicht ist, sie zu verwechseln und ineinanderfließen zu lassen. Ob man »Dancefloor« oder »Tanzfloor« sagt, scheint ganz egal zu sein, weil beides verstanden wird. Nur der »Danceflur« wäre wohl ein anderer Ort. Ob man »zerstört« oder »destroyed« sagt, erscheint auch egal. Solange einem nicht »zerstroyed« herausrutscht, weil das nach einem anderen Zustand klingt.

Die Werbung spielt immer wieder mit dieser Nähe von Klang und Bedeutung, sodass neue kreative Kreuzungen und Pointen entstehen. Etwa für eine Leipziger Konzertreihe unter freiem Himmel: »Klassik *air*leben«. Das Programm des Berliner Künstlers »Fil«: »Triumph des Chillens«. Eine Herberge am Berliner Ostbahnhof, die »Ostel« heißt. Ein Spruch der britischen Smoothie-Marke »Innocent«: »Bed and Breaksaft«. Oder das helle Bier aus dem österreichischen Örtchen Fucking, das selbstredend »Fucking Hell« heißt. Auch amüsant eine Kurznachricht während der chaotischen Frankfurter Buchmesse: »The fair is a mess!«

Kurz gesagt: Deutsch-englischer Mischmasch kann eine Menge Spaß machen – the mishmash can be fun. Käme es nicht immer wieder zu schweren Unfällen. Einen besonders tragischen entdeckte ich als Ratgeber im Regal einer Buchhandlung: »Schlaganfall für Dummies«!

In solchen Momenten besteht für mich die Kunst darin, gelassen zu bleiben. Anderen sprachbewussten Mitmenschen fällt das schwer. So wie dem Gießener Verwaltungsrichter Andreas Höfer, der im Herbst 2014 buchstäblich Form und Fassung verlor, als er in gewundenem Beamtendeutsch urteilte:

> »Nach §23 Abs. 1 VwVfG ist die Amtssprache und nach §184 GVG ist die Gerichtssprache Deutsch. Bei der Bezeichnung ›Jobcenter‹ handelt es sich indes gerade nicht um eine aus der deutschen Sprache herrührende Begrifflichkeit. Von daher ist mehr als fraglich, ob eine unter dem Begriff ›Jobcenter‹ firmierende Einrichtung eine deutsche Verwaltungsbehörde sein kann. [...] Auch in der Gerichtsbarkeit findet vermehrt der Ausdruck ›E-justice‹ Verwendung, was ebenfalls auf ein fehlendes oder aber zumindest fehlerhaftes deutsches Sprachbewusstsein schließen lässt [...]. Dankenswerterweise darf das Gericht noch als Verwaltungsgericht entscheiden und muss sich noch nicht ›administrative court‹ nennen [...]. Bei weiterem Fortschreiten derartiger sprachlicher Auswüchse erscheint infolge der verursachten Verwirrung die Funktionsfähigkeit des Verwaltungshandelns insgesamt gefährdet.«

Ich habe große Zweifel, dass es auf denglischem Boden jemals so weit kommen wird. Trotzdem hat Richter Höfer recht: Die Anglizitis ist eine ernste Krankheit, die grassiert. Wahrscheinlich sind 99 Prozent der Bevölkerung betroffen. Für Unternehmensberater Philipp hat das einen Vorteil: Er ist nicht allein! Wir arbeiten schließlich alle auf die eine oder andere Art für »Accidenture« und laborieren an der Anglizitis, die uns in den folgenden fünf Stadien mit unterschiedlichen Symptomen befällt.

Erstes Krankheitsstadium:
Wir benutzen englische Wörter.

Wörter wie »Sex«, »Drugs« und »Rock'n' Roll« werden gemeinhin als »Anglizismen« betrachtet, obwohl sie genau genommen Lehnwörter – loan words – sind. Sie können eine große Bereicherung sein, wenn die eigene Sprache keinen besseren Ersatz bietet: Airbag, Boykott, Cursor, DJ, E-Mail, Fake News und so weiter. Wer sie benutzt, ist nicht krank, sondern besitzt ein (Achtung noch eins:) »fittes« sprachliches Immunsystem. Was sagen Ärzte immer, wenn es um unsere Gesundheit geht? Ein bisschen von allem schadet nicht, sondern ist heilsam und erbaulich. Wer will schon ein »Schlauphon« benutzen, wie von deutschen Sprachpflegern vorgeschlagen, wenn ein »Smartphone« zur Verfügung steht?

Symptome: Erste akute Anzeichen für die Anglizitis erkennen wir in englischen Lehnwörtern, die überflüssig sind, weil der deutsche Wortschatz Entsprechungen mit sehr ähnlicher oder identischer Bedeutung bietet. Sie sind in allen wichtigen Wortkategorien anzutreffen:

- Verben: »Können wir das *canceln*?« anstatt: »absagen«, »kündigen«, »streichen«, »widerrufen«, »annullieren«

- Adjektive: »Du bist *tough*« anstatt: »mutig«, »hart«, »hartnäckig«, »streng«, »stabil«

- Hauptwörter: »Ein echtes *Highlight*!« anstatt: »Höhepunkt«

Häufig werden die Wörter gnadenlos eingedeutscht: »Der ist doch ge-biast«, »Ich habe es ge-uploaded«, »Was soll die Chillerei?«. Auch Gefühle werden spontan denglisch verpackt:

- »Anyway, was ich noch sagen wollte ...« bedeutet: »Egal!«
- »Fuck, das ging daneben« bedeutet: »Scheiße!«
- »Shit, das auch«. Niemand, der Englisch von Geburt an spricht, würde »shit« so oft und in denselben Situationen sagen wie wir.

Durch Häufungen und Wiederholungen kommt es im ersten Stadium zu schweren Anglizitis-Schüben. Sie treten zum Beispiel bei Jugendlichen nach einem Jahr an einer amerikanischen Highschool auf. Auch Kinder können schon Anglizitis-Schübe entwickeln, wenn sie andauernd »chillen«. Dieser Zustand kann sich zum »fuck«-Tourette unter Pubertierenden auswachsen. Als unheilbar gelten in allen Altersgruppen pseudoenglische Lehnwortattacken. Sie manifestieren sich in der Verwendung von Begriffen, die im englischen Wortschatz gar nicht existieren oder eine ganz andere Bedeutung haben. So wie Philipps Verständnis von »consulten«.

Dieses Leiden zerstört mittelfristig die Verständigungskompetenz von denglischen Patienten im englischsprachigen Raum. Es setzt mit einer undeutlichen Aussprache ein: wenn man sich zum Beispiel einen »schönen Buddy« statt eines »schönen Body« wünscht.

Ein weiteres Problem bilden Fantasiebegriffe. Der wohl berühmteste ist das »Handy«. Etwas weniger berühmt ist die dazugehörige »Mailbox«, die im Englischen nicht »Anrufbeantworter«, sondern Briefkasten bedeutet, auch von elektronischer Post. Manche Patienten leiden darüber hinaus an Übereifer, sodass sie Lehnwörter erfinden. Ich habe das im »Rhein River Guesthouse« erlebt, einer Herberge nördlich von Köln, die sich als »heartful place« bezeichnet, obwohl es das Adjektiv im englischen Wortschatz nicht gibt.

Zweites Krankheitsstadium: Wir benutzen englische Redewendungen oder Satzkonstruktionen.

Das sind die wahren Anglizismen. In vielen Fällen sind sie überflüssig und floskelhaft.

Symptome: Die Schädigung des Sprachzentrums im zweiten Krankheitsstadium vollzieht sich schleichend, da die Toleranzschwelle sehr hoch liegt und man heutzutage mit einem beiläufigen »by the way« genauso wenig auffällt wie mit einem »Nine to Five Job«, einem guten »track record« und vielen anderen englischen Fertigphrasen à la »hire and fire«, »easy-peasy« oder »rocket science«. Gelegentlich werden Film- und Musikzitate abgespielt wie »the winner takes it all« oder »never say never«.

Wirklich alarmierend sind auch in diesem Stadium pseudoenglische Abarten, also Phrasengeschwüre. So klagen Reisende häufig über »jet legs«, obwohl sie der »Jetlag« längst nicht nur in den Beinen lähmt. Auch scheitern denglische Patienten immer wieder an einfachen Dingen, wenn sie den »no-brainer« zum »low-brainer« umdichten. Weitverbreitet ist auch das irreführende Motto »first come first serve«, als wolle man zuerst andere bedienen, obwohl man zuerst am Zug sein will (»... first served«). *Last not least* leiden viele Patienten an einer »but«-Schwäche, wenn sie »zu guter Letzt« sagen wollen. Und wo ich schon beim Ende bin, auch wenn es etwas unglücklich ist: Last but not least, Kurt Tucholsky immortalised the Denglish way of ending happily in his poem »Danach«:

> »*Und darum wird beim* Happy End*
> im Film jewöhnlich abjeblendt.*«

Drittes Krankheitsstadium:
Wir übersetzen englische Lehnwörter.

Was von Sprachpflegern als Heilungsprozess aufgefasst werden könnte, ist in Wahrheit eine Eskalation des Krankheitsverlaufs.

Symptome: Die Sprache der Patienten wirkt oft geschwollen, weil sie »Küstenlinie« anstatt »Küste« oder »Donnersturm« anstatt »Gewitter« sagen, bloß, weil im Englischen von »coastline« und »thunderstorm« die Rede ist. Als Kurt Tucholsky 1929 im Gedicht »Deutsch für Amerikaner« die »Prohibition« mit »Verhinderung« übersetzte, verdeutlichte er die schweren Folgen des dritten Stadiums: totale Unverständlichkeit, sodass man sich leicht der Lächerlich-

---

* Warum man in Hollywood »happy ending« sagt, lesen Sie im Kapitel »Das Ding mit -ing«.

keit preisgibt. Ein heute verbreitetes Krankheitszeichen artikuliert sich im »Personalcomputer«. Der Hersteller IBM schuf einst eine Abgrenzung zu Großrechnern, die für alle da waren, während der »personal computer« der individuellen Nutzung dienen sollte. Doch was ist der eingedeutschte »Personalcomputer«? Ein Rechner fürs Personal?

Ein anderes Symptom der Gegenwart ist der (englisch ausgesprochene) »Assistant«, der von Fluggesellschaften mittlerweile auch als (deutsch ausgesprochener) »Agent« bereitgestellt wird. Wer jedoch James Bond erwartet, wenn sich ein Lufthansa-Mitarbeiter als »Agent« vorstellt, wird enttäuscht. Das Beispiel demonstriert das große Ansteckungsrisiko der Anglizitis auch für Institutionen wie Unternehmen und Behörden.

Viertes Krankheitsstadium: Wir übersetzen englische Redewendungen oder Satzkonstruktionen.

Was von Sprachpflegern ebenfalls als Heilung aufgefasst werden könnte, ist in Wahrheit eine weitere Eskalation des Krankheitsverlaufs.

Symptome: In einer Nussschale scheinen Patienten derangiert – in a nutshell, patients seem deranged. Kein Wunder: Je mehr wir unsere Lieblingsfremdsprache nachahmen, desto mehr sprechen wir wie Übersetzungsmaschinen. Fehlt nur, dass einer behauptet, es regne Katzen und Hunde, wenn es in Strömen regnet. Das Gute: Die Imitation macht es leicht, die Krankheit zu erkennen. Das Schlechte: Man muss lernen, sich das Lachen und das Weinen zu verkneifen. Das gilt vor allem für englische Verbkonstruktionen, sogenannte »phrasal verbs«, die arglos übersetzt werden:

- »Ich gehe für ein Schnitzel.«
  Gemeint ist: »Ich bestelle eins.«
- »Hast du Freunde gemacht?«
  Gemeint: »... Freunde gefunden?«
- »Leider kam etwas auf.«
  Gemeint: »Es kam etwas dazwischen.«
- »Ich spendiere Zeit mit euch.«
  Gemeint: »Ich verbringe Zeit mit euch.«
- »Die Schuhe gehen gut mit dem Kleid.«
  Gemeint: »Sie passen gut.«
- »Ich bin in ihn reingerannt.«
  Gemeint: »... habe ihn getroffen.«
- »Der Film hatte seine Momente.«
  Gemeint: »Er war stellenweise stark.«
- »Ich muss es doppelchecken.«
  Gemeint: »... noch einmal nachfragen.«

Leuten, die so reden, möchte ich am liebsten zurufen: »Hilf dir selbst!« Doof nur, dass sie wahrscheinlich glauben werden, sich irgendwo selbst bedienen zu können (»Help yourself!«). Um das Ausmaß der Krankheit in diesem Stadium zu begreifen, brauchen wir uns nur vorzustellen, ein Engländer würde »last endly goes it me good« sagen, während wir mal wieder »am Ende des Tages fein« sind ...

Fünftes Krankheitsstadium: Wir deutschen englische Wörter mit antiken Wurzeln ein.

Haben Sie sich auch schon gefragt, warum plötzlich Begriffe wie »Disruption«, »Kapabilitäten« oder »Resilienz« in Mode sind? Warum überall »imaginiert«, »innoviert«, »inkludiert«, »incentiviert«, »investigiert« oder »insistiert« wird? Warum bestimmte Menschen alles »memorieren«, »penetrieren« und »orchestrieren«? Warum wir viel »indifferenter« sind, viel »kompetitiver« denken und noch viel »präemptiver« handeln als je zuvor? Weil wir Englisch oft gar nicht mehr übersetzen, sondern gewissermaßen »translatieren« und dabei nicht nur mirakulös, sondern auch recht ridikulös klingen. Die »Attrition« erreicht ihren schmerzhaften Höhepunkt und wird als Begriff selbst zum Problem!

Symptome: Patienten scheinen das fünfte Erkrankungsstadium mehr zu »exekutieren« und zu »zelebrieren«, als darunter zu leiden. Während sie eifrig »globalisieren« und »gentrifizieren«, wächst die Liste klinischer Krankheitszeichen: Neue Welten werden »exploriert«. »Destinationen« werden gebucht. »Konnexionen« werden genutzt. Von einer ordinären Anglizitis in den ersten vier Krankheitsstadien kann keine Rede mehr sein. Vielmehr sprechen Patienten längst extraordinäres Denglisch: eine Art »Latenglisch«, obwohl es im edukativen Sinn gar nicht desirabel ist und gesunden Menschen nicht mehr räsonabel erscheint.

Sogar Menschen mit bodenständigen Berufen sind befallen. Drei habe ich jüngst kennengelernt:

- Kai: Er lebt in Ratingen und verkauft Dixie-Klos.
- Käthe: Sie lebt in Hamburg und erforscht Seuchen.
- Klaus: Er lebt in Leipzig und schützt Rechner vor Angriffen.

Anstatt es bei diesen verständlichen Sätzen zu belassen, sagen die drei:

- »Ich distribuiere sanitäre Fazilitäten.«
- »Ich identifiziere kontagiöse Pathogene.«
- »Ich develope performante Plattformen gegen maliziöse Programme.«

Katastrophal verschlechtert sich der Zustand der Patienten, wenn sie die englischen Bedeutungen sogenannter »false friends« ins Deutsche importieren, sodass gewissermaßen »falsche selfs« entstehen. Ich denke etwa an die »epische Breite«, die früher schlicht »langatmig« bedeutete. Hat der inflationäre Import des englischen Adjektivs »epic« daraus nun eine »sagenhafte Breite« gemacht? Ich frage mich, was das sein soll, während meine Kinder von »epic fails« und meine Kollegen von »epischen Erlebnissen« sprechen. Auch die »Provision« wird zum Problem. Während sie im Deutschen »Prämie« bedeutet, verbreitet sich auch der englische Wortsinn: die Bereitstellung von etwas. Was bedeutet also: »Sie können mit der Provision im Januar rechnen«? Kommt im Januar eine Prämie, oder werden endlich die Schulden beglichen?

Zu großen Missverständnissen kann es auch mit den folgenden Begriffen kommen:

	Englisch	Deutsch
Kommission	Prämie, Provision; Auftrag; Ernennung; Gremium	Gremium; Bestellung
Konfirmation	Bestätigung	Glaubensritual der Protestanten
Exekution	Aus-, Durchführung; Hinrichtung	Hinrichtung

Je mehr sich »Latenglisch« durchsetzt, desto mehr lobe ich Zeichen des Widerstands. Angela Merkel zeigte ihn im Jahr 2013, als sie über den Begriff »Austerität« lästerte. Sie erklärte, das Wort sei für sie neu, und sagte: »Wir haben das früher immer Haushaltskonsolidierung oder solide Finanzen oder so ähnlich genannt. Der Begriff ›Austerität‹ aber klingt ja schon, als ob man es mit einem Ungeheuer zu tun hätte.«

Bloß weil es vor 80 Jahren okay war, die »Prohibition« wörtlich zu übernehmen (siehe drittes Anglizitis-Stadium), dürfen wir dieses Vorgehen nicht zur Regel erklären! Wenn ich nur an ein anderes Ungetüm denke: die »Nonproliferation«. Das Wortkonstrukt kam Ende der Sechzigerjahre in Mode, bis Redakteure des »Spiegel« später das verständliche deutsche Wort »Atomwaffensperrvertrag« prägten. Ganz ähnlich würde ich es begrüßen, wenn niemand mehr von »Austerität« spräche und sich dafür »Sparauflagen« oder »Kürzungen« durchsetzten.

Doch das bleibt wohl ein frommer Wunsch. Längst hat das fünfte Stadium der Anglizitis eine Verbreitung erlangt, die alle Kritik untergräbt. Oder passender: die alles »unterminiert«. Ich weiß nicht, was ich als anstrengender empfinde: mit meiner Tochter Lateinvokabeln zu pauken oder von Kollegen gezwungen zu werden, Pseudolatein zu sprechen, weil sie Wert auf »Distinktion« legen.

So möchte ich konkludieren: Schlimmer als ein Missverständnis ist das absichtlich erzeugte Unverständnis, wie wir es früher nur im Angesicht von Juristen und Ärzten ertragen mussten.

Früher? Das war zu Zeiten, als »disruptiv« noch keinen eigenen Eintrag im Duden hatte. Dort wird die Wortherkunft heute so erklärt: »Englisch disruptive = störend, zerstörerisch, zu: to disrupt = stören, unterbrechen < lateinisch disruptum, 2. Partizip von: di(s)rumpere = zerreißen«.

PS: Übrigens hat sich Philipp selbstkritisch mit seiner Anglizitis auseinandergesetzt und »Accenture« verlassen. Um sich von den Kollegen zu verabschieden, schrieb er die folgende E-Mail. Ich möchte sie als eine gelungene Form der Selbsttherapie veröffentlichen und will betonen: Sie überraschen mich immer wieder, die Unternehmensberater!

»Liebe Kollegen,
am Personal Decision Day zu participaten, das Go zu bekommen, zu get-togethern, dann zum Glück nicht on-the-bench zu sitzen oder gar outgecounselt, sondern gestafft zu werden, on board und welcome zu sein, up to speed gebracht und hochgebootet zu werden, nach dem

Kick-off im Workshop zu brainstormen, dabei einfach mal out-of-the-box zu denken, zu benchmarken, Synergien zu identifyen, Business cases in Form von worksheets und spreadsheets zu analyzen, zu streamlinen und zu workplannen, dabei milestones in mind zu behalten, mal über 'ne Baseline nachzudenken und nicht die contingencies hintenrüberfallen zu lassen, dabei bloß nix overzuengineeren, immer schön den Scope im Fokus zu behalten (»quick and dirty, keep it simple!«), rasch den point of no return zu definen (diesen nicht mit dem point of sale zu verwechseln) und wenn der überschritten ist, sofort zu eskalieren, Support zu bekommen und astrein promotet zu werden, einen kurzen Slot frei zu haben und eine Presentation zu reviewen, ein bisschen zu shapen, mitunter Prozesse zu designen oder zu re-engineeren, dann wieder die Slides durchzuflippen, dabei den ein oder anderen overnight einzulegen, diese eine Grafik, den Hockey Stick, aufzumalen, mit irgendetwas einfach mal fein zu sein, weil es Sinn macht, gleich mehrere Räder neu zu erfinden (»alles keine Rocket Science!«), sich den ein oder anderen Schuh anzuziehen und dabei mehrere Tode sterben zu müssen, up- und downzuscalen genauso wie das Ganze up- und downzusizen, natürlich auch gerne up- aber niemals downgegradet zu werden, dann lieber noch up- und downzuloaden, zwischendurch schön abzuchillen, sich immerzu zu committen, zu e-mailen, zu managen, Relationships, aber auch Expectations und Time zu managen, ja sogar gegen irgendwelche Masterplans zu managen, den Kunden abzuholen und, wenn das nicht hilft, bitte selbigen einzufangen, zu reporten, zu auditen, zu controllen und zu monitoren, To-do-Listen, Timesheets und sonstige Tools ganz stringent zu tracken, zu supervisen, zu challengen und gechallenged zu werden, attention-to-details zu payen, Changes und Scopes zu requesten, shakedown zu testen (manchmal zuerst in der

Sandbox), aber auch mitunter zu flexleaven, all hands und community zu meeten (fun sowie business part), regelmäßig Time zu reporten, dabei immer in-line mit den Policies zu sein (von wegen ›other business expenses‹ oder ›flight allowance‹), Operating und Rolemodelling, ständig Teambuilden, Networken und Apartmentsharen, kurz vorm Burnoutsyndrom einfach den Monkey zur nächsten Schulter zu reichen, zu mentoren und gementort zu werden, zu globalplayen, Records zu retainen, während aller Activities immer People zu developen, Business zu operaten sowie Value zu createn und vor allem bitte keine Rumors zu spreaden, besonders wenn alles mal wieder strictly confidential war. Ich erlebe bereits den Gray-hair-effect und muss schleunigst weg hier!
Euer Philipp.«

Die Nacht vor dem Tag danach
An der Theke

9. Kapitel

Kein Sightseeing, keine Business Meetings: manche Situationen auf Reisen erfordern einfach nur einen guten Drink! Die Herausforderung besteht dann darin, eine angenehme Bar und vor allem einen Bartender zu finden, der einen versteht – damit der Ausflug nicht im Englischkater endet!

> **Warning:** The following chapter contains traces of alcohol. Remember that the consumption of alcoholic beverages impairs your ability to drive a car or operate machinery and may cause health problems. Drink responsibly and enjoy!

»Are you alright?« Der Mann hinter der Theke schaute auf die Gläser und dann in die Gesichter der beiden, die sich als »visitors from Leipzig« vorgestellt hatten. Sein Blick war flink, aber nicht abweisend – the man behind the bar darted a glance at them but not in an unfriendly way. An diesem verrückten Tag hätte selbst der aufmerksamste Kellner nicht entgegenkommender sein können – on a day as hectic as this one, even the world's most attentive barman could hardly have been more obliging.

Noch nie war in dieser Bar an einem Samstagnachmittag so viel los gewesen – the bar had never been as busy. Das beliebte Wortspiel der »high spirits« schien wie geschaffen für die Situation: Hochprozentige vorzügliche Spirituosen erzeugten große Ausgelassenheit. Überhaupt ist »spirit« ein erbauliches Teekesselchen – an edifying homonym. Seine Bedeutungen reichen vom Heiligen Geist – the holy spirit – bis zur guten oder schlechten Laune und zur treibenden Kraft der Menschen – a good or bad spirit. Zugleich sind »spirits«, was unsere »Alkoholika« sind, solange wir sie nicht mit »alcoholics« verwechseln, denn das sind »Alkoholik*er*«!

Die Stimmung war schon mittags aufgekommen, und das eher zufällig – the high spirits had arisen from an official »travel ban« across New York City. Millionen von Menschen waren aufgefordert worden, ihre Autos stehen zu lassen und in ihren Häusern und Stadtteilen zu bleiben.

So auch Claudia und Karsten aus Leipzig. Sie waren im Januar 2016 für ein paar Tage zu Besuch in Brooklyn, als der Schneesturm »Jonas« den New Yorker Stadtteil über Nacht in ein friedliches weißes Winterdorf verzauberte – the blizzard had turned the borough into a tranquil winter wonderland. Was in den Nachrichten monströs »Snowzilla« getauft wurde, ließ die Hügel von Brooklyn wie eine Märchenwelt erscheinen. Kurz nachdem Claudia und Karsten aus ihrem Hotel auf die Straße getreten waren, wurden sie vom warmen Schein der Kerzen und von einem angenehmen Stimmengewirr in eine Bar namens »Tooker Alley« gelockt – the candlelight and the buzz lured them into a bar on Washington Avenue. What else would you do than going for a drink – was soll man auch anderes machen, als einen trinken zu gehen, wenn plötzlich ein Meter Schnee liegt, wenn es draußen eiskalt und menschenleer ist und wenn die einzigen Autos, die sich bewegen, Polizeiautos sind, die mit durchdrehenden Reifen an den »Prospect Heights« scheitern?

Ein Herr am Tresen hatte das deutsche Paar mit den Worten begrüßt: »It's a benign apocalypse – ein wohltuender Weltuntergang!« Und passend dazu sang Jim Morrison den »Alabama Song«, den Bertolt Brecht und Kurt Weill geschrieben und komponiert hatten. 1927 wurde das Lied ins Englische übersetzt:

Show me the way
To the next whisky bar
Oh, don't ask why
For if we don't find
The next whisky bar
I tell you we must die.

Wahrscheinlich warten Bartender auf solche Momente, in denen sich die Gäste geborgen fühlen, während draußen die Welt untergeht. Wenn die Zeit stehen bleibt und doch wie im Rausch vergeht – when the clocks stop ticking and yet, time flies by in a delirious rush.

»Are you alright?« Noch einmal fragte der Bartender die beiden Besucher aus Deutschland, die mittlerweile schon eine Stunde an der Theke saßen und ihre erste Bestellung lange hinter sich hatten. Noch wirkte Karsten etwas unruhig und überlegte laut – he felt somewhat ill at ease looking at Claudia and started thinking aloud: »Geht's uns gut? Eigentlich wollten wir ja heute gar nichts trinken. Außerdem hab ich noch was im Glas!« Claudia nickte. Dann wandte sich Karsten dem Mann hinter dem Tresen zu und sagte etwas, das wohl keinem Amerikaner in dieser Situation eingefallen wäre: »Sorry, there's still something in my glass.«

Der gut gelaunte Herr neben ihnen, der zuvor von der angenehmen Apokalypse gesprochen hatte, zeigte auf Karstens Glas und sagte: »What ›something‹ is in there? A fly? Or a wet spot crying for replenishment on a great day?« Keine Frage: Das klang ein bisschen provozierend – it was a somewhat challenging remark by a man who seemed a bit like a fly himself: a barfly – einer, der oft am Tresen sitzt. Aber mit Sicherheit wollte der Herr die Situation nur auflockern und mit Karsten ins Gespräch kommen. Der hatte nun mehrere Möglichkeiten zu reagieren, um die kleine Verwirrung über das »something« zu zerstreuen – there Karsten was: challenged to clarify the minor confusion. Normalerweise kann man auf die Frage »Are you alright?« in einer Bar auf mehrere unkomplizierte Arten reagieren:

»I'm alright.«

»I'm absolutely fine, thank you.«

»I'm good.«

Das alles bedeutet: »I don't want another drink.«

Selbstverständlich stand Karsten auch offen, das Gegenteil zu sagen. Zum Beispiel: »You're right! I'd like/I fancy a new one/a refill!« Oder er hätte selbstironisch mit dem »something« spielen können: »This time, I would like something different. Can you recommend one?« Doch stattdessen wiederholte er nur, was er schon gesagt hatte. Diesmal noch deutlicher, um nicht zu sagen: knallhart – he replied in a hard-hitting, slightly more German manner: »No! There's still something! My glass is not empty.«

Der Barkeeper war nun ganz bei Karsten. (Übrigens

wird der Beruf in den USA auch häufig als »barkeep« beschrieben. Und wer keine Vermutungen über die Eigentümerschaft der Bar anstellen möchte, spricht vom »bartender« – if you wish to avoid making assumptions about the bar's ownership.) Er wusste nicht, wie er auf Karstens Worte reagieren sollte, und schaute ihn fragend an – he looked at him quizzically. Diese zwei waren seine Gäste, und solange hatte er sich um sie zu kümmern. Ein wenig betrunken hatte die Frau ja bereits gewirkt, als sie ins »Tooker Alley« hereinkam und dem Barmann zurief: »Something with liqueur, please!« Es dauerte fünf Minuten, bis sie klären konnten, dass sie bloß zwei Worte verwechselt hatte:

- »liquor« – Spirituosen (britisch gesprochen: *likka*, amerikanisch: *likar*)
- »liqueur« – Likör (britisch: *li-kquöah*, amerikanisch: *li-kquöhr*).

Trotz der anfänglichen Missverständnisse und der großen Hektik an diesem stürmischen Nachmittag bekamen Claudia und Karsten einen sehr guten ersten Cocktail serviert: einen »Manhattan« – they were each having the same traditional cocktail: ein Klassiker mit amerikanischem Whiskey, zumeist aus Roggen – Rye. Mit Wermut – dry and sweet vermouth. Und mit einem Schuss Bitter – a dash of »Angostura«. Als der Bartender die Getränke zubereitete – when he was fixing the drinks –, konnten Karsten und Claudia mit seiner Frage »More on the dry side?« nichts anfangen. Karsten hatte nur genickt, was der Bartender als Aufforderung zu weniger Wermut interpretierte. Gut möglich, dass das Something in seinem Glas jetzt ein Urteil war – a judgement of taste? Sorgsame Bartender achten auf solche kleinen Signale. Gerade an so einem herrlichen Weltuntergangstag sollte doch die alte Regel gelten: »Drink your cocktail as soon as possible: while it's laughing at you!«

Gleichwohl war Karstens Reaktion auch typisch – having said that, his response was peculiarly German. Wir Deutschen nehmen nämlich in allen möglichen und unmöglichen Situationen irgendein unbestimmtes »something« in den Mund. Zum Beispiel Eddie Kessler aus Hannover, der Butler von Nucky Thompson, dem Mafiaboss aus der Serie »Boardwalk Empire«. Als dieser mit hartem Akzent kosmisch fabuliert: »Everything is only something«, entgegnet Thompson: »I have no idea what that means, Eddie!«

Die Bedeutung unserer Somethings kann also genauso in philosophischen Andeutungen liegen wie in Getränkeresten oder anderen wertlosen Krümeln. Auf einen solchen hat unlängst ein Mann aus Osnabrück im amerikanischen Fernsehen hingewiesen. Er heißt Martin Riese und ist in den USA ausgerechnet als Sommelier für Mineralwasser bekannt. In Zeiten, in denen überall sogenannte »Craft Beers«, »Craft Gins« und »Craft Whiskys« gebraut und gebrannt werden, hat Riese für die Bars und Restaurants von Los Angeles ein »Craft Mineral Water« geschaffen: das »Beverly Hills 90H2O«. Als er in Conan O'Brians Late-Night-Sendung zu einer Querverkostung verschiedener Wässerchen antrat – it was America's first televised water cross tasting! –, fuhr er auf einmal hoch und zeigte mit seinem Finger auf den Mund seines Gastgebers: »You have there something!« Martin Riese meinte tatsächlich den Rest eines Kekses. It was such an outlandish gesture that it would have made no difference if the German water connoisseur had warned the host in perfect Denglish: »Your trouser gate stands open!«

Karstens Mix aus Skepsis und Zurückhaltung war auch auf eine andere Art typisch – his mixture of scepticism and reticence was typical in yet another way: Viele Barbesucher, ganz gleich, aus welchem Land sie kommen, treten vor die Tresen der Welt, ohne zu wissen, was sie dort eigentlich wollen. Ein Bier? Einen Wein? Kein Bier, keinen Wein? Dafür vielleicht »was Stärkeres«? Brandy, Gin, Rum? Wodka? Whiskey mit oder ohne »e«, also einen »Whisky« aus Schottland oder Kanada? Mit Eis – »on the rocks« – oder ohne Eis und unverdünnt: »neat«? Lieber ein kleines schnelles Getränk – »a shot«? Oder einen großen erfrischenden »highball«, den wir als »Longdrink« kennen? Etwa »Scotch and Soda« oder »Gin and Tonic«. »Cuba Libre« oder »Mojito«. Und viele mehr.

Dabei brauchen Menschen, die zum Trinken ausgehen, weder viel zu wissen noch viel zu sagen. Aber das umso deutlicher! Oft hapert es daran schon in der Muttersprache. Es überrascht deshalb nicht, wenn es im Englischen noch mehr hapert. Genau genommen sind es fünf Anlässe, die sich an jeder Bar bieten, um verstanden oder missverstanden zu werden:

1. **Die Bestellung** – the order. Wie ein Bier oder ein Wein bestellt wird, weiß jeder. Und für einen Cocktail muss man genau genommen nur eins wissen: Welches in Fachkreisen sogenannte »Basisgetränk« will ich? Schließlich kann einem kein Bartender die Antwort abnehmen, ob es

Champagner, Gin, Rum, Wodka, Whisk(e)y oder Weinbrand sein soll. Die Bestellung ist dann sehr einfach: »I'd like a drink based on ...« Abgesehen von allen inhaltlich-spirituellen Details, die ein aufmerksamer Bartender erklären können sollte, wollen manche Gäste klären, ob man »anschreiben« lassen kann: »Can I please put it on/open a tab?«

2. **Die Nachbestellung** – the next order. Entweder etwas anderes, gerne mit »something«: »I would like to go for something else.« Oder: »Can I get something else?« Wenn dasselbe Getränk nachgefüllt werden soll: »Please top up/refill/replenish my glass!«

3. **Die Einladung oder Runde** – the real party! Wer für andere bezahlen möchte, fragt nie denglisch: »Can I invite you?« Oder sagt gar: »I invite you all!« Weil es wie eine überzogene Einladung nach Hause klingt! Stattdessen lauten die Formeln der Großzügigkeit:
   – »I'll pay for the round.«
   – »I'll buy a round.«
   – »It's on me!«
   – »It's my shout!«
   – »I'll shout you/shout for all of you.«

4. **Das Bargespräch** – the small talk. Either to relax, to socialise, to impress or to flirt and eventually perhaps to pick up someone. Eine »Anmache« wird entsprechend »pickup line« genannt.

5. **Die Schäden** – the damages – und der Umgang mit ihnen. Zunächst die Rechnung. Anstatt »the bill«, »the tab« oder in den USA auch »the check« zu verlangen, kann man mit einem Augenzwinkern die Frage stellen: »What's the damage?« Aus der Alkoholisierung ergibt sich der Hauptschaden, der in einen Kater am nächsten Tag münden kann – man sagt: »(on) the day after the

night before«. In dieser schwierigen Lage ist eine gewisse Sprechfähigkeit ratsam. Etwa, um ein Katerfrühstück einzunehmen: »the morning after breakfast«. Als »katzenjammer« hat die Katerbewältigung auch mit einem deutschen Ausdruck Eingang in den englischen Wortschatz gefunden. Doch wer sagt und versteht das schon? Allgemein verständlich ist: »I've got a hangover«, »I'm hung over«. Oder angemessen abgehoben: »I feel crapulous.«

Je länger der Abend im »Tooker Alley« dauerte, desto leichter wurde alles für Karsten und Claudia. Bald verstanden sie, lässig und verständlich auf »Are you alright?« zu reagieren, sodass sie sich mit jedem neuen Getränk wohler fühlten – they felt increasingly at ease. Zugleich lernten sie ein wenig über die Tradition amerikanischer Bars, an die auch das »Tooker Alley« anknüpft. Sie hat seit dem 19. Jahrhundert ein regelrechtes Handwerk hinterm Tresen hervorgebracht, das an unterschiedlichen Arten von Theken gereift ist: In den zünftigen Westernbars. In den eleganten Hotelbars. Und in den unzähligen kleinen »Speakeasy«-Bars: »Flüsterkneipen«, in denen man sich drinnen leise verhalten musste, wenn draußen ein Alkoholverbot herrschte, so wie zwischen 1920 und 1933 in den USA. Obwohl wir längst in einer völlig prohibitionsfreien Zeit leben, bezeichnen sich heute wieder einige Bars als »speakeasies«. Andere Nachfahren sind die vielen »dive bars«, die das Wörterbuch mit »Spelunken« übersetzt. Geflüstert wird schon lange nicht mehr. Doch man sehnt sich mehr denn je nach einer exklusiven Atmosphäre und liebt alle möglichen Anspielungen auf die Geschichte – bartenders love making nods to history.

Der britische Bartender Harry Craddock, der seine

Laufbahn in verschiedenen New Yorker Hotelbars begann und nach dem Erlass der Prohibition 1920 die Leitung der »American Bar« im Londoner Savoy Hotel übernahm, nannte Cocktails und die dazugehörigen Cocktail-Gläser einst die größten amerikanischen Innovationen überhaupt. Ob er recht hatte oder nicht, eins steht fest: Kaum eine Erfindung erlebt so viel Beständigkeit und zugleich so viele Moden wie der Cocktail. Neben den Traditionalisten bewegen sich immer mehr experimentierfreudige Menschen hinter dem Tresen, die sich andauernd neue Getränke mit immer neuen Zutaten ausdenken und die sich selbst auch als »Mixologen« bezeichnen – the experimentalists like to call themselves »mixologists«. Die »Bewegung« ist übrigens wörtlich gemeint, denn eine überlieferte Grundregel Craddocks lautete: »Shake the shaker as hard as you can, don't just rock it. You are trying to wake it up, not send it to sleep.« Während also der eine Bartender den Manhattan genauso kräftig mixt wie schon vor hundert Jahren, sagt der andere: »We never build a Manhattan in the usual way, we have a very special take on it ...«

Dabei sind selbst alte Rezepte oft noch ein Geheimnis für viele Menschen. Allen voran der »Martini«. Weil viele Gäste gar nicht wissen, was ein »Martini Cocktail« eigentlich ist! Auch Claudia wunderte sich, als der Bartender nach ihrer ersten »Martini«-Bestellung eine Flasche Gin in der einen Hand und in der anderen einen Wodka hielt und fragte: »With vodka?« Ob sie geglaubt hat, der Wermut mit dem Namen »Martini« sei bereits der Drink? Tatsächlich kann er, aber muss er nicht Bestandteil eines »Martini Cocktail« sein. Dieser enthält Gin oder Wodka, eine Olive, eine Zitronenschale und je nach Geschmack viel oder fast gar keinen Wermut, also einen »dash«, einen »splash« oder nur einen »wash« des Glasrands. Trockenheitsfanatikern reicht bereits der Schatten einer Wermutflasche! Für viele Menschen ist der »Martini Cocktail« natürlich symbiotisch mit James Bond verbunden. Dabei mag es trösten, dass auch der Geheimagent nicht das klassische Rezept trinkt. Das liegt daran, dass sein Schöpfer Ian Flemming den Mixologen seiner Zeit folgte und lieber den »Vesper Martini« mit Gin und Wodka trank. Außerdem wollte er ihn stets geschüttelt, nicht gerührt – »shaken, not stirred«.

Woher der Name »Martini« stammt, ist übrigens genauso ungeklärt wie der Ursprung des mysteriösen Worts »Cocktail«. Beides ist der Stoff für den Small Talk in einer Bar, über den allerdings ein eigenes Buch geschrieben werden müsste. Nur so viel: Harry Craddock unterstützte die These, dass »Martini« auf den kalifornischen Ort Martinez zurückgeht, nicht auf den italienischen Wermut der Firma Martini & Rossi. Und über die Herkunft des Wortes »Cocktail« hat er seitenweise in seinem berühmten und noch immer empfehlenswerten »The Savoy Cocktail Book« von 1930 fabuliert. Es ist die Art Geschichte, die man sich besser nicht in nüchternem Zustand erzählt, also ein Barmärchen – a bar tale! Als die USA und Mexiko wieder einmal einen Krieg führten, kam es zu Friedensverhandlungen mit einem mexikanischen König namens Axolotl. Als die Tochter des Königs dem General der USA ein Getränk reichte, das sie aber schließlich selbst trank, war der Soldat so hingerissen von dem Mädchen, dass er ihr für ewig ein Andenken schaffen wollte. Sie hieß »Coctel« ...

Es wurde viel gesprochen und genauso viel geschwiegen im »Tooker Alley«, während draußen der Schnee fiel und es kräftig stürmte. Was der Abend und die folgende Nacht uns Gästen demonstrierte, denn ich selbst war all die Stunden mittendrin: Auch die Sprache ist eine Art Mixologie mit unterschiedlichen Zutaten. In einer Bar treffen beide aufeinander: die Getränke und die Gespräche. Mal vielfältig und ausgefallen, ausschweifend und ausgefeilt – sometimes varied and fancy, extravagant and elaborate. Mal sparsam, unaufdringlich, nur das Notwendigste – sometimes the bare necessities. Beide Methoden beanspruchen, goutiert und verstanden zu werden – the opulent approach of the mixologists as much as the minimalists wish to be appreciated for their respective sophistication. Unschön ist die Mischung aus beidem – the ugly thing is a mixture of both: too many ingredients coupled with too meager a presentation. For this would be unsatisfyingly flat and dull. By the same token, too few ingredients and too extravagant a presentation come across as unsatisfyingly overdone. While the former leads to a poor performance, the latter will lead to pretence. Der gelungene Mix macht hingegen viel Spaß und Vergnügen – the perfect mix is fun and pleasure. Das gilt für Flüssigkeiten genauso wie für den Fluss der Worte.

Als die letzten Gäste das »Tooker Alley« am nächsten Morgen verließen, war der Barmann noch immer nicht zu müde, ihnen hinterherzurufen: »Can I fill you up?« Claudia und Karsten waren schon gegangen, sonst hätten sie ihn vielleicht noch einmal missverstanden. In den USA ist es nämlich eine gängige Frage, um Gästen nachzuschenken. Nicht, um sie abzufüllen, selbst wenn das am Ende das Resultat ist. Egal, ob nun mit oder ohne Absacker – with or without »one for the road«: Die meisten Gäste – einschließlich meiner selbst – hatten nach dieser durchzechten Nacht ordentlich einen in der Krone – we were well-oiled after that all-nighter of drinking. Und ein paar konnten sogar nicht mehr stehen – they were legless. Doch alle waren ohne ihre Autos und Maschinen auf eine unbeschreibliche Weise glücklich geworden – they went home blissfully happy.

Man sagt, die Eskimos besäßen Dutzende Ausdrücke für Schnee. So hätten sie den unvergesslichen Tag auf vielfache Weise beschreiben können – they could have described the day in a large variety of different ways. Jedenfalls die Welt außerhalb des »Tooker Alley«. Was hingegen in der Bar passierte, dafür habe ich mehr als sechs Dutzend Beschreibungen gefunden. Ich habe sie nicht alphabetisch geordnet, sondern versucht, sie nach dem aufsteigenden Grad der Intoxikation zu sortieren:

1. merry – angesäuselt und bei guter Laune
2. tiddly
3. tipsy
4. half-seas over
5. squiffed (amerikanisch)
6. squiffy (britisch)
7. lecker/lekker (südafrikanisch)
8. pixilated/pixillated

9. alcoholised/alcoholized
10. drunk
11. drunken
12. inebriated
13. intoxicated
14. one too many
15. half-cut (britisch)
16. blitzed (amerikanisch)
17. caned (britisch)
18. out of it
19. ripped
20. shit-faced
21. trashed
22. shickered (amerikanisch, australisch, neuseeländisch)
23. fuddled
24. lit
25. pickled
26. well-oiled
27. cock eyed (amerikanisch)
28. banjaxed (britisch)
29. bevvied (britisch)
30. blasted (britisch)
31. soused
32. sauced

33. stewed
34. stocious (irisch)
35. swacked (amerikanisch)
36. plowed (amerikanisch)
37. having a skinful (britisch)
38. to have a snootful
39. tight
40. bungalowed (britisch)
41. in the bag (amerikanisch)
42. tanked
43. trolleyed (britisch)
44. full (australisch, neuseeländisch, schottisch)
45. loaded (amerikanisch; britisch: »reich«)
46. grogged up (australisch, neuseeländisch)
47. liquored up (amerikanisch)
48. pissed (up) (britisch)
49. Brahms and Liszt ... pissed (Cockney Ryming, London)
50. Oliver Twist ... pissed (Cockney Ryming)
51. Schindler's list ... pissed (Cockney Ryming)
52. wasted
53. blasted (amerikanisch)
54. arseholed (britisch)
55. lashed (up) (britisch)
56. hammered

57. pie-eyed
58. sloshed
59. plastered
60. rat-arsed
61. mullered
62. sozzled
63. smashed
64. maggoty
65. steaming (britisch)
66. boozed up (britisch)
67. monged (britisch)
68. bladdered (britisch)
69. drunk as a lord (britisch)
70. drunk as a skunk
71. legless (britisch)
72. blotto
73. stinko
74. wrecked (britisch)
75. slaughtered (britisch)
76. munted (neuseeländisch)
77. paralytic sternhagelvoll, zerstört und betäubt (britisch)

Falls Ihnen diese Liste nicht ausreicht, schauen Sie mal bei Buzzfeed nach: www.buzzfeed.com/lukebailey/everey-word-for-drunk-ranked. Dort finden Sie Synonyme für den Rausch.

101 teuflische Wendungen des Lebens

Mit denen habe ich nichts am Hut – *I have nothing at the hat with them.* We do not care or give a fig for them and their silly hats!

Ich bin total aus dem Konzept! – *I'm totally out of the concept!* Hätten Sie bloß nur Ihren Faden verloren, dann würde man Sie jetzt verstehen: »I've lost my thread« ist astreines Englisch. Unser »Konzept« können Sie hingegen nicht mit »concept« übersetzen, weil das mehr eine große Theorie oder ein Bauplan ist. Was Sie meinen, wird im Englischen gerne als »Gedankenzug« bezeichnet: »I've lost my train of thought.« Da es ja immer die anderen sind, die einen aus dem Konzept bringen, sollten Sie auch wissen, wie Sie sich verteidigen: »Someone knocked me out of my stride.« Vielleicht wurden Sie auch durch die nervigen Zwischenfragen der Leute gestört – *did you feel heckled by the audience?* Falls Sie dann den Faden wiederfinden und vielleicht den »roten Faden« aufzeigen möchten, der sich durch ihre Gedanken zieht, seien Sie ebenfalls vorsichtig. Man sagt: »This is the common thread that runs through my work.«

Mach dich nicht über mich lustig! – *Don't make yourself funny over me!* Das klingt wirklich lustig! Sie sollten sich aber unbedingt eine der gängigen Wendungen merken, zur Auswahl stehen ungefähr so viele Redensarten, wie es Gründe gibt. Alleine mir fallen 12 ein, allerdings keine mit »yourself«, »funny« und »over«: »Don't tease me!«, »Don't deride me!«, »Don't mock me!«, »Don't turn me into ridicule!«, »Don't jibe at me!«, »Don't laugh at me!«, »Don't scoff at me!«, »Don't sneer at me!«, »Don't make fun of me!«, »Don't poke fun at me!«, »Don't take the mickey out of me!«, »Don't take the piss out of me!«.

Du sollst nicht alle über einen Kamm scheren – *You cannot shear everyone over the same comb.* Die Wendung weist auf einen Mangel hin: an individueller Betrachtung und angemessener Wertschätzung. Niemand weiß, ob die Redensart von den Barbieren stammt, die einst allen Kunden denselben Schnitt verpassten, oder aus der Tierhaltung, wo das Fell aller Tiere mit derselben Kammstärke gemessen wurde. Im Englischen hilft das alles nichts, denn Pauschalurteile über Menschen werden mit einem sehr unangenehmen Anstrich aufgetragen: »You shouldn't tar people with the same brush.« Merke: Du sollst Menschen nicht mit Teer bestreichen!

Ich lasse mir nicht in die Karten gucken – *I don't allow others to look into my cards.* Ja, Kartenspieler prägen auch die englische Sprache mit ihren Strategien, Taktiken und Tricks. Manchmal haben wir alle Karten in der Hand: »We hold all the cards.« Oder wir legen alle Karten auf den Tisch: »We put our cards on the table.« Nur die Geflügelzüchter zeigen im Englischen dieselbe Risikobereitschaft: »They put all their eggs in(to) one basket – sie setzen alles auf eine Karte.« Wer sich nun nicht so gerne in diesen Korb voller Karten schauen lässt, sollte sie möglichst nah bei sich halten: »I hold / keep / play my cards close to my chest.« Und falls Sie jetzt noch glauben, ein Satz Karten – say: »pack« in the UK, »deck« in the US and »set« elsewhere – bestehe aus »cross«, »pick«, »heart« und »caro« auf der Hand, dann spielt das glatt denen in die Hände, die sich über unser Filserenglisch amüsieren –

it would play into their hands. Merken Sie sich: Es sind »clubs«, »spades«, »hearts« and »diamonds«.

Das müssen wir in Kauf nehmen – *We have to take the purchase.* Wichtig in dieser ärgerlichen Situation ist, dass sie nicht durch schwierige Redewendungen noch ärgerlicher wird: »We simply have to accept it – and pay the price.«

Haben wir eine Leiche im Keller? – *Do we have a corpse in the cellar?* What was that? Should I call the police? Das Problem, das wir uns mit den Leichen einhandeln, ist ihr relativ frischer Tod. Damit lässt sich der Umstand einer unaufgeklärten Tat zwar treffend beschreiben, aber es weckt auch Angst und Grauen, wo wir doch gerade ein ganz anderes Problem haben! Wohl deshalb sprechen die Engländer von einem »Skelett«, das staubig im Schrank hängt und immerhin die üble Verwesung hinter sich hat, sodass es fast schon niedlich klingt: »Do we have a skeleton in the cupboard?« (UK) oder »... in the closet« (US). Oder waren es mehrere? »He seems to have plenty of skeletons in the cupboard!«

Die Angelegenheit ist auf der Kippe – *The matter is on the tilt.* Vieles ist auf der Kippe, manchmal andauernd: das Leben, die Liebe oder zumindest die aktuelle Beziehung. Das Wetter. Die politische Großwetterlage. Die Weltwirtschaft. Und hoffentlich sind die Fenster nicht auf Kippe, solange wir verreist sind – let's hope the windows are not tilted! Im Jahre 2000 veröffentlichte der New Yorker Autor Malcolm Gladwell das lesenswerte Buch »The tipping point – how little things can make a big difference«. Zu Deutsch »Wie kleine Dinge Großes bewirken können«. Er erklärte, wie man den alles entscheidenden Moment erkennt, in dem sich zum Beispiel ein Wettkampf eindeutig zugunsten der einen und zuungunsten der anderen Mannschaft entscheidet. Das ist der »Tipping Point«, der »Wendepunkt«. Bis dahin ist das Spiel auf der Kippe: »It's still in the balance.« Oder: »It's hanging by a thread.« Oder noch etwas bedeutungsschwerer: »The game was teetering on the brink – es taumelte an der Kante.« Here you go: Auf der einen Seite eine sichere Zuflucht – a safe haven. Auf der anderen Seite der Abgrund – the abyss. Und dazwischen: wir! Auf der Klippe unserer Existenz – on the rocks. Kein Wunder, dass manche Menschen ihre Beruhigungsgetränke »on the rocks« trinken.

Er lässt dich über die Klinge springen – *He lets you jump over the shaver.* Die Hersteller von Rasierern werden über diesen Satz amüsiert sein, mal abgesehen davon, dass »shaver« in Großbritannien auch ein »junger Bursche« sein kann: ein scharfer Typ! Am Ende verlieben Sie sich noch! Damit diese allzu menschliche Unsicherheit ausgeschlossen werden kann, befördert man sich im Englischen raus aus der Zivilisation und rein in die Wildnis, ins Gehege der Wölfe: »He throws you to the wolves.«

Die Decke fällt mir auf den Kopf – *The ceiling is falling on my head.* Ist Ihnen langweilig – are you bored? Ist es Ihnen zu Hause zu stickig – is it too stuffy at home? Oder ist Ihnen wirklich die Decke auf den Kopf gefallen – has it literally fallen on your head? Dann rufen wir jetzt den Arzt. Da liegen Sie dann: unbeweglich, abgeschlagen und doch ganz hibbelig und konzentrationsgestört. »Aren't you just complaining of lassitude and an inability to concentrate?« Ihre Trägheit lässt sich je nach Stadium als »sluggishness« oder »inertia« bezeichnen und gar als »indolence«, wenn Sie Arbeitsunwilligkeit verspüren. Falls Sie derart schwere Worte in Ihrem Zustand gar nicht mehr über die Lippen bekommen, sagen Sie es ganz einfach: »I think I'm going stir-crazy.« Jeder Laie kennt dann die Diagnose: »You have cabin fever.« Wie wäre es mit frischer Luft – how about an airing?

Wir hauen alles auf den Kopf – *We beat erverything on the head*. Man könnte Sie leicht für einen »Headbanger« aus der Heavy-Metal-Szene halten. Sie wissen schon: Menschen mit einem Tanzstil, der den Kopf auf alles haut. Das hat mit uns nichts zu tun. Sollte Geld-Raushauen zu Ihrer Freizeitbeschäftigung zählen, werden Sie sich im englischsprachigen Raum wohlfühlen. Manche Leute machen dort schließlich nichts anderes, und sie sprechen gerne darüber. Also gibt es unzählige Ausdrücke, einige fallen mir spontan ein: »to splash out money«, »to blow your money«, »to burn money«, »to squander money«, »to lavish money«, »to dish out money«, »to fork out money«, »to throw money around«, »to live the high life ...« Na, schon pleite?

Ich lasse es mir durch den Kopf gehen – *I let it go through my head*. Was denn? Einen Gedanken? Eine Kugel? Oder Ihr durchgeknalltes Englisch? Ganz im Ernst! Passen Sie gut auf, was da wie durch Ihren Kopf geht. Lassen Sie ruhig ein paar neue Gedanken durch Ihr Gedächtnis wandern, dann sind Sie da oben nicht so alleine: »It has occured to me ...«, »It goes through my mind that ...«. Gedanken dürfen das Hirn sogar durchqueren: »Thoughts cross my mind ...« Auch ein innerer Sturm kann Ihrem Zentralrechner guttun: »I'll do some brainstorming ...« Und selbst ein Gewicht führt manchmal zu neuen Erkenntnissen: »I'm pondering over ...«

Doch sobald etwas durch Ihren Schädel »geht«, dann ist es zu spät! Machen Sie sich das unbedingt klar – get that through your head!

Er redet sich um Kopf und Kragen – *He is talking himself about head and collar.* Manche Leute sprechen über Dinge, die sie nicht verstehen, und beleidigen Leute, die sie nicht kennen. Und vor lauter Laber-Rhabarber bemerken sie das nicht einmal! Gut möglich, dass sie dafür früher geköpft wurden – they risked their necks with careless talk. Diese Bestrafung war effektiv, ist aber heute verboten. Was bleibt, sind die Probleme und die Feststellung: »He is talking himself into trouble.«

Sie will immer mit dem Kopf durch die Wand – *She always wants to break through the wall with her head.* Wir alle kennen Menschen, die dickköpfig sind. Kinder zum Beispiel: They are stubborn and defiant. Frauen manchmal: They are sulky and hard-headed. Männer auch: They are strong-willed and obstinate. Insbesondere Schwiegerväter: He's a pighead. Und Schwiegermütter sowieso: She's intransigent. Auch wir selbst bleiben gelegentlich stur: »I keep insisting because I very much like to get my own way.« Bloß geht niemand durch Wände, nicht einmal Menschen, die im Englischen als irgendwie »höllisch verbogen« gelten: »He was hell-bent on dating that girl.« Wenn sich Betonköpfe nicht mehr zu Verhandlungen bewegen lassen, liegt es daran, dass sie längst festbetoniert sind: »She has dug in her heels – sie hat ihre Absätze eingegraben!«

Let's not talk tacheles!
Superfalsche Freunde (mit Liste)

10. Kapitel

Es tut weh, wenn wir mit unserem Latein am Ende sind und auf einmal totalen Unsinn reden, weil wir unsere hochgestochenen Fremdwörter auch im Englischen für »Usus« halten. Fangen Sie also gar nicht erst an, »Mankos« zu monieren oder vom »Fazit« zu faseln – sonst ruinieren Sie sich Ihr Renommee!

Ich kannte Kathrins Blick. Er war Ausdruck der Verzweiflung, die sich nicht mehr verbergen lässt, wenn die Lage ausweglos erscheint – an air of despair when the situation seems hopeless.

Dabei ging es doch nur um ein paar Eier – it was only a matter of eggs!

Nicht, dass sie Kathrin heruntergefallen wären. Wir standen in einem der prächtigsten Supermärkte von New York, dem »Urban Market of Williamsburg« in Brooklyn. Und sie war sich ihrer Sache sicher – she was confident. Zu Hause wäre sie mit der Frage nicht weiter aufgefallen: »Sorry, are the eggs bio?«

Erwartungsvoll hielt Kathrin die Eier einem Verkäufer entgegen, der verständnisvoll lächelte und dann das Unmögliche antwortete – the assistant smiled sympathetically and then said the totally unexpected: »Hallo! ›Bio‹! Das habe ich schon lange nicht mehr gehört. Man sagt hier ›organic‹.«

Or-gannik! Während das ziemlich eckige Wort noch durch Kathrins Kopf polterte, traute sie ihren Ohren nicht.

Erstens war das keine Antwort auf ihre Frage! Und zweitens war sie gerade mitten in Amerika von einem Verkäufer korrigiert und mit astreinem Deutsch angesprochen worden. Kathrin schnappte nach Luft – she was gasping for air. Wie eine lästige Fliege kreiste diese Silbe durch ihren Kopf: bio, bio, bio ...

Nur nicht aufgeben, sagte sie sich. Never say die, she said to herself. Also fragte sie zurück: »Und? Sind die Eier nun *oh-djschännik*?«

Inzwischen grinste der Verkäufer. Er wollte die Situation friedlich auflösen, schließlich wollte er Lebensmittel verkaufen und keine Deutschen vergraulen – his job was to sell groceries, not to scare away Germans! Es war ja eigentlich auch egal, dass man nicht »bio«, sondern »organic« sagt. Dass man es nicht *oh-djschännik,* sondern *organnik* ausspricht. Und dass er selbst aus Deutschland stammte und deshalb die »Bioeier« überhaupt verstanden hatte, dafür konnte er keinen Dank erwarten. »Ich weiß nicht, ob die Eier bio sind«, sagte er verschmitzt. »Aber ich weiß, dass sie gut schmecken.«

Der einzige Weg aus der Bio-Falle schien nur noch durch den Ausgang zu führen, auf den ja überall in den USA mit großen »Exit«-Schildern hingewiesen wird.

»Apropos ›Exit‹!«, fragte mich Kathrin, nachdem wir den »Urban Market« fluchtartig verlassen hatten. Ich hinterher. Ohne Eier, versteht sich. »Ist das Alltagsenglisch nicht voller lateinischer und griechischer Fremdwörter?« Auf der Stelle gingen uns passende Fluchtfahrzeuge durch den Kopf, die hinter dem »Exit« warten könnten: »bicycle«, »taxi«, »bus« und das »automobile«. Auch aus anderen Lebensbereichen fiel uns eine Palette altertümlicher Begriffe ein – a range of antiquated terms –, die man in beiden Sprachen benutzen kann: »aura«, »modus«, »quasi«, »stigma«, »trauma«, »lingua franca« ... Kathrin war empört: »Aber wenn ich mal nach ›bio‹ frage, versteht mich niemand!«

Damit lag sie nicht völlig falsch, aber auch nicht ganz richtig – she wasn't entirely wrong nor was she exactly right. Denn zunächst hat der griechische Wortstamm »βίος«, der »Leben« bedeutet, im Englischen und im Deutschen ganz ähnliche Nachfahren: »biology«, »biodiversity« oder »biodiesel«. Darüber hinaus kann die Silbe »bio« aber auch das sein, was Sprachlehrer als »falsche Freunde« bezeichnen: eine identische Worthülle mit unterschiedlichen Bedeutungen.

So werden im Englischen »Biografien« und »Lebensläufe« häufig als »bios« abgekürzt. Die Aufforderung »please send your bio« ist gängig und hat selbstverständlich nichts mit Äpfeln oder Eiern zu tun. Außerdem kann »bio« etwas »Lebendes« sein. Die Kennzeichnung von Lebensmitteln mit »bio« ist hingegen eine deutsche Spezialität.

Selbst Engländer oder Amerikaner, die in Deutschland leben, vergessen das manchmal. Vor allem wenn sie bei uns immer in der »Bio Company« einkaufen und dann ihre Heimatländer besuchen, wo sie auf einmal lebende Eier bestellen: »Do you sell bio eggs?«

»I'm sorry, Sir. Our eggs are stone dead!«

Die Falle, in die Kathrin getappt war, ist also eine Fremdwortfalle, die viel tiefer ist als jede Biotonne. Ich will vor ihr warnen, weil sie sich an vielen Orten des alltäglichen Lebens auftut und das meistens bei gebildeten Leuten, die sich nicht gerne im Erdgeschoss, sondern in der Bel Étage der Sprache aufhalten und sich dort vorzugsweise »bio« ernähren. Dort legen sie bestimmte Sachen nicht einfach ab, sondern lieber »ad acta«. Sie thematisieren eine »causa«, geben »Impulsreferate« und haben gerne mal einen »intus«. Sie sprechen »Tacheles«, ziehen ein »Fazit« oder lästern über das fremdsprachliche »Niveau« ihrer Mitmenschen, weil sie ihr eigenes für unübertroffen halten. Und wenn sie einmal einen Fehler machen, »kaschieren« sie ihn, anstatt ihn zu »vertuschen«, und beklagen ein »Malheur«, weil es harmloser klingt. Es ist der Drang nach »Fremdwörtern«, die den (ein)gebildeten Menschen im deutschen Sprachraum schon seit Jahrhunderten als ein Mittel der Distinktion dienen: gegenüber den weniger (ein)gebildeten.

Wer nun allerdings die zahlreichen, oft sperrigen Bildungsvokabeln aus unserem Wortschatz arglos ins Englische überträgt, wird oft nicht nur nicht verstanden, sondern wirkt selber weiterbildungsbedürftig. Denn die Wörter sind nicht selten ungefähr so bedeutungsleer wie die »autogramms«, um die ich als junger Mann englischsprachige Musiker gebeten hatte. Ich hätte nach »autographs« fragen müssen!

Oft sind es Verhandlungssituationen und Geldangelegenheiten, die uns zum abgehobenen Bildungsgestammel verleiten. Ich spreche von Situationen, in denen wir nicht viel Zeit oder vielleicht ganz andere Dinge im Kopf haben und in denen es oft in einem Bruchteil von Sekunden auf die richtige Wortwahl ankommt. Dann kann es einem schnell ähnlich gehen wie Kathrin im Supermarkt: Unvorsichtig oder aus purer Bequemlichkeit greift man zu griffigen Begriffen wie etwa »Brutto« oder »Netto«, die uns im Kaufmannsdeutsch geläufig sind. So, wie man auch in der englischsprachigen Welt Dinge »gratis« bekommen kann, so, wie man auf der ganzen Welt in »Hotels« wohnt, und so, wie die Währungen »Dollar« oder »Euro« zumindest sprachlich international kompatibel sind. So sollte es doch auch möglich sein, überall eine »Gage« oder gar einen »Rabatt« zu verlangen.

Ist es aber nicht!

Ich warne nicht zuletzt aus eigener Erfahrung vor Wörtern, die ich als »superfalsche Freunde« bezeichnen möchte – I'd like to call them »superfalse friends«! Sie erzeugen Sprachverwirrungen der besonderen Art, weil sie einfach nichts bedeuten, gar nichts – because they have no meaning whatsoever! Deshalb halte ich es für wichtig, einmal ganz offen über diese Freundchen zu sprechen, die in Wahrheit unsere übelsten Feinde sind – let's speak frankly about these worst of enemies. (But never even think about »speaking tacheles«, for »takhles« is one of the few Yiddish words that are totally unknown to English speakers!)

Die größte Schwierigkeit besteht darin, die superfalschen Freunde im Kreis zahlreicher echter Freunde auszumachen. Denken Sie nur an die drei Freunde »non«, »plus« und »ultra«, die im Deutschen genauso zu Hause sind wie im Englischen. Trotzdem können Sie aus ihnen kein englisches »nonplusultra« machen. Ein supersupersuperfalscher Freund!

Drei Gruppen superfalscher Freunde sollten Sie kennen:

1. Ein Wort existiert, allerdings mit einer anderen Schreibweise oder mit einem anderen Klang. Beispiel: Stellen Sie sich einen Engländer vor, der flüssig und verständlich Deutsch spricht, aber »Stadium« sagt anstatt »Stadion«. »Globe« anstatt »Globus«. Oder »Ägis« anstatt »Ägide«. Umgekehrt können Sie nicht einfach eine »eloge« halten. Man sagt »eulogy«, gesprochen: *jolle-dschie*.

2. Ein Wort existiert, aber mit einer vollkommen anderen Bedeutung. Sie wissen schon: »actual«, »irritating«, »ordinary« und so weiter. Man nennt sie »falsche Freunde – false friends«. Allerdings liegen die Bedeutungen in beiden Sprachen dermaßen weit auseinander, dass das Wort oft gar nicht erkannt wird – und größte Verwirrung stiften kann. So wie Kathrins »bio«. Oder wie die »Razzia«, die im Englischen niemals von der Polizei, sondern immer nur von Verbrechern verübt wird. Auch an den »Lokus«

muss ich denken, den unsere feineren Leute anstelle des Klos aufsuchen. Suchen Sie in der englischsprachigen Welt den »locus«, werden Sie am bitteren Ende wohl in die Hose machen. Umgekehrt stelle ich mir einen Briten vor, der uns von seinen Qualen berichten möchte, die sich wie die Vorhölle angefühlt hätten, und der sagt: »Das war so schlimm wie im Limbo.« Bei uns ist das laut »Duden« ein karibischer Tanz.

3. Das Wort existiert gar nicht und ist deshalb totaler Humbug. Sie denken zum Beispiel an »Zyankali«, was Sie hoffentlich nur selten machen, sagen aber nicht »cyanide« (UK: *ßai-e-naid*; US: *ßai-nid*). Oder Sie wollen etwas in »Styropor« verpacken und wissen nicht, dass Sie »styrofoam« oder »polystyrene« *(pohli-stay-rien)* benötigen. Oder Sie weisen auf ein »eklatantes Manko« hin und sprechen es auch noch scheinbar perfekt englisch aus: *ekle-tent menn-kou*. Verständlich wäre hingegen »major shortcoming« oder vielleicht »striking disadvantage«.

Übrigens gibt es auch umgekehrt eine Reihe englischer Wörter, die von den antiken Sprachen abstammen und die uns im Deutschen total ungeläufig sind: superfalsche Freunde andersherum! Wenn etwa Amerikaner von »kudos« schwärmen, das wir zum Beispiel als »Renommee« bezeichnen, was es wiederum nicht im Englischen gibt. Oder wenn Briten vor einem »caveat« warnen: einem Vorbehalt. Ein amerikanischer Kollege, der passabel Deutsch spricht, erklärte neulich: »Ich mache einen Hiatus.« Wie bitte? Was wie »Kaktus« klang, ist im Englischen eine Pause oder Auszeit, zum Beispiel vom Job.

Oder ich muss an einen britischen Pressesprecher denken, der gut Deutsch beherrscht, aber trotzdem immer wieder »impromptu Pressekonferenzen« abhält. Das versteht selbstverständlich niemand, der nicht weiß, dass »impromptu« im Englischen (und für Klavierspieler) »improvisiert« oder »spontan« oder »aus dem Stegreif« bedeutet.

Und in einem deutschen Supermarkt könnte es passieren, dass sich ein Amerikaner nach dem »deposit« erkundigt, weil er es für den »Pfand« hält. Andererseits: Welcher Amerikaner kennt schon Pfand?

Die folgende Sammlung superfalscher Freunde soll Sie vor Kathrins Verzweiflung bewahren und helfen, schmerzhafte Stürze in besonders tiefe Bio-Wort-Tonnen zu vermeiden.

Superfalsche Freunde

Ad acta – Es soll Angestellte und Beamte geben, die Entscheiden mit Nichtentscheiden und Anpacken mit Wegpacken verwechseln. Diese Leute freuen sich einen Ast, wenn sie irgendwelche Vorgänge »ad acta« legen, weil sie ja sonst gar nichts entscheiden könnten. Schlimm wird es, wenn sie nicht einmal zögern, ihren englischsprachigen Kunden oder Antragstellern genauso zu kommen: »We put this file *ad acta*.« Verständlich wäre hingegen: »We shelved / filed your application«, »we put aside the file«, »we discontinued / stopped the proceedings«. Oder (nur!) in den USA: »We have tabled the plan.«

Aula – Jede deutsche Schule hat sie, warum also nicht auch jede englische, amerikanische oder australische? Weil es dieses lateinische und ursprünglich griechische Wort nicht ins Alltagsenglisch geschafft hat. Man spricht oft ganz germanisch von der »hall«, entweder als »assembly hall«, »entrance hall« oder (zumeist) in britischen Universitäten auch als »dining hall«. Wer es lateinisch mag, spricht vom »auditorium«.

Autogramm – »Hello, Celebrity, please write down your own name in person!« Wer einen Prominenten auf diese ungewöhnlich komplizierte Art um eine Unterschrift bittet, gibt ihm wenigstens die Chance, es auf die deutsche oder die englische Art zu tun. Während wir das »eigene« (»auto«) »Zeichen« (»gramm«) notieren, ist man im Englischen derjenige, der »selbst schreibt«, denn nichts anderes bedeutet »autograph«. Und sollten Sie von Ihren Lieblingsstars einen »Friedrich Wilhelm« wollen, fragen Sie nach dem »John Hancock«.

Bon – Ist der Kassenbeleg im Supermarkt oder im Restaurant etwas Gutes? Schließlich bezeichnen wir den Kassenbeleg gerne als »Bon«, und das bedeutet im Französischen »gut«. Gemeint ist wohl ein Zettel mit einem guten Gegenwert, so wie der »Bon« fürs Kirmeskarussell. Im Englischen brauchen wir uns diese Frage gar nicht erst zu stellen. Der Kaufbeleg heißt »receipt« oder »slip«, der Gutschein »coupon« oder »voucher«.

Brutto – Vorsicht mit dem Kaufmannsdeutsch! Denn genau genommen gibt es weder »Tara« (Leergewicht) noch »Netto« (Reingewicht) und schon gar kein »Brutto« (Gesamtgewicht). Der Reihe nach: »Tara« ist nah dran: »tare« *(tehr)*. »Netto« ist noch näher dran: »net weight« oder einfach »net«. Und »Brutto«? Man sagt »gross«, ausgesprochen *greouhs* (UK) oder *grouhs* (USA). Und das heißt auch »ekelig«. Es lauern also brutto drei Gefahren:

1. Das Wort gar nicht zu kennen, 2. es falsch auszusprechen und 3. es missverständlich zu verwenden.

Causa – Herr Wichtig will eine »Causa« besprechen, in Österreich sogar noch häufiger als in Deutschland. Kann er machen, wenn er vor Gericht steht oder mit hartgesottenen Juristen palavert. Draußen auf der Straße wird er hingegen nicht verstanden. In common English, it's simply a »case«.

Duktus – Sprachwissenschaftler möchten jetzt womöglich sofort einwenden, dass man auch im Englischen »ductus« sagen kann, um den Stil zu beschreiben, mit dem wir sprechen oder schreiben. Aber haben Sie das schon mal ausprobiert, wenn Sie sich nicht unter Sprachwissenschaftlern befinden? Abgesehen davon, dass *dak-tß* irgendwie so spitz und stachelig klingt wie »cactus«, würde man in den allermeisten Kreisen nur für Staunen sorgen, aber nicht für Verständnis. Sprechen Sie deshalb vom »style« oder vom »characteristic style«. Das ist verständlicher Stil.

eklatant – ist ein Lieblingsurteil vieler Bildungsbürger. Und sie zögern nicht lange damit, auch in unserer Lieblingsfremdsprache alles Mögliche zu beurteilen. Doch das ist ein eklatanter Fehler, weil es im Englischen nichts Eklatantes gibt! Wer also das nächste Mal (wieder mit bester englischer Aussprache) einen »*eck-ley-tent miss-tayk*« oder gar ein »*eck-lay-tent menn-ko*« (siehe »Manko«) beklagt, sollte sich klarmachen, dass er/sie damit nur eklatant ungelenk klingt. Um es milde auszudrücken.

Empore – Von oben herab ist immer eine Problemhaltung, besonders wenn unklar ist, wo Sie stehen. Oder sitzen. Mal ist es »the gallery«, mal »the balcony«, mal recht treffend »the upper circle«, was man ja auch als die höheren Ränge der Gesellschaft begreifen kann. Je näher Sie den Göttern kommen, desto mehr werden Sie dort auch verortet: »He was sitting in the gods.«

Faible – Klar haben wir ein Faible für dieses feine hochgestochene Wort. Genauso wie für bestimmte Kinofilme, Theaterstücke, Bockwürste, Klavierkonzerte, Frauen- oder Männertypen. Aber fangen Sie erst gar nicht an, davon im Englischen zu fabulieren. Erstens klingt das Wort aus den Mündern der meisten Deutschen wie »fable«, also eine Fabel. Und selbst wenn Sie »foible« sagen, was tatsächlich existiert und denselben französischen Ursprung hat, sprechen Sie eher über eine Charakterschwäche und eine Spinnerei (die wir im Deutschen ja gerne pseudoenglisch als »Spleen« abtun) als über eine Vorliebe oder kleine Leidenschaft, die von Herzen kommt. Um verstanden zu werden, sprechen Sie von »weakness« oder »passion«. Oder sagen Sie: »I have a soft spot for you.« Und wenn's wirklich ein bisschen hochgestochen und gebildet klingen soll: »I have a predilection for everything (that sounds) posh.«

Fazit – The lesson should be clear by now – das Fazit dieses Kapitels sollte deutlich sein: Gewisse Fremdwörter, die wir gerne verwenden und die uns kompatibel erscheinen, sind im Englischen nutzlos. »Fazit« ist so eins. Man spricht von »conclusion«, »bottom line«, »summary«. Oder von »upshot« – dem Ende vom Lied: the upshot of this chapter is a list of useless words.

Feuilleton – Was aus lateinisch »folia« stammend im Französischen bloß das »Beiblättchen« ist, ist in der deutschsprachigen Publizistik zu einer kulturellen Leitinstitution und wohl auch zu einem Schrein der Fremdwörter geworden. Im Englischen gänzlich unbekannt, spricht man von der »arts«, »culture«, »features« oder »review section«. (Lesen Sie mehr über unverständliches Mediendenglisch im Kapitel »Nonstop Nonsens«.)

Fiskus – Legen Sie sich bloß nicht mit dem Staat und seiner Kasse an. Denn das kann im Fiasko enden – it could turn into a fiasco. Jetzt kommt es darauf an: Sind allgemein die Finanzbehörden oder das Finanzamt gemeint, ist die Rede von »tax/finance authorities« oder »revenue board/department«. In Großbritannien ist das »Inland Revenue Office« zuständig, in den USA der gefürchtete »IRS« (»Internal Revenue Service«). Diese Organisationen schicken analog zum »postman« auch den »taxman«. Und die Hauptzentrale des Fiskus, also das Finanzministerium, schimpft sich: »The Treasury (Department)«. Bei uns ja längst auch »Schäuble Bank« genannt.

Flair – Ein feines Wort, mit dem wir verlockende Orte und Menschen beschreiben: »Das Hotel hat Flair. Und seine Gäste.« Dass sich das nicht so einfach übersetzen lässt, weiß ich, seitdem ich Alfred Hitchcocks Kammerspiel »Rope« gesehen habe (ein Film, der auch nicht einfach als »Seil«, sondern als »Cocktail für eine Leiche« in die deutschen Kinos kam). Die junge Janet schreibt für ein Magazin, das in der deutschen Fassung »Flair« und im Originalfilm »Allure« heißt. Unsere »Allüren« werden hingegen als »airs and graces« übersetzt; und wer sie an den Tag legt, über den sagt man: »He's putting on airs.« Beweisen Mann oder Frau hingegen »flair«, dann haben Sie Talent, Begabung, vielleicht sogar ein Gespür für etwas: »He has flair for the best translations – er hat ein Näschen für die besten Übersetzungen.« Wie würde er nun also unseren »Flair« übersetzen? Merken Sie sich: Ein Ort hat »atmosphere«, ein Mensch »aura«.

Gage – Wer auf Bühnen Geld verdient, sollte seinen Marktwert angemessen einschätzen und treffend benennen können. Fordern Sie immer »a fee«. Keine Angst: ist keine Fee!

Gros – Irgendwas mit »Gros« sagen die doch auch immer (siehe »Brutto«). Also versuche ich es mal: »The *grou* of my readers are female.« Oder: »The *grou* of visitors was happy.« Ist im Großen und Ganzen aber Humbug und lässt das Gros Ihrer Gesprächspartner möglicherweise an eine Masse (»crowd«) denken, nicht aber an die Mehrheit (»majority«, »major part«). Das »Gros« der Kaufleute wird als »bulk« übersetzt. Oder man sagt: »to (sell) wholesale«: »en gros verkaufen«.

Hautgout – Ach, dieser Gestank! Liegt nicht nur über abhängendem Fleisch, sondern auch über allen anderen Sachen, die uns irgendwie stinken. Was läge also näher, als den Aussagen, Plänen und Taten von Engländern, die ein solches »Geschmäckle« haben, auch ein *oh-gou* anzuhängen? (Sie wollen bitte erst gar nicht auf die denglische Idee kommen, von einem »little taste« zu sprechen!) Anrüchigkeit wird mit »indecent« oder »shady« beschrieben: »The activity/plan/statement is shady« oder »... (a bit) indecent«. Je zweifelhafter und zwielichtiger die Angelegenheit ist, kann sie auch als »dodgy«, »dubious« *(dju-bi-öss)*, »infamous« *(inn-f'möss)*, »ominous« *(omminöss)* oder »seedy« beschrieben werden. Wenn Sie wirklich nicht ohne den Geruch auskommen, müssen Sie auf den Fischmarkt ausweichen: »His plan is fishy.« Folglich besitzt er eine »fishiness«. Das ist wohl die beste Übersetzung für den »Hautgout«.

intus – Manche Leute trinken erst bodenständig und artikulieren es dann gehoben: »Ich glaube, ich habe zu viel intus.« Wer in englischsprachiger Umgebung darauf hinweisen will, dass die Leber beschäftigt ist, sagt: »I've had a few« oder »I've had one too many«. Auch für die Verinnerlichung ganz anderer Stoffe kennen wir die Formulierung: »Hast du endlich die Lektion intus?« Im Englischen könnte man dann fragen: »Do you have it?«

Ischias – Oh, oh, oh! Die Lenden schmerzen, es zieht in den Hintern, und was klagt der deutschsprachige Patient? »I have *itchyass*.« Kaum zu glauben! Wir dachten schon, er leidet unter »sciatica« oder »lumbago«, also einem Hexenschuss. Aber »Kratzarsch«? Unbedingt merken: »Ischias« ist überhaupt kein englisches Wort!

Junktim – Ein Wort von und für Juristen, die überall Verknüpfungen und Bedingungen sehen und von einem »Junktim« sprechen, wenn B in Verbindung mit A kommt. Oder nicht: »Es ist kein Junktim, Band 1 von ›The Devil ...‹ kaufen zu müssen, wenn man Band 2 hat.« Es wäre aber schön, und vielleicht gibt es ja auch bald einen »package deal«. Das ist die beste Übersetzung, die mir gerade einfällt.

Karambolage – Es sind die Momente der Angst, der Panik und ganz einfach des Kontrollverlusts, in denen unser Hirn auf Muttersprache schaltet, wohl um Kräfte zu sparen und um uns vor lebensgefährlichen Missverständnissen zu bewahren. Zum Beispiel während einer Massenkarambolage. Wollen Sie davon in unserer Lieblingsfremdsprache berichten, sprechen Sie von »multiple collision«, »multiple crash« oder »pileup (of cars)«.

Koryphäe – Für diesen hübschen griechischen Terminus (»Terminus«: siehe unten) haben wir mit dem »VIP« längst eine denglische Bezeichnung: »very important person«. Wem »VIP« zu geschmacklos klingt, dem kann »coryphée« im Englischen dennoch nicht dienen. Falls es überhaupt verstanden wird, ist es der Leiter einer Tanztruppe. Einen Experten ruft man ganz einfach »expert«. Oder »pundit«. Oder man sagt: »He/She is pre-eminent in his/her field.«

Lektion – Wer die Welt verändern will, geht zur »e-lection« oder stellt sich gar selbst als Kandidat auf. Wer anderen bloß eine »Lektion« erteilen möchte, macht es wie die Lehrer: »Peter teaches a lesson.« Dasselbe gilt für Sachen und Ereignisse: »The broken leg/accident was a lesson for him.«

Logis – Sie können bei einem Freund »logieren« und das auch in einer »Lodge«, die wir ja auch als »Cottage«, als »Chalet« oder einfach als Holzhütte kennen. Bei Aussprechschwierigkeiten singen Sie es: »Theo, wir fahr'n nach Lodsch ...!« Doch wenn Sie nach einer »Logis« suchen (und etwa *lou-dschis* sagen), werden Sie kein Dach überm Kopf finden. Auch sollten Sie sich als deutscher Spesenritter davor hüten, arglos den Posten »Logis« abzurechnen, den wir aus deutschen Hotelrechnungen kennen. Man spricht generell von »accommodation costs/expenses«.

Makulatur – Was nichts mehr zählt und keinen Wert mehr hat, weil es überkommen ist oder sich in Luft aufgelöst hat, beschreibt man ganz einfach als »useless«, »waste« oder »obsolete«: »all things obsolete«. »Maculation« ist ein seltenes Wort für verhunztes Papier, vielleicht durch Flecken.

Manko – Mein heimlicher Favorit in dieser Liste. Weil jeder superfalse friend ein Riesenmanko ist, wenn wir Englisch sprechen und ihn übersehen. Übersetzt sind es »downsides«, »flaws«, »shortcomings«, »deficiencies« und »deficits« oder »imperfections«. Und wir können uns glücklich schätzen, dass wir es nur auf Englisch versuchen und nicht in Japan. Dort wäre das Manko noch etwas größer, denn es bedeutet, pardon: »cunt«.

Manschette – »Schatz, kannst du mal meine Manschette halten?« Wenn Schatz nun kein Deutsch (oder Französisch) versteht und alles morgens vor dem Büro oder abends vor der Oper mal wieder ganz schnell gehen muss, kann es leicht passieren, dass Mann beginnt, Pseudoenglisch zu sprechen: »Darling, please hold my *mannschett*.« Verständlich wären »cuffs«. Und die »Manschettenknöpfe« nennt man »cuff links«. Doch Vorsicht: »Baby, please hold my cuffs« kann auch in einen Dirty Talk über Handschellen ausarten.

Marge – Noch so eine Kaufmannsvokabel, die uns leicht das Geschäft vermasseln kann, wenn wir im Basar oder auf dem Börsenparkett stehen. Das fängt schon damit an, dass »marge« (gesprochen *maa-dsch*) in Großbritannien nur eine Abkürzung für »Margarine« ist. Wer vom »Erlös« oder »Profit« träumt, sagt »income«, »profit« oder »yield«. Die »Gewinnspanne« nennt man »spread« oder »(profit) margin«. Wer einen »schönen Schnitt« anstrebt, sagt genau das: »nice cut«. Und wer einen unschönen Abschlag hinnehmen muss, spricht vom »haircut«.

Menetekel – Das Lieblingswort meines Geschichtslehrers in Köln, um die »Vorzeichen« und die »bösen Omen« historischer Konflikte zu erklären. Früher fand ich den Begriff so kauzig wie den Lehrer – in English, say: he was a »fogey«. And talk about »a portent« or simply »an early warning«.

Niveau – Wer in der englischsprachigen Welt »Singles with Niveau« sucht, hat ein Problem! Weil er sie nicht finden wird. Es ist ja auch gar nicht so klar, wer da eigentlich gesucht wird. Singles auf demselben (hohen oder niedrigen) Niveau? »Singles who level with you«, »singles at the same level«, »singles on a par with you«? Oder besonders geschliffene und herausragende, also klasse Singles? »Singles with class«. Unter »affectionate«, »smart«, »well-bred«, »trustworthy« und »drop-dead good-looking«, also »at the best possible level stunning« würde ich gar nicht suchen!

plus/minus null – Wenn das Milchmädchen eine Rechnung vorlegt, könnte es sagen: »Wir kommen hier plus/minus null raus.« Und jeder denkt: »Tolle Milchmädchenrechnung.« Wenn griechische und italienische Finanzminister dasselbe sagen, denkt jeder: »Toll gewirtschaftet!« Hauptsache, sie übersetzen es nicht wörtlich ins Englische, so altbewährt und international »plus/minus« auch klingen mag. Verständlich wäre: »We will come out pretty much even / more or less even.«

Podest – Wenn eine Statue auf einen Sockel gehoben werden soll, ist vom »pedestal« die Rede – the statue was put on the pedestal (gesprochen *peh-döß-tl*). Von dort oben kann man selbstverständlich runtergestoßen werden, im wahren wie im übertragenen Sinn: »He was knocked off the pedestal.« Wenn das Podest ausdrücklich einem Redner dient, kann man es als »dais« oder (wie im Deutschen) als »podium« oder einfach »platform« bezeichnen. Als schmucke Rednertribüne ist es auch ein »rostrum«. Ist hingegen ein Treppenabsatz gemeint, spricht man vom »landing« oder »stair-head«. Hauptsache, Spontanübersetzer begeben sich nicht aufs »podest«. Dann landen sie im Nichts!

Porto – Wie leicht kann einem dieser Satz rausrutschen: »How much porto does this parcel require?« Das postalische Codewort lautet »postage«. Oder schlicht wie immer: »How much is this parcel?«

in puncto – In puncto In-puncto-Floskeln sind Briten und Amerikaner auch nicht knapp bedient. Wir alle kennen »regarding«, »concerning«, »in terms of ...«, »as regards ...«, »in respect of ...«, »with respect to ...«. Besonders floskelartig ist das Anhängsel »-wise«, das floskelmäßig zum Running Gag in Billy Wilders Film »The Apartment« wurde. Der ist nicht nur in puncto In-puncto-Witzen sehr sehenswert – it's a great movie, jokewise, plot-wise, Jack-Lemmon-wise and, particularly, Shirley-MacLaine-wise!

Rabatt – Nah dran und doch zu weit weg. Zwar lässt sich immer ein »rebate« verhandeln, gesprochen *rie-bäyt* – so wie einst Margaret Thatcher die ersten Extrawürste für die Briten in der Europäischen Gemeinschaft rausschlug. Doch erstens klingt »rebate« im englischsprachigen Geschäftsalltag immer etwas zu steif und offiziell. Und zweitens laufen wir stets Gefahr, die Verhandlung durch Gelächter zu stören, wenn wir es wie »Kaninchen« aussprechen: »rabbit«. Fragen Sie also lieber nach einem »discount«. Oder fordern Sie das Äußerste: »the knockdown price«.

Referat – Da hat man alles so schön vorbereitet für den Vortrag in der Schule oder an der Universität, doch das Hauptwort fällt einem nicht ein: »Was halt ich noch gleich – what am I going to give/present in 45 seconds?« Damit Sie in der größten Nervosität nicht unverstanden bleiben, sagen Sie »talk« oder »presentation«. Wenn Sie es (auch) aufgeschrieben abgeben müssen, ist es ganz einfach »a paper«. Und wenn es aus dem »xyz-Referat« stammt, also aus einer Abteilung, dann ist es »the paper from the xyz department«.

Remis – Egal, ob Sie Sport mit Köpfchen oder mit Beinchen oder gar mit beidem betreiben: Wenn Ihr Schachspiel mit einem »Remis« endet, dann nennt man es »draw«. (Hüten Sie sich auch, von einem »patt« zu sprechen.) Wenn Ihre Partie unentschieden endet, sagt man: »It's a draw.« Oder: »They drew a 1-1.« Oder: »They are all square.« Oder: »It was a tie.« Denken Sie nur ans Tennis: Das »Tie-break« soll das Patt gewissermaßen brechen und einen Sieger hervorbringen.

Renommee – »Ist der Ruf erst ruiniert, lebt es sich ganz ungeniert«, pflegte meine Großmutter zu sagen. Ein Weg zum Ruin führt über die Allee der superfalschen Freundschaft, und ein ganz prächtiges Gewächs, das den Weg säumt, ist das »Renommee«, auf das wir oft so stolz sind: »Until now, my English has had a great renommee.« Hätten Sie nur »reputation« oder »renown« gesagt!

Revanche – Wie einfach wäre es, in der Hitze des Gefechts einfach »the revanche« auszurufen. Doch wenn überhaupt, dann bitte »the revenge« oder als Vergeltung auch »retaliation«. Allerdings ist die englische Revanche eine sehr kriegerische Angelegenheit und im zivilen Alltag unangemessen. Selbst im Fußball und in anderen Sportarten tritt man zum »rematch« an. Wer nach einem gewonnenen Spiel dem Gegner eine Revanche geben will, sagt: »I'll give him a chance to get even.« Und eine freundliche Gegenleistung nennt man »return a favour«.

Saldo – »Der« oder »das« Saldo? Schon im Deutschen wollen wir uns mit dem Kontostand gar nicht so genau beschäftigen, vor allem wenn er ständig »im Minus« hängt. Wer es trotzdem wissen will: Es ist »der Saldo«, und das Wort existiert im Englischen genauso wenig, wie man »in the minus« sagen würde. Say: »The balance is in the red.« Oder: »I am in the red / overdrawn.« Ist mit »Saldo« der »Restbetrag« gemeint, wenn zum Beispiel schon eine Anzahlung getätigt wurde, dann spricht man ebenfalls von »balance«. Oder von »last instalment«, »the remaining amount« oder »the remainder«.

Silvester – Unser letzter Tag im Jahr ist nach Papst Silvester benannt, der am 31. Dezember 335 starb. Sein Name stammt vom lateinischen »silva« ab, was »Wald« bedeutet und den »Silvester« zum Waldbewohner macht. Kein Wunder, dass die anglikanischen Inselbewohner damit überhaupt gar nichts zu tun haben wollen. Sie feiern »New Year's Eve«.

Statist (oder Komparse) – Wir kennen gleich zwei Beschreibungen für eine große Gruppe von Darstellern, die in Theatern oder Filmen der englischsprachigen Welt niemand kennt. Sie heißen dort schlicht »extras«. So wie übrigens auch die sehenswerte britische Fernsehserie von Ricky Gervais und Stephen Merchant. Sie erzählt von den verzweifelten Versuchen einiger Statisten, endlich Rollen mit Text zu bekommen.

Storno – Selbstverständlich darf man im englischsprachigen Alltag alles Mögliche stornieren. Wir haben dafür ja auch längst ein denglisches Alltagswort: »canceln«. Flug ge-cancelt. Termin ge-cancelt. Beziehung ge-cancelt. Wer nun »Storno« bevorzugt, darf sich nicht verleiten lassen, das Wort mit ins Englische zu nehmen oder es gar auf »storn« zu verkürzen, was dann klingt wie »porn«! Man spricht von »cancellation« (in den USA: »cancelation«)

oder »withdrawal of an order«. Juristen nennen es auch »reversal«. Gängiger ist »the annulment of a meeting or a marriage«.

Tacheles – Schon in unserem Wortschatz ist dieser jiddische (»takhles«) und ursprünglich althebräische Begriff bemerkenswert anders, denn er besitzt kein Geschlecht! Sie lesen richtig: Es gibt weder »den«, »die« noch »das« Tacheles, sondern einfach nur »Tacheles«. Und im Englischen gibt es nicht einmal das! Das soll nicht heißen, dass man nicht auch (wenigstens ab und zu) Klartext sprechen kann. Man sagt: »Let's talk straight/frank!« Oder: »It requires a great deal of frank/straight talking.« In den USA kommt dann auch manchmal der Truthahn ins Spiel: »Let's talk turkey!« Und ich sage es ganz offen: Ich habe keine Ahnung, was der arme Vogel damit zu tun hat!

tangieren – ... Sie auch manchmal Dinge? Etwa sogar auf Englisch? Es ist ein typisches Bildungsbürgerproblem. Hören Sie doch mal rein in eine typische Diskussion unter Akademikern: »This problem shouldn't tan... tan... how do you say this: *tan-dschent* ...? You know: when a straight line meets a round line in one spot, but not in the mathematical sense but here, in this discussion.« Große Fragezeichen tangieren plötzlich die Köpfe der englischsprachigen Diskutanten. Was meint der Deutsche? Ach, egal! »I don't give a damn / shit.« Zu Deutsch: »Tangiert mich nicht mal peripher.«

Terminus – bedeutet das Ende eines anspruchsvollen Gesprächs. Schluss! Aus! Weil niemand verstehen wird, dass Sie einen Terminus definieren wollen: einen Begriff – a term!

Usus – Sie dürfen dieses Wort im Englischen nicht für Usus halten! Vielmehr ist es gängige Praxis, von »common practice« zu sprechen oder einfach von »common«: »It's a common flaw amongst German speakers to attempt to use their obscure ›fremdwords‹ in English conversations – and get lost in translation.«

Die Ironie der Geschichte
Brexit

11. Kapitel

Keiner fühlt sich so oft missverstanden wie die Engländer! Auch deshalb wollen sie ihre europäische Zweckehe beenden und wieder alles kontrollieren, was ihnen lieb und unlieb ist: Steuern, Zuwanderung, Gurkenformen und andere Extrawürste. Doch was ist eigentlich mit der Sprache, die ihren Namen trägt?

Wenn ich gefragt werde, wie ich mir jenen Aufstand erkläre, der »Brexit« genannt wird und den viele Briten nur noch »das Ding« nennen, muss ich immer an ein Gespräch denken, das ich einmal zufällig auf den Gängen des Europäischen Parlaments in Straßburg mitbekam – when people ask me how to make sense of the »Brexit thing«, I have to think of a conversation I once overheard in the corridors of the European parliament. Was ich damals aufschnappte, war nicht nur lustig, sondern auch sehr lehrreich – it wasn't only very amusing but it was also especially informative and revealing. Ein eleganter Herr, vielleicht ein Niederländer oder Däne, Deutscher oder Österreicher, Franzose oder Pole, erkundigte sich freundlich bei einer ebenfalls eleganten Dame über den weiteren Verlauf des Tages. Dummerweise fragte er nicht: »What's the agenda?« (gesprochen: *a-dschenda*). Stattdessen wollte er wissen: »What's *your* agenda?«

Die Dame lächelte. Bestimmt hatte sie diese Frage nicht zum ersten Mal gehört. So unschuldig sie gemeint war, sosehr kommt sie einer Unterstellung gleich, wenn man sie wörtlich nimmt. Als hätte sich der Herr beiläufig nach einer versteckten Absicht oder nach einem Geheimplan erkundigt. Also sinngemäß: »Und was führen Sie so im Schilde?«

Die doppeldeutige Antwort der Dame ließ nicht lange auf sich warten. Wie ich nun hören konnte, war sie Engländerin – her ambivalent English answer followed suit: »I might join you later!«

Da musste ich lachen. Denn was wie die freundliche Absicht klang, sich später noch in die Gesellschaft des Herrn zu begeben, war in Wahrheit eine typisch britische Form des Abschieds. Im Klartext: Sie werden mich heute nicht mehr wiedersehen. Bye bye!

»What's your agenda?« – »I might join you later«: Für mich ist dieser Minidialog zum Inbegriff für die Missverständnisse geworden, die immer wieder zwischen Briten und anderen Europäern aufkommen – this particular scrap of conversation symbolises the flawed communication between the Brits and the rest of Europe.

Wie oft habe ich selbst schon konfuse Schleifen wie diese gedreht. Zum Beispiel, weil ich viel zu direkt und offen war – because I was far too direct and hard-hitting: »Andrea, I don't like it, can you do it again?« Weil ich einfach immer wieder vergesse, dass es die meisten Engländer wohl eher so verstehen würden: „Hey, du bist total nutzlos, willst du nicht lieber gleich kündigen?" (Stattdessen hätte ich sagen sollen: »That's not bad. Could you perhaps redo it a bit?«) Oder umgekehrt, weil mir der Grad der Kritik nicht klar war: »To be honest, Peter: that might be a bit tricky.«

(Bedeutung: »Peter, das wird nix. Es ist wahrscheinlicher, dass du mit einem Fahrrad zum Mond fliegst.«)

Nach solchen Erfahrungen will ich gar nicht wissen, wie viele Politiker, Diplomaten und komplette Referentenstäbe auf ähnliche Weise aneinander vorbeireden. Egal, ob in Brüssel oder in Berlin, da fragt man die Kollegen in London ohne böse Absicht: »What's your agenda?« Und in London versteht man seit Jahrzehnten:

> Seid ihr jetzt Teil unserer europäischen Schicksalsgemeinschaft oder noch immer nicht – do you now consider yourself a part of Europe's common destiny or not yet?

> Werdet ihr endlich die sogenannten ›vier Freiheiten in der EU unterstützen‹: offene Grenzen für Waren, Dienstleistungen, Personen und Kapital – will you be supportive of the four freedoms: movement of goods, services, workforce and capital?

> Wollt ihr das Vereinigte Königreich in ein Steuerparadies verwandeln – are you planning to turn the UK into a tax haven?

> Sonst noch Wünsche – can we get you anything on top?

In allen Fällen könnte aus London die Antwort kommen: »We might join you later.« Mit ganz unterschiedlichen Bedeutungen:

> Nein, wir wollten immer nur eine Zweckehe – we have always wanted a marriage of convenience.

> Wir wollen möglichst große Freiheiten: auch darin, sie anderen nicht zu gewähren – we wish the greatest possible degree of flexibility, also when it comes to curbing other EU citizens' freedoms.

> Wir werden uns sicherlich nicht in die großen Kaimaninseln verwandeln – our intention is not to become the big Cayman Islands. But then again ...
>
> Wir sind gerne dabei, solange ihr uns eine Extrawurst serviert – we are happy to join without hesitation as long as we are granted an extra treatment.

Bereits an diesem Punkt können alle Beteiligten erkennen: Einen Superstaat so zu führen, dass ihn nicht jeder Außenstehende für ein Irrenhaus hält, hängt entscheidend von der Sprache ab, in der er geführt wird. Selbst die größten Sprachpfleger dürften heute nicht mehr daran zweifeln, dass es unsere Lieblingsfremdsprache Englisch ist, die diese Funktion einer »Lingua franca Europaea« eingenommen hat. Da man aber Englisch weder als leicht noch die Engländer als unbeirrte Europäer bezeichnen kann, sollte am besten niemand davon ausgehen, überhaupt irgendetwas zu verstehen.

Apropos Engländer. Oder Briten? Und was ist mit den Schotten? Schon die Ausgangslage war stets ziemlich verwirrend – the case has been confusing from the outset. Denn mal abgesehen von guten und schlechten Gründen für oder gegen »das Ding« – leaving aside the reasoning for or against »the thing« –, stellt sich doch zuerst die Frage: Wer (und was) will da überhaupt den Exit machen – who and what entity is exactly planning to leave the EU?

Begeben wir uns also mit dem Finger auf die Landkarte, um uns in wenigen Schritten an eine brauchbare Antwort heranzutasten:

1. Zunächst betrachten wir im nördlichen Atlantik die »British Isles« (gesprochen *Eils*), eine alte Bezeichnung, die man mit »Britische Eilande« übersetzen könnte. Es ist die große Draufsicht der Geografen und Meteorologen, die sich nicht für Politik interessieren. Deshalb zählen sie arglos das Eiland Irland dazu, obwohl die Iren 1921 nicht grundlos ihre Unabhängigkeit erkämpften. Wer ihnen zuliebe die Republik Irland auslässt, nicht aber die Provinz Nordirland, hat vor sich:

2. Die »Britischen Inseln« – »the British Islands«. Dazu zählen auch die sogenannten »Crown Dependencies«: Inseln, die der Krone gehören und die wir auch »Steueroasen« nennen dürfen. Zum Beispiel die Isle of Man. Oder die Kanalinseln Guernsey und Jersey. Und meine persönliche Lieblingsoase Sark. Streng geografisch betrachtet gehören die Kanalinseln übrigens zur Normandie und damit zum europäischen Festland – but for an island nation, every rock in the sea counts. Die englische Königin trägt dort den Titel einer Herzogin: »The Duchess of Normandy«. Ohne jene insularen Kronbesitzungen bleibt:

3. Das »Vereinigte Königreich von Großbritannien und Nordirland« – »the United Kingdom of Great Britain and Northern Ireland«. Dieser Staat ist im Januar 1973 der Europäischen Wirtschaftsgemeinschaft beigetreten und hat im März 2017 den Austritt aus der Europäischen Union angemeldet. Ohne Nordirland sprechen wir von:

4. »Großbritannien« – »Great Britain«. Politisch ist es die Union von Schotten, Engländern und Walisern, die sich jeweils als eigenständige Nationen betrachten. Deshalb lassen sie im Fußball eigene Nationalmannschaften antreten. Politisch ist Wales schon seit dem 16. Jahrhundert mit England verbunden. Und 1707 formte man mit den Schotten das gemeinsame Königreich von Groß-

britannien. Geografisch betrachtet ist Großbritannien die größte Insel Europas, selbst wenn sich viele Bewohner gar nicht für Europäer halten. Im Volksmund beginnt der Kontinent Europa nämlich auf der anderen Seite des Ärmelkanals – in the common view held by the British, »Europe« is an entirely different land, namely »the mainland of the European continent«.

5. Regiert wird das Königreich von London aus und damit mitten aus der Hauptstadt Englands. Darüber klagen Nordiren und Schotten seit jeher. Deshalb wurden ihnen in den vergangenen Jahren mehr und mehr Selbstbestimmungsrechte übertragen – increasingly, powers have been devolved to the respective national levels. Die Klagen aus Edinburgh und Belfast darüber, dass England an allem schuld sei, sind dadurch aber noch lange nicht verstummt.

6. Die Diskussion über die Zukunft der vier Nationen in Europa liefert zusätzlichen Sprengstoff. Die Volksabstimmung über den »Brexit« im Juni 2016 zeigte, dass Schotten, Nordiren sowie die Menschen in London mehrheitlich sogenannte Remainers sind: Sie sehen in der EU mehr Vor- als Nachteile und wollen bleiben. Die Wahl zum britischen Parlament im Juni 2017 hat diesen Eindruck verstärkt. Das Lager der »Leavers« besteht hingegen aus meist älteren Menschen in allen Teilen des Landes sowie aus einer Mehrheit von Engländern (wie gesagt: außerhalb Londons). Ginge es nach diesen treibenden Kräften hinter »Britain's exit from the EU«, würde ich am liebsten gar nicht erst von einem »Brexit« sprechen. Schließlich sind es nicht »die Briten«, die Europa den Rücken kehren wollen, sondern vor allem die Engländer, die auf mich oft wirken, als würden sie den Frust und die Ablehnung, die sie selbst aus Schottland und Nordirland erfahren, in einer Art Übersprungshandlung auf die EU projizieren – it seem to

me that the English transfer the Scottish and Irish rejection to the EU. Frei nach Theresa May sollte man sagen: Brexit means Exit – England's independence from Europe.

7. Sollten die diversen angestoßenen Unabhängigkeitsbewegungen außer Kontrolle geraten, kann es passieren, dass sich Nordirland und Schottland aus der Union mit England lösen. Kommentatoren sprechen bereits ironisch vom »Un*tied* Kingdom«. Vom heutigen »United Kingdom« würde dann nicht viel mehr übrig bleiben als das ebenfalls oft ironisierte »Little England«.

Ob man sich den Spekulationen über den Zerfall des Königreichs anschließen mag oder nicht, fest steht: Er würde die ganze Geschichte tatsächlich zu dem tragischen historischen Unfall machen, für den viele bereits das Votum für den »Brexit« halten. Ich hingegen würde eher von einem Selbstmord oder zumindest von einem Eigentor sprechen, weil ich nicht glaube, dass es ein Unfall war. Vielmehr bin ich heute überzeugt, dass die Entwicklung lange vorprogrammiert war.

Wenn ich nur an die »Zürcher Rede« von Winston Churchill aus dem Jahr 1946 denke. Der wortmächtige britische Premierminister hatte seine Vorstellung vom britischen Platz im europäischen Haus damals so erklärt: »We are *with* Europe but not *of* it.«

Wie bitte?

Wer darauf hin nicht ahnte, wie kompliziert es noch werden würde, hatte entweder nicht richtig zugehört oder bewusst das Falsche verstanden. Churchill hingegen war es mit seiner ausgefeilten Rhetorik gelungen, seinem Land gleich beides in Richtung Europa zu öffnen: eine prächtige Empfangshalle und einen kleinen Hintereingang, den man zugleich als Hinterausgang nutzen könnte, wenn es erforderlich wäre.

Mit Churchills Leitsatz konnten sich die Briten jedenfalls für lange Zeit die zwei Optionen offenhalten: eine Hauptrolle auf der europäischen Bühne oder den vollständigen Abgang. Viel ist deshalb von einer Zweckehe, nicht von großer Liebe gesprochen worden, als die Briten offiziell Mitglied im Club der europäischen Staaten wurden. Die Redaktion des »Guardian« titelte am Neujahrstag 1973 treffend: »We're in, but without the fireworks.« Vielleicht lag es auch daran, dass sie niemals ein Mitglied wie jedes andere sein wollten. Also eines, das nicht nur auf seine Rechte pocht, sondern auch seine Pflichten erfüllt. Da die Briten selbst die Clubs erfunden haben und die Clubkultur daheim pflegen wie keine andere Nation, wissen sie so gut wie kein anderes EU-Mitglied, worauf es ankommt: »clubbable« zu sein! Ob es nun sie oder die anderen waren, denen es an »Clubbability« mangelte, fest steht, dass man nie richtig zusammengepasst hat.

Um jeden Preis galt es für die Briten zu vermeiden, in dem europäischen Superclub als »Sidckick« (Kumpan) oder als »Idiot Friend« (Trottel) neben dem Kriegsverlierer Deutschland zu enden! Vielleicht liegt darin der größte Unterschied zu uns Deutschen: Wir haben unsere Einstellung zu Europa niemals aus unserer Haltung zu Großbritannien abgeleitet. Wenn sich Engländer hingegen über Europa auslassen, habe ich oft den Eindruck, dass sie indirekt auf uns zielen. Michael Heseltine, der früher einmal stellvertretender britischer Premierminister war, kommentierte es Anfang 2017 so: »We won the war. Germany won the peace.«

Ich glaube deshalb, dass die Unentschlossenheit, der Widerstand und die immer wiederkehrende Abschätzung gegenüber Europa auch eine Form englischer Selbstverteidigung ist. In den vergangenen sieben Jahrzehnten hat jedenfalls jede britische Regierung ein bewusstes Spiel damit betrieben, immer nach dem Prinzip: »We might join you later.« Dass in der Zwischenzeit sogar eine Premierministerin die Führung übernommen hat, deren Name Ausdruck für die Ambivalenz ist, erscheint mir gleichermaßen Zufall wie bezeichnend zu sein. In der »Financial Times« las ich über den »may-factor«: »Theresa May may offer us a fairly hard Brexit or she may soften it. All we can say with certainty is ... she may.«

Die Parlamentswahlen im Juni 2017 haben gezeigt, wie unberechenbar auch die Bevölkerung mit dem Ding umgeht. Diese andauernde Unberechenbarkeit erkläre ich mir auch mit der ausgeprägten Spiellust und Risikobereitschaft der Briten. Sie lässt sich gemeinhin an den vielen Wettbüros ablesen, die »betting shops/offices«, »bookmaker« oder kurz »bookies« genannt werden und die in Großbritannien die Straßen säumen wie bei uns die »Bestattungsinstitute«. Nachdem das Brexit-Referendum knapp von den sogenannten Leavers entschieden worden war, beichteten mir gleich mehrere Bekannte dieselbe Geschichte: »I voted against Brexit but went to the bookies, bet on it and, hey! Went home with a gain!« An den Finanzmärkten würde man sagen, dass sie ihre Position »abgesichert« haben – they hedged their position.

Ganz offen hat darüber der Engländer David Marsh gesprochen. Er berät Unternehmen und Regierungen als sogenannter »Finanzmarktexperte«, hat früher für die »Financial Times« aus Brüssel und Deutschland berichtet und schreibt Bücher wie »Beim Geld hört der Spaß auf. Warum die Eurokrise nicht mehr lösbar ist«. Gegenüber dem »Spiegel« erklärte Marsh, dass er für den Verbleib in der EU gewesen sei, allerdings 200 Pfund dagegen gewettet und das Dreifache gewonnen habe. Leicht ist man geneigt zu denken: Der tut nichts, der will nur spielen. Wie perfide dieser Volkssport aber werden kann, zeigen die Verhandlungen über den Brexit. David Marsh erklärte unverblümt, wie spielerisch, um nicht zu sagen, hasardeurartig sie geführt werden: »Man ist in Deutschland geneigt zu denken, die Briten wollen immer eine Extrawurst, und das stimmt: Wir wollen eine Extrawurst.«

An diesem Punkt wäre es natürlich wichtig zu erfahren, welche Extrawürste sich die Brexiteers wünschen. Was haben sie während ihrer lieblosen Zweckehe mit Europa vermisst, und wonach sehnen sie sich so leidenschaftlich in der Zukunft?

Weiterhelfen können einem in dieser Frage immer die Zeitungen, wohlgemerkt die englischen, nicht etwa die schottischen, selbst wenn es sogenannte »Boulevardblätter« sind, die europafeindlichen Medienzaren wie Rupert Murdoch gehören. So war die schottische Ausgabe der berühmt-berüchtigten »Sun« von Anfang an auf der Seite der Remainers, während ihr englisches Mutterblatt die Brexiteers anstachelte. Sie hetzte dermaßen verächtlich über osteuropäische Immigranten, dass ihr die Vereinten Nationen »hate speech« attestierten und ihre Glaubwürdigkeit in Zweifel zogen.

Als eine etwas seriösere Quelle, die ebenfalls auf den englischen Hunger nach Extrawürsten spezialisiert ist, dient der »Telegraph«. Seine größte Schwäche besteht aus meiner Sicht nicht darin, über die EU zu stänkern, sondern brav alles das gutzuheißen, was die Politiker der »Tory«-Partei vom Stapel lassen. Das sind Leute, die oft Häuser im südlichen Europa besitzen, aber öffentlich so tun, als würde die Sonne nur auf ihr Königreich scheinen. Zum Beispiel Boris Johnson, der früher als Journalist selbst für den »Telegraph« aus Brüssel berichtete und mit allerlei Erfindungen dazu beitrug, ein Zerrbild von Europa zu entwerfen, gegen das er sich heute als Politiker auflehnt. Seine bekannteste »Fake News« handelte vom angeblichen Unding EU-weit normierter Einheitskondome.

Dass viele Geschichten der heutigen Brexiteers aus demselben dehnbaren Material wie Kondome gemacht sind, erkläre ich mir mit einem frechen Satz, den der amerikanische Schriftsteller Mark Twain geäußert haben soll: »Never let the truth get in the way of a good story – mach dir eine gute Geschichte bloß nicht mit der Wahrheit kaputt!«

Wahrheit hin oder her – was die Positionen der Brexiteers wirklich schwierig macht, ist eine gewisse bierernste, irgendwie unenglische Erbsenzählerei und die stets folgende Schutzbehauptung, es sei ja alles nicht so ernst gemeint. Während sich ja sonst in ihren Ansichten ein vorbildlicher Anteil von Witz und Selbstironie niederschlägt: Beim Brexit hört für Engländer der Spaß auf! Ihre Losung »Take back control« ist so unlustig, dass ich absurde Forderungen wie »Boost English wine«, »Cheap tennis balls«, »Straight bananas« oder »Better English football team« auch nicht lustig finden kann, selbst wenn es große Lachnummern sind.

Die Redaktion des »Telegraph« hat eine Liste von »100 Gründen für den Brexit« zusammengetragen, die sie im Internet als kurzes Video finden können. Es ist die fleischhaltigste Zusammenstellung von englischen Extrawürsten, die ich kenne. Zugleich ist es die irrwitzigste! Nehmen Sie alleine Grund 19: »Take back North Sea.« Ich glaube zwar nicht, dass dahinter eine Kriegsabsicht steckt, sondern nur die alte Leier von den strengen Fischereigesetzen in der EU, die sich in fünf weiteren Gründen wiederholt: »No fish quotas«, »Set own fishing policy«, »Foreign boats are banned«, »British fishermen thrive«, »Non-regulated ports«. Dennoch ist es gleichzeitig das erschreckend unzeitgemäße Säbelrasseln eines Seefahrervolks, das seit Jahrhunderten von Invasionsängsten geplagt ist und das zu einem Befreiungsschlag ausholen zu scheint, um wieder Weltgeltung und Stolz zu erlangen.

Neben den bekannten Forderungen (»control of our borders«, »fewer unskilled Europeans«, »set our own taxes«, »no EU threats to jobs«, »no £13bn EU membership«) offenbaren die englischen Leavers eine Sehnsucht, möglichst rückwärtsgewandt in die Zukunft zu gelangen. Fünf Beispiele:

1. »Old fashioned lightbulbs« – Endlich wieder die gute alte Glühbirne!

2. »Drop green targets« – Schluss mit den ökologischen Zielen in der EU!

3. »No more wind farms« – Nie mehr Windparks!
4. »Fewer chemicals restrictions and proper weedkillers« – Mehr Freiheiten für die chemische Industrie und endlich wieder effektive Pestizide!
5. »No EU human rights laws« – Schluss mit den EU-Menschenrechten!

Dieser ziemlich rücksichtslose Forderungskatalog ließe sich mühelos fortsetzen. Wie wäre es etwa mit der »Wiedereinführung der Tabakwerbung«? Oder »tropische Hölzer und exotische Tiere für jeden britischen Haushalt«? Oder »Endlich Schluss mit dem Frauenwahlrecht«?

Die Laune der Brexiteers erinnert mich an den naiven Ton junger Rebellen, die von zu Hause ausbrechen. Schon höre ich die Lieder der englischen Rockband »The Who«, die viel von Auflehnung, Ablehnung und der spätpubertären Entdeckung des »the real me« gesungen hat:

»We're getting put down,
We're getting pushed round,
We're being beaten every day.
My life's fading,
But things are changing,
We're not gonna sit and weep again.«

Was die Freiheitsträume der Engländer tatsächlich eher wie irre Halluzinationen wirken lässt, ist die Art und Weise, wie große Visionen mit kleinkarierten Vorstellungen einhergehen: Als wäre es möglich, mit Hochleistungsstaubsaugern und Hochspannungstoastern den Nationalstolz zu steigern. Als würden Lebensmittel und überhaupt das ganze überteuerte Leben im Königreich automatisch billiger, wenn man wieder die Mengenbezeichnungen »Pounds and ounces« einführt. Als würden arbeitslose Briten direkt eine Anstellung bekommen und mehr verdienen, wenn man nur sämtliche Einwanderer aus (Ost-)Europa rausschmeißt. Als könnte die englische Fußballmannschaft besser spielen, wenn Turnschuhe endlich billiger werden. Und als würde es nie mehr über den 5000 britischen Eilanden regnen, wenn man nur den Staatenverbund der EU verlässt, um im Staatenverbund des Commonwealth wieder die erste Geige zu spielen (worauf Inder, Kanadier oder Australier selbstverständlich die ganze Zeit gewartet haben ...).

Ich kann verstehen, dass sich viele Briten danach sehnen, ihr Dasein zu verbessern. Denn viele Menschen leben in Armut und nicht in dem Saus und Braus, den man mitten in London vermuten mag. Oder wie es mir einmal Stephen Green erklärte, der früher die britische Großbank HSBC leitete: »Currently, fifty percent of UK households are rearranging their financial setup.« Mit klaren Worten: Sie sind pleite! Das erklärt zum Beispiel, warum mehrere Hunderttausend Menschen in Großbritannien Lebensmittelkarten beziehen. Es überrascht daher nicht, dass sie sich das herbeisehnen, was wir in Deutschland seit der Präsidentschaft von Roman Herzog als »Ruck« kennen: einen neuen Impuls, einen besseren Plan, Hauptsache, irgendeine Veränderung! Der Brexit ist für mich die Politikwerdung dieses Rucks: ein impulsiver Mix aus Frustrationen und Sehnsüchten, aber ohne vernünftigen Plan. Und so vage wie »I might join you later«.

Dabei gibt es aus meiner Sicht schon alleine *einen* einzigen Grund, der ausreicht, um gegen den Exit zu sein! Er sollte gerade diejenigen in England überzeugen, die sich die Kontrolle über alles Englische zurückwünschen – it should be concerning anyone who is bothered with »taking back control« of everything English. Denn die englische Sprache befindet sich längst in einem Prozess, immer unenglischer zu werden. Und ich habe keinen Zweifel, dass der Brexit diesen Prozess beschleunigen würde. Schon vor 250 Jahren war das in Nordamerika so: Während die Engländer dort nach mehr Weltgeltung strebten, verloren sie das größte Copyright, das sie je besaßen: an der Sprache, die ihren Namen trägt. Es folgten viele andere Regionen der Welt. Und nun auch Europa: It will be us who are taking control of the English language across Europe! Haben die Briten erst einmal die EU verlassen, werden es Deutsche und Franzosen, Italiener, Spanier und Polen sein, die entscheiden, was im Europa der Zukunft Englisch ist, ganz gleich, wie es auf der größten europäischen Insel gesprochen wird und welche Geheimpläne man dort noch verfolgt. Sie erinnern sich: »What's your agenda?« Eine sprachhistorische Ironie!

Wie sehr unser »Eurish« schon vom britischen Standardenglisch abweicht, zeigt ein Bericht, den ein Engländer am Europäischen Rechnungshof verfasst und Anfang 2017, wenige Wochen vor der Austrittserklärung des Vereinigten Königreichs, aktualisiert hat. Der Mann heißt Jeremy Gardner und sein aufschlussreiches Werk heißt »Misused English Words and Expressions in EU publications«. Anhand von rund 130 Beispielen führt Gardner durch die verwirrenden pseudoenglischen Wortwelten und erklärt die Satzleichen der kontinentalen Sprachpanscher. Ganz vorne steht unter »A« zum Beispiel der Begriff »actor«. Briten seien schlicht verwirrt, wenn Deutsche oder Franzosen von »actors« sprechen und damit »politische Akteure« meinen, also Politiker oder Ministerien, Gremien und Ausschüsse, während Engländer unweigerlich an Filmschauspieler denken! Und wer will schon behaupten, dass Theresa May eine Schauspielerin sei, bloß weil sie vor dem Votum für den Brexit noch leidenschaftlich dagegen argumentierte. Sie wissen ja, was auf dem königlichen Wappen der englischen Krone steht: »Honi soit qui mal y pense.« Es ist das altfranzösische Motto des englischen Hosenband-Ordens – the Order of the Garter – und bedeutet: May he be shamed who thinks badly of it – ein Schuft, wer Böses dabei denkt!

Auch wehrt sich Gardner im Namen seiner Landsleute dagegen, von uns andauernd als »Angelsachse« bezeichnet zu werden. Als käme er irgendwo aus der Mitte von Deutschland! (Dass sein Vater Deutscher ist, erwähnt Gardner nicht. Es ist gewissermaßen die Ironie seiner eigenen Geschichte.) Ausführlich erklärt er, dass es sich bei den Angelsachsen ausschließlich um die westgermanischen Stämme der Angeln, Sachsen und Jüten handelte, die aus dem heutigen Deutschland im 5. Jahrhundert auf die Britischen Inseln auswanderten. Dabei steckt doch gerade in dieser Geschichte eine wunderbare Pointe: 1500 Jahre später bekommen sie von uns denglischen Patienten die Sprache nachgeliefert!

Vielleicht sollten die Engländer ihr nächstes großes Ding noch einmal überdenken, damit sie in Zukunft keinen Geheimplan benötigen, um ihre eigene Sprache vor zu viel franglischem, denglischem oder spanglischem Einfluss zu schützen.

Sollten sie sich am Ende entscheiden, ihren Aufstand abzublasen und im Club der EU zu bleiben, versprechen wir, uns auch ganz viel Mühe mit ihrer Sprache zu geben, und es nicht so zu machen wie die Nordamerikaner vor 250 Jahren. Hauptsache, wir müssen sie nicht im Fußball gewinnen lassen!

Mit diesen 100 Gründen hat die Redaktion des »Telegraph« den Brexit erklärt, gefordert und verteidigt:

Control of our borders – Kontrolle über die eigenen Grenzen

Fewer unskilled Europeans – weniger ungelernte Europäer (»unskilled« bedeutet auch »stümperhaft«)

More Indian doctors – mehr Ärzte aus Indien

No more MEPs – nie mehr britische Abgeordnete im Europäischen Parlament (Members of the European Parliament)

No fish quotas – keine festgelegte Fischfangmengen

Boost English wine – mehr Durst auf englischen Wein

Set our own taxes – vollständige steuerrechtliche Hoheit

Make our own laws – vollständige gesetzgeberische Hoheit

No meat quotas – keine Handelsbeschränkungen von Fleisch

No more trainer tariff – nie mehr Zölle auf Turnschuhe

Cheap tennis balls – billige Tennisbälle

Keep paper licences – Führerscheine weiterhin in gedruckter Form

Immigration on our terms – eigenständige Einwanderungspolitik

New hangover cures – Katerfrühstück auf Staatskosten

EU's poor economy – die schlechte Wirtschaftslage in der EU

Powerful vacuums – bessere Staubsauger

Cheaper food – billigere Lebensmittel

Easier trade deals – unkomplizierte(re) Handelsabkommen

Take back North Sea – Rückeroberung der Nordsee

Still in Eurovision – die Teilnahme am Eurovision Song Contest ist immer möglich

No tampon tax – keine Steuer auf Tampons

Stronger commonwealth ties – stärkere Beziehungen im/zum Commonwealth

Old fashioned lightbulbs – die gute alte Glühbirne

No more EU elections – nie mehr Wahlen zum EU-Parlament

End working time directive – Beendigung der europäischen Regelungen für Beschäftigung

Develop GM foods – Entwicklung genmanipulierter Lebensmittel

Drop green targets – Aufhebung der ökologischen Ziele in der EU

No more wind farms – nie mehr Windparks

Support UK steel – ein Beitrag für britischen Stahl

Blue passports – blaue Reisepässe

UK passport lane – eigene Schlange für britische Pässe an Flughäfen

No fridge red tape – keine bürokratischen Auflagen für Kühlschränke

Pounds and ounces – die traditionellen britischen Mengeneinheiten (anstatt der metrischen)

Straight bananas – gerade Bananen

Crooked cucumbers – gekrümmte Gurken

Small kiwi fruits – kleine Kiwis

No EU landfill rules – Müllkippen nicht mehr nach EU-Recht

Stop EU criminals – Schluss mit Verbrechern aus der EU

No EU flags in UK – keine EU-Flaggen im Königreich

UK speaks for itself – das Königreich spricht für sich selbst

Free up builders – Freiheit für Bauarbeiter

Sensible farm subsidies – vernünftige Agrarförderung

Fewer chemicals restrictions – weniger Beschränkungen für chemische Produkte

High heat toasters – leistungsstärkere Toaster

Kent champagne – »Champagner« aus Südengland

Small business freedom – (größere) Freiheiten für kleine Firmen

No olive oil bans – keine Einfuhrbeschränkungen (bestimmter) Olivenöle

No Turkey EU worries – keine geteilten Sorgen um die Türkei

No MEP allowances – keine Zahlungen an Mitglieder im Europäischen Parlament

No clinical trials red tape – keine überflüssige Bürokratie bei ärztlichen Behandlungen

No kettle restrictions – keine Verbote von bestimmten Wasserkochern

No EU army – keine europäische Armee

No EU foreign aid – keine europäische Entwicklungshilfen

No cookies messages – keine Warnungen vor digitalen »Cookies«

Stop EU child benefits – Schluss mit EU-weitem Kindergeld

Less EU x-factor – weniger europäische Teilnehmer in der TV-Talentsendung »X factor«

Ditto with BGT – ebenso in der Sendung »Britain's got Talent«

India trade deal – Handelsabkommen mit Indien

Australia trade deal – Handelsabkommen mit Autralien

Treaty with China – Handelsvertrag mit China

New staffing freedoms – neue Freiheiten für die Beschäftigung von Menschen

No EU bail outs – keine Stützungszahlungen für schwache Länder im Euro-Raum

Set own fishing policy – eigene Fischereigesetze

... so foreign boats are banned – ... sodass wir ausländische Schiffe verbannen können

British fisher-men thrive – Britischen Fischern wird es besser gehen

Bye European commission – Tschüss, EU-Kommission!

Farewell EU judges – Lebt wohl, EU-Richter!

British judges rule – Britische Richter entscheiden

A more British EPL – weniger europäische Fußballspieler in der ersten Liga (»English Premier League«)

Non-regulated ports – nicht regulierte Häfen

No butter mountains – keine Butterberge

UK art market boom – Der britische Kunstmarkt boomt

Dredging allowed – Ausbaggerung an Flüssen und Küsten erlaubt

EU citizens pay for NHS – EU-Bürger zahlen für Behandlungen im »National Health Service«

New vocabulary – neue englische Begriffe

Keep our UN seat – weiterhin ein Sitz im Sicherheitsrat der Vereinten Nationen

Not »EU citizens« – kein Status als »EU-Bürger«

No EU human rights laws – keine verbindlichen EU-Menschenrechte

Juncker will be sad – Jean-Claude Juncker wird traurig sein

Herbal remedy boost – mehr Nachfrage nach Kräuterheilmittel

Others will follow – Andere (Staaten) werden folgen

Proper weedkiller – funktionierende Pestizide

Better English football team – eine Fußballmannschaft, die den Namen verdient hat

Ban animal imports – Verbot für Tierimporte

EU students pay their way – Studenten aus europäischen Ländern zahlen angemessen

No Eurocrats' salaries – keine Gehälter für Eurokraten

High-powered hairdryers – leistungsstärkere Föns

Margaret Thatcher would've wanted it – Margaret Thatcher wäre auch dafür gewesen

No EU threats to jobs – EU-Bürger bedrohen nicht den britischen Arbeitsmarkt

Cheaper to export goods – Exporte werden billiger

Find criminals online – öffentliche Datenbank mit Verbrechern

No diabetic drivers ban – kein Führerscheinentzug für Menschen mit Diabetes (diese Regelung wurde von der EU-Kommission bereits 2016 aufgehoben)

Allister Heath is happy – Der Chefredakteur des »Telegraph« freut sich

Boost exports – steigende Exporte

Treaty with USA – Handelsabkommen mit den USA

MPs can't blame EU – britische Abgeordnete (»die Politiker«) können nicht mehr alles auf die EU schieben

Cheap womens insurance – erschwingliche Versicherungen für Frauen

No £13bn membership – keine EU-Mitgliedschaft für 13 Milliarden Pfund

Proud nation again – wieder eine stolze Nation

We voted for it – Wie wir bereits wissen, wirbt der »Telegraph« für den Brexit.

101 teuflische Wendungen des Lebens

Lass uns Nägel mit Köpfen machen! – *Let's make nails with heads!* Diese Redewendung haben wir von den tüchtigen Handwerkern, die nur mit Nägeln arbeiten, die man mit Schmackes auf dem richtigen Punkt treffen muss, um sie gerade und vollständig in der Wand versenken zu können. Dieser Punkt wird übrigens im Englischen »sweet spot« genannt. Ohne ihn würden Schlagspiele wie Golf oder Tennis gar keinen Spaß machen! Eine Übersetzung der »Nägel mit Köpfen« wäre also: »Let's hit the sweet spot!« Wie immer kommt es am Ende auf das bestmögliche Ergebnis an. Ein Sieg im Sport oder eine Hütte, die nicht beim nächsten Sturm zusammenbricht: »Let's make a really good job of it!« Übrigens in den USA: »... a real good job.«

Sie stürzen sich Hals über Kopf in Sachen – *They plunge neck over head into things.* Was sangen die Beatles? Und was hat Oasis nachgesungen? »Helter-skelter«! Man kann den Begriff als Hauptwort und als Adjektiv verwenden: »The helter-skelter of his actions.« Oder: »This decision was helter-skelter.« Wer sich nun »Hals über Kopf« in etwas stürzt, macht es zum Beispiel so: »They dive into matters helter-skelter.« Das geht noch etwas eleganter, nämlich »kopfüber«: »They plunge into it head first.«

Wir kommen nicht auf unsere Kosten – *We don't come upon our costs.* Wer kommt das schon? Zwar gibt es längst eine treffende Übersetzung für unser »Preis-Leistungs-Verhältnis«: Man spricht von »value for money«. Man urteilt: »I get my money's worth«, oder sagt: »That's money down the drain.« Doch hat ja jeder völlig unterschiedliche Vorstellungen von Wert und Nutzen. Außerdem geht es ja oft nicht um materielle, sondern um ideelle Dinge, die wir nicht kaufen, geschweige denn bezahlen können. Denken Sie nur an die Sonnentage im Urlaub, die Temperatur des Meeres, die Freundlichkeit der Kellner, die Stimmung am Strand. Und die abweisende Art des Masseurs! Das Hotel war ein Schnäppchen, und trotzdem werden Sie vielleicht sagen, dass Sie nicht auf Ihre Kosten kamen. Warum? Weil Sie nicht den Spaß hatten, den Sie sich vorgestellt, gewünscht und erwartet hatten: »It didn't meet our expectations and it wasn't the fun we had been hoping for!«

Sie zieht den Kürzeren – *She pulls the shorter one*. In Wettbewerbskulturen gibt es immer Gewinner und Verlierer. Gerade Briten und Amerikaner kennen eine Menge Arten, Unterlegenheit auszudrücken, sodass sie selbstverständlich auch wissen, wie man den Kürzeren zieht: »She gets the short end of the deal / stick.« Oder: »She comes out at the short end.« Eine andere verbreitete Redewendung geht noch expliziter auf den Wettkampf der Menschen ein: »She lost out to her sister on finding the right husband.« Ob sie damit in der zweitbesten Position gelandet ist – *has she come off second best?* Das kommt wohl darauf an, wie viele Schwestern da noch im Rennen waren ...

Deine Bemerkungen gehen auf keine Kuhhaut – *Your remarks go on no cow skin*. Ihr Gegenüber wird wahrscheinlich Augen machen wie eine Kuh, wenn Sie ihm mit dieser tierisch deutschen Kritik kommen. Denn die direkte Übersetzung geht auf keine englische Kuhhaut – *it's ab-*

solutely staggering! Weil sich der Gedanke nicht übersetzen lässt – because it defies translation!

Die Chance ging mir durch die Lappen – *This chance went through my cloths.* Ob mit »Lappen« überhaupt Textilien gemeint sind oder vielleicht die Hände oder andere Körperteile? Im Englischen jedenfalls erübrigt sich diese Frage, da es dort eindeutig den »Fingern« an Flinkheit mangelt: »I let the opportunity slip through my fingers.« Oder einfacher: »I missed a (great) chance!«

Er zieht heftig vom Leder – *He tears heftily from the leather.* Unsere Redewendung steht symbolisch für den Krieg mit Worten: Jemand zieht mit großer Geste sein Schwert aus der Lederscheide, um Hiebe auszuteilen. Wenn er nun weiß, wie man Worte wirkungsvoll einsetzt, bewirft er den Gegner nicht bloß mit Dreck – slinging mud at your opponent is very different from arguing in a sharp, trenchant and dismantling manner, just like the way you fight with a sword (gesprochen *ß-ooht*). Was also folgt, ist eine Schlacht: »He blasts, he excoriates, he lambasts, he raps, he slams … heftily!«

Er hat uns hinters Licht geführt – *He has taken us behind the light.* Wir wollen keine großen und langen Worte darüber verlieren: Wir wurden reingelegt, und wir haben es nicht gemerkt. Shit happens! Wir sind jemandem auf den Leim gegangen, aber wir sind uns sicher, dass man das auch nicht direkt übersetzen würde. One thing is for sure: »Somebody cheated us.« »Deceived us.« »Duped us.« War es der Autohändler? Der Schwiegersohn? Der Präsident? They all could have misled us! They all could have pulled wool over our eyes – sie haben uns auch die Sicht geraubt! Und dann war da noch die Nachbarin, die ihrem

Mann nicht mehr in die Augen schauen kann, weil er sie schon seit Langem nicht mehr sieht: »He is cheating *on me* – er geht mir fremd!«

Sie haben sich in Luft aufgelöst – *They have dissolved into air.* Endlich wieder eine Redensart, die wir in beiden Sprachen kennen. Womöglich teilen wir den gelegentlichen Wunsch nach Unsichtbarkeit und Selbstauflösung. Nur, dass wir die »Auflösung« nicht zu wörtlich nehmen dürfen und dass das Resultat im Englischen stets »dünne Luft« ist: »They have melted / vanished / disappeared into thin air.« Dasselbe kann Plänen und Träumen passieren! Und sie können dasselbe Ende nehmen wie ein Haus, das abbrennt und als Rauch in die Luft steigt: »His hopes ended in smoke / went up in smoke.«

Das ist schon die halbe Miete – *That's already the half rent.* In Zeiten, in denen Mieten ständig steigen, höre ich häufiger eine neue Variante unserer Redensart: »Schon wieder eine halbe Miete teurer!« Gerade in den sündhaft teuren Metropolen der englischsprachigen Welt dürfte der Satz auf fruchtbaren Immobilienboden fallen. Um nun in wichtigen anderen Angelegenheiten eine halbe Errungenschaft zu beschreiben, müssen wir im Englischen raus aus den Häusern und rauf aufs Schlachtfeld: »That's half the battle!«

Sie leben hinterm Mond – *They live behind the moon.* Gemeint ist vielleicht die dunkle Seite des Mondes, mit der sich schon Mark Twain beschäftigte: »Everyone is a moon, and has a dark side which he never shows to anybody.« Kein Wunder, dass immer wieder das Böse auf der Rückseite des Mondes vermutet und angesiedelt wurde. Etwa in der seltsamen Filmkomödie »Iron Sky«, die zeigt, wie deutsche Nazis seit 70 Jahren hinterm Mond leben. Es wäre gut, wenn wir ihre geistigen Nachfahren auch dorthin schießen könnten. Oder noch weiter weg: I wish we could launch them into outer space. An der Abschussrampe würde ich einen Chor organisieren, der in allen Weltsprachen »Auf Nimmerwiedersehen!« singt: »Good riddance!« Allen anderen rückständigen Menschen blieben dann die Steine auf Erden. Denn wie sagt eine etwas neuere englische Redewendung, die mir sehr gefällt: »They live under a rock.« Selbstverständlich gilt auch: »They are behind the curve.« Sie hinken also hinterher auf der Entwicklungskurve – they are lagging behind. (Und damit Sie nicht auch so wirken, sagen Sie bitte nicht: »*They are lacking behind.*«)

Er ist nicht auf den Mund gefallen – *He is not fallen on the mouth.* Typisch deutsch! Mal wieder beschäftigen wir uns damit, was nicht ist, anstatt wie im Englischen das Gegenteil auszudrücken. Nämlich, dass der wortgewandte Mensch ein schnelles Mundwerk hat: »He's got a quick tongue.« Diese Eigenschaft ist in englischsprachigen Diskussionskulturen sogar eine Gabe: »He's got the gift of (the) gab.« Kein Wunder, dass es viele Leute gibt, die »kein Blatt vor den Mund nehmen«. (Die gefilserte Übersetzung ist so schlecht, dass ich dieses Blatt jetzt vor den Mund und die Tastatur nehme.) Im Englischen ist man dann kein Anhänger »zerhackter Themen und Worte«: »He does not mince matters / words.« Mein Schuldirektor in England sagte immer: »Learn to speak up! Because speaking up is a good thing.«

Ich will Ihnen nicht zu nahe treten – *I don't want to step too close to you.* Die typischen einleitenden Worte für das große »Aber«. Ich habe es schon erlebt, wie deutsche

Sprachgenossen diese pseudofreundliche Front zusammengefilsert haben, um danach auch noch pseudoenglisch zu fluchen: »... but *you are going on my nerves!*«
Und jedes Mal habe ich gedacht: »Pace, Mr Streithansel, but why don't you learn first how to keep a distance?«
Idiomatisch korrekt genervt klingt übrigens so: »You are *getting* on my nerves!«

Er führt uns an der Nase herum – *He leads us around at the nose.* Bestimmt macht er das, der Schlawiner – that son of a gun! Aber vergessen Sie die Nase! Er jagt uns gewissermaßen durchs Revier: »He's giving us a runaround.« Also werden wir gejagt: »We are getting the runaround.« Und das längst nicht nur von ihm. Auch Behörden beherrschen das Spiel!

Fass dir an die eigene Nase! – *Hold your own nose!* Stellen Sie sich vor, jemand korrigiert ständig Ihr Englisch, obwohl er selbst filsert. Dann könnten Sie in geschliffenster Form sagen: »Look who's talking!« Oder idiomatisch geschliffen: »The pot is calling the kettle black.«

Nonstop Nonsens
Medienenglisch (mit Liste)

12. Kapitel

Egal, ob Journalisten oder Verleger, Fernsehchefs, Werbetexter oder Pressesprecher – das denglische Kauderwelsch, das ausgerechnet unsere Kommunikationsprofis fabrizieren, ist nicht selten ein schlechter Witz für alle, die nicht »from the media« sind.

Rob, ein erfahrener Journalist in der Londoner Redaktion des »Guardian«, traute seinen Augen nicht – Rob who is a media-savvy journalist working at »The Guardian« in London could hardly believe his eyes. Jeden Morgen kommt er an einem großen Zeitungskiosk im Bahnhof King's Cross vorbei, fünf Minuten entfernt von seinem Büro – every morning, he passes a large newsstand, five minutes from his office. Und wenn der Zeitdruck nicht zu groß ist, lässt er seinen Blick über das Angebot von Zeitungen und Zeitschriften wandern, das trotz des Sterbens gedruckter Medien nicht zu schrumpfen scheint – if he's not too pressed for time, Rob's eyes stray across the abundant display of newspapers and magazines that don't seem to diminish despite the demise of print. Da Rob ein wenig Deutsch spricht, liest er manchmal auch die Überschriften der »Süddeutschen Zeitung« oder der »Welt«, schaut auf den »Stern«, den »Spiegel« oder die anderen Magazine, die aus Deutschland kommen. So wie im April 2016, als die englische Königin 90 Jahre alt wurde. Ganz vorne lag eine neue Ausgabe der Reihe »Spiegel Biografie«, die Rob ins Auge stach. Unter dem Gesicht der Königin stand mit großen Buchstaben: »DIE QUEEN«.

Nicht, dass Rob ein glühender Anhänger der Windsors wäre. Auch hat er einen ausgeprägten britischen Hang zur Ironie. Doch dass ein deutsches Nachrichtenmagazin die hochbetagte Königin ausgerechnet zum Geburtstag aufforderte, sterben zu gehen ... Rob refused to believe it! And he wondered what *the* Queen would think if she was shown that, well, English headline decorating her portrait.

Rob schwieg und staunte: Entweder war das ein deutsches Satiremagazin und der Titel war eine Parodie – it was either a satirical magazine and the frontpage was a spoof. Oder es ging gar nicht – or it was a definite no-no! (Warum der bei uns verbreitete Satz »It's a no-go« gar nicht geht, lesen Sie im ersten Kapitel »I've got a hair in my soup«.)

Nun dürfen wir alle davon ausgehen – so we may all assume –, dass die Redaktion des »Spiegel« die Wortwahl »DIE QUEEN« nicht sarkastisch gemeint hat. Sie war schlicht unbedacht, unglücklich und unschön – it was simply unfortunate! Trotzdem ist das Heft, über das nicht nur Rob, sondern auch viele andere Briten gestaunt haben, ein bemerkenswertes Beispiel für eine gewisse Schludrigkeit deutscher Medienprofis im Umgang mit der englischen Sprache, vor allem wenn man sie daran misst, wie weit sie sich immer wieder in die große weite Welt hinaustrauen!

Denn es war nicht das erste Mal, dass Rob staunend vor deutschen Zeitungen stand und sich selbst (typisch britische) Fragen stellte: »Meinen die uns? Sprechen die Englisch? Ist das mein Fehler? Habe ich vielleicht was falsch verstanden?« Dear Rob, it's not your poor understanding. It's us! We are misleading you!

Zum ersten Mal waren Rob die denglischen Ungereimtheiten von uns deutschen Medienmenschen aufgefallen, als er an einer Konferenz für deutsche und britische Journalisten teilnahm – the inconsistencies struck him first when he took part in the IJP British-German Journalist Conference, of which I had been the organiser. Auch ich erinnere mich noch daran, wie ein freiberuflicher Kollege aus Köln – a freelance journalist from Cologne – Zweifel an der Pressefreiheit in Deutschland aufkommen ließ, als er sich der Runde mit den Worten vorstellte: »I am a free journalist from Germany.« »Oh, really?«, dachte sich Rob halb im Scherz, halb im Ernst – half in jest, half in earnest: »Everyone else is locked up in prison?«

Noch problematischer sind bewusst in Kauf genommene Missverständnisse, die immer dann entstehen, wenn die deutsche und die englische Sprache arglos zusammengerührt werden. Diese weitverbreitete Angewohnheit äußert sich etwa in den vielen Fällen von »Mobbing«, über die unsere Medien von »Abendzeitung« bis »Zeit« und ARD bis ZDF berichten. Kein englischsprachiger Mensch würde dabei an die Schikanen und das rüpelhafte Verhalten von Kollegen denken, denn das wird »harassment« genannt. »Mobbing« ist vielmehr eine pöbelnde Masse von Menschen. Ein anderes Beispiel sind die vielen »Hotspots«, die man im Englischen immer als Krisenherde, aber nie als Auffanglager verstehen würde. Deutsche (und Franzosen) haben die neue Bedeutung innerhalb der EU geradezu gewaltsam durchgesetzt, um das historisch arg belastete Wort »Lager« zu vermeiden.

Auch musste ich sehr staunen, als ich 2015 den Deutschlandfunk hörte und der Nachrichtenmoderator plötzlich tief ins Klo griff. Um Barack Obamas Satz »You cannot hide nuclear material in a closet« zu übersetzen, sagte er: Man könne Nuklearmaterial nicht in einem Klo verstecken! Das sind Momente, in denen seriöse öffentlich-rechtliche Nachrichten denselben Unterhaltungswert bekommen wie die Scherze von Otto Waalkes, der sich auch mit den Medien auskennt: »She goes professionally online – sie geht beruflich auf den Strich.«

Jedenfalls scheinen viele Journalisten und Verleger, Medienkaufleute und Kommunikationsforscher, Werber oder Pressesprecher zu glauben, sich mit seltsamen und manchmal auch verheerenden Übersetzungen in die eine oder andere Richtung irgendwie durchwursteln zu können. Ich selbst erhielt vor einiger Zeit vom Gütersloher Medienkonzern Bertelsmann die Einladung zu einem Seminar. Sie war zweisprachig verfasst: »Kreativität in der digitalen Welt. *Let's go connected!*«

Die sprachliche Mixtur ähnelte dem Kauderwelsch, das Rob am Kiosk in London entdeckt hatte: Wie selbstverständlich ging der deutsche Text ins Englische über. Medienleute machen das genau genommen die ganze Zeit. Sie schreiben für »People«-Magazine. Glauben nicht mehr an »Print«. Produzieren im »Newsroom« »Content« –

der, by the way, »searchable«, »shareable«, »paid« und »snackable« sein soll. Sie denken an die »Community«. Kämpfen gegen »Ad Blocker«. Sind für »Native Advertising« (aber gegen »Product Placement«). Und setzen immer und überall auf »Storytelling«.

Auch von »Connections« ist oft die Rede, und das ja nicht nur im Reich der Medien. Manche Leute nennen sie auch »Vitamin C«, die guten Verbindungen, die man hat. In der »Network-Society« ist man multimedial und crossmedial verbunden und davon überzeugt, dass »Connectivity« eine »Key Competence« ist. Die Handlungsmaxime lautet, immer und überall anschlussfähig zu sein: Let's *get* connected!

Doch was um alles in der vernetzten Welt wollten die Bertelsmänner mit »Let's go connected!« sagen?

Klar hatte ich eine Ahnung. Allerdings machte mich das Verb »to go« stutzig. Das »Oxford English Dictionary« gibt den Hinweis: »to go: pass into or be in a specified state, especially an undesirable one: ›the food is going bad‹ / ›no one goes hungry in our house‹ / ›he's gone crazy‹«.

Also fragte ich meine Kollegin Andrea im Londoner Büro des »Spiegel«: Würde jemand, der mit der englischen Sprache groß geworden ist, »let's go connected« sagen? Andreas Antwort war ernüchternd: »Nein, das würde niemand sagen. Totaler Unsinn – absolute nonsense!«

Ich kann verstehen, dass sich Bertelsmann im Englischen versucht. Schließlich besitzt man alleine mit »Penguin Random House« die größte Verlagsgruppe der Welt. Nur deutsch zu kommunizieren, wäre für das Unternehmen sicherlich ein Nachteil. Doch unverständliches Englisch ist deshalb noch lange kein Vorteil! In der Netzwerkgesellschaft ist es schließlich wichtig, verstanden zu werden, um sich nicht ins soziale Aus zu manövrieren. Oder um es im Stil der Einladung zu formulieren, die ich bekommen hatte: Let's not go disconnected!

Nun ist es keine Neuigkeit, dass unsere Medienwelt voller schicker Ausdrücke und schräger Aussagen ist. Und je mehr englische Ausdrücke sich daruntermischen, desto schräger wird es. Andererseits ist es verblüffend, wie lange sich manche Stilblüten halten. So muss Rob immer wieder über den Namen des deutschen Magazins »Kicker« staunen, das schon 1920 gegründet wurde. Weil »to kick« im Englischen weniger mit Fußballspielen als mit dem launischen Herumtreten von Gegenständen verbunden wird, klingt das Hauptorgan des Profifußballs in Robs Ohren mehr wie eine Fanzine für deutsche Hooligans.

Für mich ist *die* Manifestation unserer Disconnection ein Grammatikbuch, das der Klett Verlag veröffentlicht hat. Es heißt – no kidding! – »Deutsch to go«. Deutsch zum Wegschmeißen? Und was danach? Ich gehe einfach mal davon aus, dass es nicht das heimliche Ziel unserer Medien-People ist, die deutsche Sprache abzuschaffen. Viel lieber glaube ich weiterhin daran, dass sie einen gewissen Bildungsauftrag haben und sich für eine möglichst verständliche Sprache einsetzen sollten.

Um es deutlich zu sagen: Ich bin keineswegs dagegen, unseren Wortschatz und speziell den Jargon der Medien mit englischen Wörtern und Wendungen zu bereichern. Vergleichen Sie zum Beispiel einmal das »offene Ende« eines Films mit dem »Cliffhanger«. Beide Beschreibungen sind praktisch und treffend. Der »Cliffhanger« gefällt mir am Ende des Kliffs allerdings besser, weil er viel bildhafter und witziger ist.

Auch auf das »Interview« oder das »Laptop« will ich nicht verzichten. Jedenfalls würde ich nicht immer von einem »Gespräch« und auf gar keinen Fall von einem »Klapprechner« sprechen. Und als Kermit der Frosch in der ersten deutschsprachigen Ausgabe der »Muppet-Show« im Jahr 1977 aus dem »running gag« durchgehend den »durchlaufenden Witz« machte, war das zwar auch irgendwie witzig, aber nicht wirklich verständlich. Anders denke ich über »Deadlines« und »Headlines«: Unsere deutsche »Frist« oder der »Abgabetermin« funktionieren sehr gut, solange man sich an sie hält. ;-) Und für die »Überschrift« oder die »Schlagzeile« bräuchten wir eigentlich gar keinen anglisierten Ersatz, solange man nicht in der englischsprachigen Medienwelt tätig ist.

Dennoch lassen wir uns in den Medien zu häufig dazu verleiten, englische Fachbegriffe, Floskeln und Phrasen zu benutzen, die entweder überflüssig sind oder keinen rechten Sinn ergeben. Heraus kommt dann leider oft ein unheimliches Kauderwelsch, wenn ich nur an all die »Publisher«, »Content Manager« oder gar die »Online Marketing Rockstars« auf deutschem Boden denke. Das andauernde Gerede von »Media Solutions«, von »Search Engine Optimisation« oder von »Influencer Marketing« bildet eine eigene, oft rätselhafte Sprache: unser »Mediendenglisch«!

Besonders nebulös wird es, wenn das Sprachzentrum dieser Leute vollständig auf den Englischbetrieb schaltet, weil sie vielleicht gerade ihre Website übersetzen, weil sie eine Dienstreise ins Ausland unternehmen oder einen englischsprachigen Gast zu Hause empfangen. Dann lassen sie manchmal dermaßen viel Blödsinn vom Stapel, dass man das Ergebnis im Ernst nur noch als Nonsens begreifen kann. Wie die Einladung von Bertelsmann. Wie »Deutsch to go«. Oder wie die sterbende Königin.

Total verwirrend ist für viele deutschsprachige Medienmacher ausgerechnet ein durch und durch medialer Vorgang: die »Inszenierung«! Schließlich gibt es nichts, das allgemein so sehr mit dem Medienzeitalter verbunden wird, wie »politische Inszenierungen« oder »mediale Selbstinszenierungen«. Wer nun darüber in unserer Lieblingsfremdsprache ein Gespräch führen möchte, sollte wissen, dass es im Englischen keine »inscenation« gibt. Ich selbst weiß, wovon ich spreche, seitdem ich einmal in meinem eigenen beruflichen Medienleben in New York einen Vortrag über »self-inscenation« gehalten habe. Ein amerikanischer Gesprächspartner fragte mich später scherzhaft, ob ich vielleicht von »self-insemination« gesprochen hätte. Von wegen Selbstbesamung!

Dabei lag ich mit »self« gar nicht schlecht, wenn man nur auf die Lehrpläne der Universitäten schaut: »Instagram and the age of self-presentation«, »The representation of self in the Facebook age«, »Selfies and self-portraiture«. Man könnte sagen: We live in the first-person age where everyone has to develop self-branding skills without becoming too self-absorbed and self-obsessed ... Bloß von »self-inscenation« ist nie die Rede.

Selbstverständlich wollte ich nach dieser Peinlichkeit unbedingt wissen, wie man nun im Englischen über öffentliche Inszenierungen spricht, egal ob im Theater, im Netz oder auf der politischen Bühne. Ich fand heraus, dass es zunächst darauf ankommt, ob 1. die technische Inszenierung, 2. die Kulissen, 3. die dramaturgische Inszenierung des Regisseurs oder 4. die darstellerische Inszenierung der Schauspieler gemeint ist. Im ersten Fall ist es »(stage) production«. Im zweiten »scene«, »setting« oder »mise-en-scène«. Im dritten »staging« oder »stage direction«. Und im vierten »acting« oder »acting performance«. Außerdem wird zwischen »enactment« (fiktionale Geschichten) und »reenactment« (historische Ereignisse) unterschieden. Inszenierungen in der Politik werden also generell als »(political) staging« bezeichnet. Wirkt alles übertrieben selbstdarstellerisch, sagt man »grandstanding«. Wirkt alles arg konstruiert, nennt man es »spin doctoring«. Und führt die Inszenierung auf scheinbar geniale Weise zum Erfolg, erfüllt sie womöglich die Kriterien für »(perfect) engineering«. Wie denglish hingegen »inscenation« ist, belegt der Eintrag im amerikanischen Wörterbuch »Merriam Webster«: »intended as a translation of German ›Inszenierung‹«.

Ein anderer verbreiteter Patzer sind die »Mediatheken«, in denen Fernsehsender alte Sendungen speichern. Während Deutsche (und Franzosen) »Bibliotheken« oder »Diskotheken« besuchen, gehen Engländer und Amerikaner in »libraries« oder »clubs«. Im Englischen ist deshalb von »(media) libraries« oder von »TV on demand« die Rede, speziell in Großbritannien auch von »catch up TV«. Trotzdem scheinen viele deutschsprachige Fernsehverantwortliche »Mediathek« für einen international verständlichen Begriff zu halten, sodass sie ihr internationales Publikum regelmäßig verwirren, wenn sie sagen: »Please look it up in our mediathek!« (Übrigens finden Sie im Kapitel »Let's not talk tacheles!« noch mehr vermeintlich internationale Begriffe.)

Wer den Nonsens live erleben möchte, braucht nur einmal internationale Medienkonferenzen mit deutschen Teilnehmern zu besuchen. Zum Beispiel den »DLD« in München. Es ist ein großes alljährliches Treffen von Menschen, die sich mit »Digital Lifestyle Design« beschäftigen. Und es ist ein Gipfeltreffen deutsch-englischer Sprachverwirrungen, was auf seine Gründerin Steffi Czerny zurückzuführen ist, die für sprachliche Grenzerlebnisse berühmt ist. Vor einigen Jahren ging sie mit dem folgenden Satz gegenüber einem Amerikaner in die Geschichte des Medienenglischs ein: »I am so so so happy to please you on the stage.« Wie der Herr die Befriedigung auf der Bühne aufgenommen hat, kann ich nicht berichten.

Auch der Gastgeber der DLD-Konferenz, Hubert Burda höchstpersönlich, ist für seine originelle Ausdrucksweise berühmt. Zum Beispiel, wenn er »Content«, also Medieninhalte, so ausspricht wie das Adjektiv »content«: mit Betonung auf der zweiten Silbe. Als sei er stets rundherum zufrieden! Fehlt nur, dass er in den Raum ruft: »Content ergo sum!« Dass der Mann mit seiner verlegerischen Hauptbetätigung, die seit mehr als zwanzig Jahren auch den englischen Namen »Focus« trägt, in Wahrheit unzufrieden ist, gab er 2014 zum Besten: »The old Verlegermodell is only working with paper.« Flugs lästerte ein Journalist vom anderen »Stern« aus Hamburg per Twitter: »Neben mehr Breitband benötigt Deutschland auch besseren Englischunterricht.«

Apropos Twitter: Dass schon die Eindeutschung kleiner englischer Medienausdrücke eine größere Herausforderung darstellt, zeigt die Art, wie wir »twittern«. Oder soll ich »tweeten« sagen? Die Frage ist im deutschen Sprachraum ungeklärt. Fest steht nur, dass es sich nicht um »Tweeds« handelt, also um ein Textilgewebe, wie Frank Schirrmacher, der verstorbene Herausgeber der »Frankfurter Allgemeinen Zeitung«, auf der allerersten Seite seines medienkritischen Buchs mit dem denglischen Titel »Payback« geschrieben hatte.

Manchmal kann also schon ein einziger Buchstabe Verwirrung stiften! Als die Verlagsgruppe Handelsblatt Entwickler für eine App mit dem Arbeitstitel »Life« suchte, klang das irgendwie nach »Lifestyle«. Man hatte sich mit dem »f« vertan: gemeint war die später gestartete Nachrichten-Applikation »Live«.

Ich selbst habe sogar einige Jahre Medienkauderwelsch auf meiner Visitenkarte mit mir herumgetragen. Es war im denglischen Reich von Bertelsmann und Gruner+Jahr, wo ich Leiter einer Redaktion für »Corporate Publishing« war. Das bedeutete, dass uns zumeist große Unternehmen (»Corporates«) damit beauftragten, mit journalistischen Mitteln »Content« für ihre Kunden und Mitarbeiter zu publizieren (»Publishing«). Für Kollegen in Großbritannien oder in den USA klang das allerdings immer so, als würde ich an Werbebroschüren für den eigenen Verlag basteln. Das lag daran, dass wir die international gängigen Begriffe »Custom Publishing« und »Customised Publishing« nach unseren eigenen Vorstellungen umgemünzt hatten.

Ironischerweise können wir gerade in unseren Medien längst von einer Art »Customised English« sprechen. Sprachwissenschaftler nennen es »Schein- oder Pseudoenglisch«, das niemand versteht, der Englisch von Geburt an spricht. Fast möchte ich sie unsere »Lieblingsverfremdungssprache« nennen!

Eine Reihe verbreiteter Beispiele habe ich schon im ersten Band von »The devil« aufgegriffen. Zum Beispiel die »Homestory«. Im »Spiegel« existiert sogar eine eigene Rubrik mit diesem Namen. Doch bitten Sie mal einen Prominenten in London oder New York um eine »Homestory«! Sie werden wahrscheinlich nicht weit kommen. Ein anderes bemerkenswertes scheinenglisches Medienwort sind die »Shakehands«: ein ausgesprochen denglisches Happening, meistens vor laufenden Kameras und wahlweise mit Kanzlerin oder Fußballspieler. In England bittet man zum »handshake«.

Seit März 2012 schickt die Lufthansa das Pseudoenglisch unserer Medien- und Werbeleute sogar auf Weltreise. Damals präsentierte man den neuen Werbespruch, nachdem die Zeile »There is no better way to fly« ausgedient hatte. In Texten für die internationale Öffentlichkeit wurde erklärt: »The new claim ›Nonstop you‹ aptly sums up the airline's pledge to its customers.« Im Nachhinein fällt mir nicht leicht zu sagen, was mehr pseudo ist: der Spruch oder seine Beschreibung! Denn englischsprachige Werber dichten »taglines« oder »slogans«, aber niemals »claims«, solange sie nicht ein Anrecht, eine Reklamation oder gar eine Forderung vor Gericht in Worte fassen. Spitzfindig könnte sich die Lufthansa mit einem »Anspruch« an die Marke und an die Qualität ihrer Produkte herausreden, wenn »Nonstop you« nicht auch so seltsam klänge. Egal, welchen englischsprachigen Menschen ich frage: Das Sätzchen wirkt bemüht, anmaßend, seelenlos, eher wie ein Kommando als eine Empfehlung, also kurz: etwas plump. Mein englischer Telefonjoker Richard, den Sie schon aus meinem ersten Buch kennen und der damals in London die Wirtschaftsredaktion des britischen Fernsehsenders ITV leitete, sagte mir: »My heart sank when I first saw Lufthansa's slogan. I can see what they are getting at and it's not wrong, as such. But it feels like the product of a committee. Of Germans.«

Übrigens zuckt Richard auch regelmäßig zusammen – it makes him cringe –, wenn deutsche Journalisten ohne einen Anflug von Abscheu aus allen Richtungen »Shitstorms« wittern. »Flying poop is not as common a thing in the British media as our German colleagues seem to believe – umherfliegende Kacke gehört längst nicht in der Weise zum Repertoire englischsprachiger Medien, wie das die Deutschen immer zu glauben scheinen«, erklärt er.

Deshalb gerät ja auch Jan Böhmermann im Vorspann seiner Fernsehsendung »Neo Magazin Royale« in einen Sturm aus braunen Massen, gegen die er mit Schild und Schwert kämpft. Da das Magazin im Best-Ager-Sender ZDF möglichst viele Twentysomethings erreichen soll, verstehe ich diesen Shitstorm allerdings weniger als kulturellen Missgriff ins Klo, sondern vielmehr als selbstironische Anspielung auf den medialen Zoff, den Böhmermann ständig sucht. Und weil »Zoff« so spießig klingt, spricht er lieber von »Battle«, »Rant« oder »Beef« und lässt sich das alles regelmäßig per Post bringen: vom »Beefträger«. Unsere Lieblingsverfremdungssprache ist ein andauerndes Markenzeichen seiner Sendung, und Böhmermann hätte sie ohne Probleme »Nonstop Nonsens« nennen können, wäre auf diesen Namen nicht schon Didi Hallervorden vor 40 Jahren gekommen.

So komme ich zum Schluss, dass die Bertelsmänner längst nicht die Einzigen sind, die nonstop denglischen Nonsens produzieren. Allerdings sind sie am Ende die Originellsten! Und sie haben auch Rob vom »Guardian« schon sehr zum Staunen gebracht, als ihm seine Freundin von einer Kiste mit Kosmetik- und Schönheitsprodukten erzählte, die Frauen abonnieren konnten. Absender der Kiste war mal wieder Bertelsmann, und ihr Name lautete »pink box«. Als das Geschäft nicht so rosig lief, fiel auf, dass »pink box« vor allem in den USA eine Bezeichnung für die Vagina ist. Bertels*man* hatte also wenigstens eine gute Ausrede für den Flop: das saumäßige Englisch!

Falls Sie selbst was mit Medien und Englisch machen wollen und sich im Jargon der Branche noch nicht sattelfest fühlen, kann Ihnen vielleicht diese Übersicht dienen. *Kursiv gestellte Wörter kennzeichnen pseudoenglische Begriffe*:

Abonnement	subscription
Absatz	paragraph
Auflage	circulation
Aufmacher	lead story
Autorenzeile	byline
Beitrag (generell)	contribution
Beitrag (Radio/Fernsehen)	package
Beitrag (Text)	copy, story, piece, article, text
Bildzeile	caption
Casting Show	talent show

Chefredakteur	editor (UK), editor-in-chief (US)
Claim, Werbezeile	slogan, tagline
Dachzeile	kicker, strapline
Ente/Falschmeldung	hoax, spoof, fake news
Feuilleton	*haben nur wir*; culture section
Freiberufler	freelancer
Homestory	(close up) portrait, interview
Journalist	journalist, journo, hack
Journalistensprache	journalese
Kommentar	commentary piece, op-ed (US)
Korrekturlesen	proofreading
Kritik, Besprechung, Rezension	review, critique
Leitartikel	leader
Mediathek	(media) library, TV on demand
Meldung	news, copy
Mischung aus Liste und Artikel	listicle
Mischung aus Satire und Dokumentation	Mockumentary
Moderator	presenter, host, anchor
Playback	lip-sync(hronisation), miming
Pressemitteilung	press release, news release
Pressesprecher(in)	spokes(wo)man
Programm	schedule, lineup
Redigieren, bearbeiten	(sub-)editing

Regisseur	director
Ressort	section, department
Ressortleiter	head of section/department
Richtigstellung	correction
Sender	channel, station, broadcaster
Sendung	programme, broadcast, show
Sperrfrist	embargo, blocking period
Synchronisation	dubbing
Teleprompter	autocue
Trickfilm	animated cartoon/film
Umfrage	(opinion) poll
»unter eins«	official (statement)
»unter zwei«	unattributable (statement)
»unter drei«	off the record
Vermischtes	miscellaneous
Vorabmeldung	snap (bedeutet auch »Schnappschuss«)
Vorspann	standfirst, intro, blurb
Werbe-/Klappentext	blurb
Werbefilm, -*spot*	advertising/commercial/promotional (film), promo
Wortlautinterview	verbatim interview, q&a (question and answer)
Zwischenzeile	breaker, crosshead

Happy Crimbo!
Weihnachten

13. Kapitel

Das Fest der Liebe ist auch ein Fest der kulturellen Unterschiede: Denken Sie nur an das scheue Christkind und den polternden Santa Claus. Auch unter den Bäumen ist alles anders, erklärt die bekannte Kinderbuchautorin Judith Kerr. Ich habe sie in London besucht, und wir waren uns einig: Christmas Shopping ist toll – aber unser Heiliger Abend ist fantastisch!

Es war das letzte Wochenende vor dem großen Fest. Für Kinder ist die Adventszeit ja immer voller Spannung und Erwartungen – children always find Advent quite adventurous. Allerdings, um das gleich klarzustellen – to clarify this right from the beginning: in England, people rarely speak of »Advent«, although most will understand what it is. The weeks before and during Christmas are called »festive season«. Deshalb versenden Briten und Amerikaner am Ende des Jahres so viele »Season's Greetings«.

Natürlich hat diese »Saison« auch für uns Erwachsene einen festlichen Reiz. Der Schein von Kerzen in der Dunkelheit – the glow of candles in the dark. Tannenduft und Weihnachtsgewürze – the scent of fir trees and Christmas spices. Die Nähe der Liebsten in einem jährlich wiederkehrenden Ausnahmezustand – our loved ones close, in an annually recurring, exceptional state of mind.

Ich hatte es bis dahin noch nie gemacht, doch als Vater,

der oft alleine reist, war es mir schon des Öfteren in den Sinn gekommen: eines Tages Flugtickets in die Luft zu halten und meine Kinder mit einem Reiseplan zu überraschen, der zur Jahreszeit passt – a travel itinerary that would match the season. Kurz vor Weihnachten also eine Stadt voller Glanz, der all unsere kindlichen Wünsche spiegelt – a city charged with the glamour of Christmas evoking all the wishes from our childhood:

- Geschenke: Christmas presents or gifts
- Süßigkeiten: in the US, kids want »candies«, in the UK »sweets«
- Kekse (und Gebäck): in the US, it's »Christmas cookies«, in the UK »Christmas biscuits« *(biß-kitts)*. Hinzu kommen Spezialitäten wie »ginger bread« oder »mince pies«.
- wohlige Wärme und Glück: a warm glow and happiness
- und eine Menge Zauber und Kitsch: and a good deal of magic and kitsch

Letztes Jahr war es dann so weit. Als britischer Vater hätte ich wohl eine Reise zum Christkindlmarkt nach Nürnberg vorgeschlagen – if I were a British father, I would have suggested visiting the Christmas market in Nuremberg. Als deutscher Vater hatte ich mich für London entschieden, das mit dem Flugzeug von Berlin aus schneller zu erreichen ist als viele deutsche Städte.

Während ich die Taxitür für meine Tochter und meinen Sohn offen hielt und sie sanft hineinschob, damit wir Richtung Flughafen aufbrechen konnten, sagte ich dann den Satz, auf dessen Effekt ich mich schon die ganze Zeit gefreut hatte: »Wir fahren nach London!«

Mein Sohn schaute mich nur an und fragte: »Na und?«

Ich bin mir sicher, dass er es liebevoll meinte – I'm sure he meant it in a loving way. Die Coolness eines Achtjährigen ist schließlich auch eine Art, Gefühle zu zeigen. Und sie ist nicht ungesund, wenn man überhaupt nicht weiß, was auf einen zukommt – it's a healthy attitude when you have absolutely no idea what you are in for. London? Was bedeutet das schon für ein Kind?

Meine elfjährige Tochter war etwas neugieriger: »Besuchen wir Freunde von dir oder machen wir etwas Besonderes?«

Hatte ich im Ernst die Frage erwartet, ob wir in London auf einen Weihnachtsmarkt gehen würden?

Außerdem hatte meine Tochter recht. Es gab tatsächlich einen besonderen Grund, warum wir die Reise machten: Ich war zum Adventstee mit der berühmten Kinderbuchautorin, Schriftstellerin und Zeichnerin Judith Kerr verabredet. Wie wir am nächsten Tag von ihr persönlich erfuhren, hört sie das lieber in einer anderen Reihenfolge – as she told us the next day, she prefers to be introduced in a different order: »Zuerst Zeichnerin. Dann Kinderbuchautorin. Und dann Schriftstellerin«. Egal, in welcher Reihenfolge: Ich hoffte, dass es meinen Kindern gefallen würde mitzukommen – I was hoping they would be pleased to join me.

Meine Tochter war tatsächlich begeistert: »Echt? Judith Kerr?« Erst vor Kurzem hatte sie ihren autobiografischen Roman »Als Hitler das rosa Kaninchen stahl« gelesen. Er zählt für mich neben den Tagebüchern der Anne Frank zu den Texten über die Bedrohung der Freiheit, die jeder Jugendliche kennen sollte. Meine Tochter hatte viel über ihre Lektüre gesprochen, mit einer Mischung aus Entsetzen und Interesse für die Erlebnisse der Familie Kerr auf ihrer langen Flucht vor den Nationalsozialisten, die in London endete. Judiths Vater, der berühmte Schriftsteller Alfred Kerr, sollte im Frühjahr 1933 verhaftet werden, doch es war ihm in letzter Minute gelungen, mit seiner Familie aus Berlin zu entkommen: zunächst nach Prag, dann in die Schweiz und nach Paris. Und schließlich London. Nun konnte meine elfjährige Tochter das Mädchen von damals kennenlernen, das mit zehn Jahren ihre Spielsachen, ihre Bücher, ihre Freunde und das deutsche Weihnachtsfest zurücklassen musste. Und die heute 93 Jahre alte Judith Kerr war aus derselben Stadt geflohen, in der wir leben! Ich konnte spüren, dass meine Tochter aufgeregt war.

Auch mein Sohn freute sich: Er kannte Judith Kerr vor allem als Schöpferin des unheimlich hungrigen, aber freundlichen Tigers, der überraschend bei einer Familie zum Tee vorbeikommt und am Ende sogar aus dem Wasserhahn trinkt. »The Tiger who came to tea« ist eine fein gezeichnete Kindergeschichte und eine Allegorie auf die Angst vor Terror. Ein passendes Thema in unserer Zeit – it's very topical!

Auf dem Weg von unserem Hotel am »Marble Arch« zu Judith Kerrs Haus im Stadtteil Barnes war es leicht, unsere Verabredung erst einmal zu vergessen. Kaum waren wir auf der Straße, erfasste uns das Weihnachtsfieber der Stadt – the Christmas craze was gripping. Einerseits war es eine schrille Stimmung, die von Orten ausging wie dem »Winterwonderland«, einer Riesenkirmes im Hyde Park, die zur Hälfte aus Ständen des Münchner Oktoberfests bestand: »Mr Bratwurst«, »Der große Irrgarten«, »Die Wilde Hilde«. Wir hatten das alles schon von unserem Hotelzimmer aus gesehen. Mit seinen Millionen bunten Lichtern wirkte das »Winterwonderland« nicht wie ein Weihnachtsmarkt, sondern wie eine verirrte Raumstation auf einer großen grünen Wiese. Die Kinder kommentierten es auf ihre Art: »Schade, kein Schnee!«

Gleichzeitig erlebten wir ein Vorweihnachtsfieber, wie wir es von zu Hause kannten. Nur war es viel schriller als bei uns: Der üppige Goldschmuck, die Fülle und der Schein der Lichter waren faszinierend. Jede Fassade, jedes Schaufenster, jede Laterne, selbst kleine Straßen und sogar einige Stationen der U-Bahn waren dekoriert – the splendour was ubiquitous [gesprochen: *ju-bi-kiou-töss*], even across small streets and in the tube.

Auch die riesigen Einkaufstüten der Menschen fielen uns sofort auf. Besser gesagt: Sie versperrten uns den Weg, weil sie sehr groß und sperrig waren und wie riesige Haustiere an ihren Herrchen klebten – bulky and supersized shopping bags were all over the place, like huge pets chained to their masters and constantly blocking our way.

Und dann die seltsamen Klamotten der Leute! Elchgeweihe als Mützen und jede Menge verrückter Pullover, sogenannte »Christmas jumpers«, ein britischer Weihnachtsbrauch, für den mir keine bessere Beschreibung einfällt als »Weihnachtsbauch«. Als wären in irgendeiner speziellen Weihnachtsschneiderei aus bestrickten Bettvorlegern Brustpanzer gefertigt worden, um mit verrückten Motiven Angreifer abzuschrecken. Man kann sie beim besten Willen nicht übersehen! Mehrmals rief mein Sohn: »Papa, hast du den gesehen?« Mal amüsierte er sich über einen Jesus mit gelber Mütze, Luftballon und einem Schild »Birthday boy«. Mal wunderte er sich über ein Rudel besoffener Hirsche, das umgeben war von gelbem Lametta (man sagt »tinsel«) oder bunten Lichterketten (»fairy lights«). Und neben uns in der U-Bahn stand ein Mann mit einem Weihnachtsmann auf der Brust und rief »Ho ho ho«, sein Mantel offen, die Beine nackt und vor dem Gemächt das Schild »censored«.

»Papa, was heißt *kennsoret?*«

»Das bedeutet, dass ich euch nicht alles erklären muss, was hier an Weihnachten ein bisschen anders läuft als bei uns!«

Auf dem Rest des Wegs zu Judith Kerr sprachen wir über die unterschiedlichen Figuren, die den Kindern die Geschenke bringen: Während es in England traditionell »Father Christmas« ist, kam bei uns sehr lange der Sankt Nikolaus. Die Protestanten lösten ihn irgendwann durch das Christkind ab, das wieder später von vielen Katholiken bevorzugt wurde, als die Protestanten langsam begannen, den Weihnachtsmann in ihre Stuben zu lassen. Zur kompletten Verwirrung trägt der Umstand bei, dass unser Christkind in den USA manchmal mit »Kris Kringle« übersetzt wird, es aber den Weihnachtsmann darstellen soll! Dass er in den USA »Santa Claus« heißt, geht auf die vielen Auswanderer aus Europa zurück, die ihren Sankt Nikolaus mit in die Neue Welt genommen hatten.

Und was ist mit der Legende, dass Coca-Cola den Weihnachtsmann erfunden haben soll? Ich würde es so ausdrücken: Coca-Cola hat den Weihnachtsmann als Werbemaskottchen gewonnen und ihm neue Kleider gekauft.

»Und warum brüllt er immer ›Ho ho ho‹?«, fragte mein Sohn. Wahrscheinlich will er uns etwas sagen und kann es nicht besser ausdrücken, begann ich zu spekulieren. Vielleicht ist er schüchtern und verzweifelt, weil er sich nicht verstecken darf wie das scheue Christkind, das ja kein Kind jemals gesehen hat. Oder er poltert, weil er ein alter Mann ist, der unter der Last seines schweren Körpers leidet und der viel zu viel arbeiten muss, wenn man bedenkt, dass er ständig Fototermine für Coca-Cola hat, eine Riesenwerkstatt (»Santa's workshop«) am Nordpol betreibt und zugleich in unzähligen Kaufhäusern der Welt sogenannte »Christmas grottos« unterhält.

»Die kennen wir aus dem KaDeWe«, erinnerte sich mein Sohn.

»Genau. Deshalb braucht der Mann wahrscheinlich auch ein Heer von Engeln und Elfen (»Santa's elves«), die er um Rat fragen und die er ab und zu mal zusammenstauchen kann. ›Ho ho ho!‹ ist also bestimmt auch eine Art Ausdruck für den Stress.«

Die Kinder nickten. »Stress« ist ein englisches Wort, für das Kinder von heute unheimlich viel Verständnis zeigen.

Als wir in Judith Kerrs Straße einbogen, ließ das Weihnachtsfieber auf einmal nach. Alles war ruhig. Sie lebt in einem schönen, efeubewachsenen alten Backsteinhaus, mitten in einer typischen Häuserreihe aus der viktorianischen Zeit – she lives in a typical terrace house from the Victorian era. Die Haustür schmückte ein Tannenkranz mit einer weihnachtlich roten Binde – the front door was decorated with a wreath [gesprochen: *rie-ß*] and a festive red ribbon.

Während wir uns der Tür näherten und klingelten, bemerkten wir eine fette und doch elegante braun-graue Katze. Seelenruhig, fast leblos wachte sie auf dem Fenstervorsprung neben der Tür. Ab und zu blinzelte sie mit den Augen, als wolle sie uns auf dezente Art begrüßen – occasionally she blinked her eyes, as if to welcome us in a decent manner. Und weil wir drei dasselbe dachten, stellten wir im Chor dieselbe Frage: »Ist das Mog?«

Mog ist in Großbritannien eine Katze und in Deutschland ein Kater, was das Tier alleine schon erklärungsbedürftig macht. Doch dazu später. Vor allem war Mog ein gewichtiger Grund für unseren Besuch bei Judith Kerr, denn sie ist eine weitere ihrer tierischen Schöpfungen. Obwohl »Mog the forgetful cat« schon 1970 auf die Welt kam und Judith Kerr seitdem viele Bücher mit ihr veröffentlicht hat, ist sie erst jetzt zur offiziellen Weihnachtskatze der Briten aufgestiegen. Das verdankt sie der Supermarktkette »Sainsbury's«, die Judith Kerr gebeten hatte, Mog an einem Werbefilm mit dem Titel »Mog's Christmas Calamity« teilnehmen zu lassen. Für die Zeichnerin bedeutete das ein stattliches Honorar und vier Monate ununterbrochene Arbeit, um der Katze in allen möglichen Positionen Leben einzuhauchen, sodass am Ende eine computeranimierte Superweihnachtskatze entstehen konnte. Auf einen Schlag wurde sie so berühmt wie nie – the Sainsbury's Christmas commercial rocketed the cat to fame. Ihre großen Augen und ihre heldenhafte Tollpatschigkeit konnten wir sogar auf riesigen Bildschirmen vor dem »Winterwonderland« im Hyde Park bestaunen, was dem Volksfest doch ein wenig Weihnachtsstimmung verlieh – at least, the cat's adventure on the big screen filled the place with a modicum of Christmas spirit.

Mogs »Weihnachtskalamitäten« sind rasch erzählt: Die Katze lebt in einer Familie, die wie alle Briten am »Christmas Eve« im Bett liegt und von der Bescherung am nächsten Tag träumt. Das Weihnachtsfest beginnt im Vereinigten Königreich traditionell nicht am Heiligen Abend, sondern am Morgen des 25. Dezember, dem »Christmas Day«. Nur die englische Königsfamilie feiert aus alter deutscher Tradition heraus schon am 24. Dezember. Das geht auf Prinz Albert zurück, den deutschen Gemahl von Königin Victoria, der als Auswanderer an den Bräuchen seiner Kindheit in Deutschland hing. Er war es auch, der vor ungefähr 160 Jahren in Großbritannien den Weihnachtsbaum einführte, der heute wie selbstverständlich vor dem Buckingham Palast steht.

Dass der Tannenbaum den Briten inzwischen nicht weniger wichtig ist als uns Deutschen, zeigen auch Mogs Abenteuer: Die unfassbar tapsige Katze richtet in der Nacht vom 24. auf den 25. Dezember zunächst in der Küche, dann in der gesamten Wohnung einschließlich Weihnachtsbaum ein heftiges Chaos an, an dessen Beseitigung sie sich immerhin insoweit beteiligt, dass sie zufällig die Feuerwehr ruft – Mog wreaks havoc and then participates in mending matters by accidentally calling »999«. Nach dem Schrecken kommen die Nachbarn vorbei, um der Familie zu helfen, die zerstörte Wohnung aufzuräumen, und um mit ihr Weihnachten zu feiern. Sie bringen einen neuen Baum mit, einen neuen Truthahn und Geschenke, selbstverständlich alles von »Sainsbury's«, was den Film etwas plump macht – it makes the commercial somewhat obvious and cheesy, but never mind: »Es ist eben Werbung. Aber es ist auch eine schöne Geschichte«, wird Judith Kerr später sagen. (Wenn Sie den Film bei YouTube sehen, achten Sie unbedingt auf die alte Dame, die vorschlägt, Mog einen Orden zu verleihen!)

Mittlerweile hat uns genau diese Dame die Tür geöffnet und freundlich hineingebeten. Sie ist überrascht, dass ich meine Kinder mitgebracht habe. Als wären sie kleine Tiger! Wir legen unsere Jacken ab, ziehen die Schuhe aus und folgen ihr in die Küche, wo sie uns Getränke serviert. Es ist noch Vormittag, dennoch leuchten draußen im Garten schon die Lichter eines Tannenbaums. Drinnen stehen Teller mit Keksen auf verschiedenen Tischen. »Meine Katze heißt Katinka, nicht Mog«, erklärt uns Judith Kerr ungefragt. Damit die Kinder sie verstehen, spricht sie deutsch: langsam, klar, mit hoher Stimme und leichtem englischem Akzent. »Ich muss nachdenken, manche Worte fallen mir nicht auf Anhieb ein. Außerdem ist Deutsch meine Kindersprache. Ich denke und fühle manchmal sehr schöne Sachen auf Deutsch. Und ich kenne noch viele Sprüche: ›Rechts sind Räume, links sind Räume und dazwischen Tannenbäume!‹« Meine Kinder lachen, weil sie wissen, dass der Reim eigentlich auf »Zwischenräume« endet.

Nach ihrer Flucht aus Berlin in die Schweiz und nach Frankreich lernte Judith Kerr zunächst Französisch. »Ich habe mich geärgert, als wir im Krieg nach London kamen, weil ich wieder eine neue Sprache lernen musste.«

Ob sie auch einen Hund habe, will mein Sohn wissen.

»Nein, aber weißt du, was ›Kerr‹ auf Englisch bedeutet?«, fragte sie ihn.

»Nö!«

»Dann sage ich es dir: Köter! Mein Vater kam als Alfred Kempner zur Welt und gab sich einen Künstlernamen, der im Exil unglücklicherweise eine Beleidigung war!«

Mein Sohn machte große Augen. Judith Kerrs Mutter entschied, den Nachnamen fortan wie *Kahr* auszusprechen. Und auch ihre Tochter legte darauf großen Wert!

So ist es also Judith *Kahr,* die Superweihnachtskatzenschöpferin, die wir kennenlernen. Sie ist kleiner als meine Tochter. Und sie hat einen spitzen Mund, mit dem sie viel lächelt. Trotz ihres hohen Alters ist es leicht, in ihr das Mädchen zu sehen, das sein Leben in Berlin begann und das dort zehn Weihnachtsfeste erlebte. »Wir waren Juden, aber wir haben es gefeiert, weil es auch in unserer Familie Tradition war und weil es so schön war. Mein Vater spielte Klavier und sang ›Stille Nacht, heilige Nacht‹, und wir durften den ganzen Abend wach bleiben, unsere Geschenke auspacken und den Baum mit den Kerzen bewundern. Meine Eltern wussten: Einem Kind kannst du nichts Schlimmeres antun, als den Heiligen Abend ausfallen zu lassen. Und für eine Familie gibt es nichts Schöneres als dieses Fest.«

»Ist das Fest in England nicht so schön?«, will meine Tochter wissen.

Judith *Kahr* schüttelt den Kopf: »Es ist natürlich auch schön, morgens die Geschenke auszupacken. Ich habe es hier in London jedes Jahr mit meinen eigenen Kindern so gemacht. Aber es war niemals so wie bei uns früher der Heilige Abend. Nie so intensiv, so himmlisch, so zauberhaft – much less intense, heavenly and enchanting. Und für uns Erwachsene ist es auch nicht so schön.«

»Warum?«, wollen wir alle wissen.

»Weil einen die Kinder natürlich schon frühmorgens aus dem Bett schmeißen. Und weil wir dann doch lieber abends einen Wein oder einen Sekt trinken als morgens um neun. Die Engländer beginnen den Tag mit Alkohol und sind mittags meistens schon ziemlich betrunken.«

Mittlerweile sitzen wir im Wohnzimmer von Judith *Kahr*, ich habe einen Tee, sie und die Kinder trinken Orangensaft, und Katinka mustert uns abschätzig, als es plötzlich im Flur hinter der Haustür laut *Flatsch* macht. Ein Paket ist gekommen, mein Sohn holt es und kann es nicht glauben. Aus Deutschland! Von Axel Scheffler, dem Schöpfer des »Grüffelo«! Der Umschlag ist mit lustigen Figuren und Buchstaben bemalt. »Axel schreibt mir immer zu Weihnachten«, sagt Judith *Kahr*, die sich sichtlich freut. »Er ist ein toller Mann. Und ...«, dann wechselt sie ins Englische: »... the Gruffalo is also quite a hit in the UK, only a different spelling!«

Ein guter Moment, sie zu fragen, warum Mog in Deutschland eigentlich ein Kater ist. »Ach!«, faucht Judith *Kahr* zurück wie eine Katze: »Der deutsche Verlag wollte das so. Sie sagten: ›Das muss ein Kater sein!‹ Ein Kater ohne Katze, aber mit kleinen Kätzchen? Ich war dagegen. No, it's a cat! It's a she! Aber die Deutschen mögen wohl ›tomcats‹ mehr als ›cats‹. Die Briten lieben ›cats‹. In dem Punkt bin ich britisch!«

Judith *Kahrs* Verhandlungen über die Kater-Katze oder den Katzen-Kater blieben nicht der einzige Kampf um

Mog. »Die Deutschen fanden auch ›forgetful‹ zu negativ«, berichtet sie. »Mog durfte keine Katze und nicht vergesslich sein! Aber da habe ich mich durchgesetzt. Denn ›forgetful‹ zu sein ist doch auch was Gutes: Mog kann Dinge vergessen, und sie macht davon Gebrauch. Ich dachte nur: ›Rubbish!‹ Of course, *he, she* or *it* is very forgetful. That's the whole point. That's the irony!«

Ironie! Meine Tochter ist sehr aufmerksam, als Judith *Kahr* erklärt: »Was wären wir Menschen ohne Ironie! Wir könnten das Leben gar nicht verstehen. Wir könnten nicht überleben! Doch in Deutschland ist das immer etwas schwierig. Sagt man: ›It's raining, it's a nice day‹, hört man: ›Wieso ein schöner Tag? Es regnet doch!‹ Alle deutschen Einwanderer haben damit ihre Probleme, egal, ob Juden oder nicht. Es ist dieses Spiel mit den Dingen, die man sagt, aber nicht wörtlich meint. It can get really difficult and tricky, in particular with everyone in Britain assuming that Germans mean everything they say in a literal way and then they say something they don't mean literally. Ein Freund meiner Eltern wollte immer sagen: ›Ihre Probleme hätte ich gerne!‹ Er meinte es ironisch. Doch anstatt zu sagen ›your problems, I would like to have‹ erklärte er der ganzen Welt: ›I would like to have your problems.‹ Dann wunderten sie sich: Hat er nicht schon genug Probleme?«

Meine Tochter lacht, sie hat das Beispiel verstanden. Dann fragt sie nach: »Wie meinen Sie das: ›Ohne Ironie verstehen wir das Leben nicht und können wir nicht überleben‹?«

Judith *Kahr* schaut auf ihre alten Hände, reibt sich ein paar Sekunden die Finger. »Als ich nach dem Krieg wieder nach Berlin kam, nach vielen Jahren unser Haus im Grunewald besuchte, den Bahnhof Grunewald sah ...«

Meine Tochter unterbricht sie: »Hatten Sie das alles vergessen?«

Judith *Kahr* schaut sie mit ernster Miene an: »In deinem Alter dachte ich, dass ich es vergessen könnte, und ich dachte lange, ich hätte es vergessen. Ich wäre gerne manchmal so vergesslich gewesen wie Mog: wenigstens ein bisschen ›forgetful‹. Es wäre schön, wenn wir nur die schlimmen, die gespenstischen Sachen vergessen könnten, nicht die schönen. Zum Beispiel *nicht* das Weihnachtsfest zu Hause in Berlin. Aber das geht nicht! Die Kindheit können wir gar nicht vergessen. Wir sind ja keine Katzen!«

Dann rückt Judith *Kahr* nach vorne auf die Sofakante. Wie eine Katze, die sich bereit macht zum Sprung: »Am Ende geht es immer nur mit Ironie. Euer Besuch ist vielleicht ein Teil davon: euer Interesse an meinem Leben! An meinen Erinnerungen an die wunderbaren Heiligen Abende in einem Land, das uns rausgeworfen hat. Das ist doch Ironie!«

Wir hörten aufmerksam zu, nur Katinka traute sich, Geräusche zu machen. Das große Mädchen auf dem Sofa war noch nicht fertig: »Die Ironie ist, dass ich lebe. Dass ich noch einmal den Heiligen Abend in Deutschland feiern möchte. Dass ich einmal ein hilfloser Flüchtling war und jetzt hier auf einem bequemen Sofa sitze. Dass die vergessliche Katze Mog berühmt ist, weil sie für einen Supermarkt Werbung macht. Dass ausgerechnet ich den Engländern eine Weihnachtsgeschichte erzählt habe ...«

Da saßen wir! Beim Adventstee, zu dem wir so überraschend eingefallen waren wie der Tiger. Wir haben zwar nicht ihren Wasserhahn leer getrunken, doch ich hatte das Gefühl, dass wir etwas aus Judith *Kahrs* Herzen mitnehmen durften. In den nächsten Tagen sprachen wir immer wieder darüber, was man vergessen sollte und was nicht. Und ob es Ironie ist, dass wir mehr über den Weihnachtsmann und Coca-Cola gesprochen haben als über die Weihnachtsgeschichte. Und dass Santa Claus gar kein Heiliger ist, sondern ein Scheinheiliger – Claus only seems like a saint but is rather sanctimonious!

Zum Abschied an ihrer Haustür wünschte uns Judith *Kahr* Glück und Frieden und den Kindern viele schöne Geschenke. Ich hatte keinen Zweifel, dass sie uns damit zum Weihnachts-Shopping in London anspornen wollte! Nicht bei »Sainsbury's«, sondern dort, wo es wirklich Spaß macht! »Genießt London, and don't give out too much«, filserte die alte Dame gekonnt und kicherte über den eigenen Scherz – she giggled about her own little denglish joke. »Hauptsache, ihr seid zum Heiligen Abend pünktlich zu Hause. Merry Christmas!«

Und dann waren wir wieder draußen. Unter den Briten, die Weihnachten mit seinen jährlich wiederkehrenden Ritualen lieben wie wir, obwohl sie unseren zauberhaften Heiligen Abend gar nicht kennen. Nach vielen kleineren Geschenketouren, Besuchen und Abstechern, auch aufs Riesenrad »London Eye« und zum deutschen Weihnachtsmarkt, gingen wir am nächsten Tag ins berühmte Kaufhaus »Harrods«. Vor dem Eingang sang eine kleine Gruppe von Studenten mit der Heilsarmee Weihnachtslieder. Man nennt sie »Christmas carols« oder einfach »carols«.

Für drinnen hatte ich mir ein kleines Spiel ausgedacht, das sich besonders gut in den Geschäften der Superreichen spielen lässt, in denen in der letzten Zeit die Preisschilder verschwunden sind – in many high-priced shops lately, price tags have disappeared. Das amerikanische »National Public Radio« hatte neulich in einem Beitrag erklärt, warum: »Customers have to ask ... what the price is, or they have to guess it. It's like playing a version of ›The Price Is Right‹ ...«

»Der Preis ist heiß!« Das hatte mich inspiriert. Ich konnte mir keinen größeren Vorweihnachtsspaß und keinen besseren praktischen Englischunterricht vorstellen, als durch ein Kaufhaus ohne Preisschilder zu laufen und alle möglichen Gegenstände zu hinterfragen. Und wahrscheinlich wollte ich auch einfach selber wissen, wie heiß die Preise in England sind.

Schnell kamen die Kinder ins Gespräch. Sie lernten viele neue Wörter und bildeten viele Zahlen. In allen Abteilungen des Kaufhauses hörte ich sie fragen: »What's it called?« Und: »How much is it?« The drum set for kids, the indoor and the outdoor drones, the radio-controlled car that goes up walls. The Harry Potter-themed interior design for a child's room. And so on.

Auch ich habe ein Wort gelernt, das ich nicht kannte, aber mir seitdem immer wieder auffällt: »Crimbo«! Es kommt aus der Kindersprache und bedeutet »Christmas«. Man kann allen Ernstes »Happy Crimbo!« sagen. Dass es klingt wie »limbo«, ist vielleicht kein Zufall. Der Konsumrausch, in den auch wir fast verfallen wären, ist ja beinahe wie eine Zwischenhölle!

Das teuerste Objekt, das wir übrigens im gesamten

Kaufhaus finden konnten, war eine Handtasche aus Krokodilleder für sage und schreibe – believe it or not – sechsundfünfzigtausend Pfund. Mein Sohn hatte sie auf einmal in den Händen und zeigte sie seiner Schwester. Und der Verkäufer fragte grinsend: »Would you like to buy this bag for your mum?« Voller Schrecken entgegneten beide: »No!«

Als wir wenige Stunden später wieder im Flugzeug saßen, freuten wir uns auf unser Zuhause. Dass die Briten keinen Heiligen Abend feiern, fanden meine Kinder bedauerlich. »Wenn man so viele Geschenke einkauft, sollte doch auch das Auspacken richtig Spaß machen – when you have spent so much time and money on gifts, unwrapping them should be fun as well.« Kurz bevor sie erschöpft einschliefen, schlug meine Tochter noch vor, Judith Kerr im nächsten Jahr zu Weihnachten nach Berlin einzuladen. Und mein Sohn versprach, den Briefumschlag zu bemalen.

101 teuflische Wendungen des Lebens

Wir wurden übers Ohr gehauen – *We were beaten over the ear and on top laid on the cross.* – und obendrein auch noch aufs Kreuz gelegt! Es ist interessant, dass wir uns im Deutschen wegen drei fehlender Euro Wechselgeld genauso übers Ohr gehauen fühlen wie nach dem Erwerb einer Millionen teuren Schrottimmobilie. Im einen Fall schmerzt uns das verletzte Prinzip, im anderen vielleicht sogar der Verlust der Existenz. Unsere Lieblingsfremdsprache bietet einige herrliche Ausdrücke, um ganz beiläufig auch die Schwere des Schwindels zu bewerten. Sagt man »We were shortchanged«, wurde man um etwas Münzgeld geprellt. »We got ripped off« deutet auf einen handfesten und systematischen Betrug. »We have been taken to the cleaners« bedeutet gewissermaßen, sich eine neue Existenz aufbauen zu müssen.

Du verkaufst dich unter Preis – *You are selling yourself under price.* Der gefilserte Satz klingt okay, irgendwie marktkonform. Wenn Waren als »zu billig« gelten oder gar absichtlich zum Schleuderpreis verkauft werden, nennt man sie schließlich auch »underpriced«. Man könnte sagen: »With this book, the publisher will be underpricing his competitors.« Auch das Verb »undersell« habe ich schon gehört. Wenn Sie allerdings mit dieser Preisstrategie andere nicht bewusst unterbieten wollen, sondern in Wahrheit lieber mehr einnehmen wollen, müssen Sie noch etwas tiefer in die Kiste des Finanzjargons – *the finance lingo* – greifen: »You are selling yourself short – because your fee is below your value.«

Er lebt auf Pump – *He lives on pump.* Das klingt irgendwie englischtauglich, ist aber kompletter Unsinn, selbst wenn man sein Leben auf einer Wasserpumpe verbringen würde. Manche mögen den Satz als Andeutung auf ein Leben in Muckibuden verstehen, wo man Eisen stemmt: He pumps iron. Wussten Sie, dass »to pump« auch »quetschen« bedeutet? Nur so lässt sich der ulkige Satz »He pumped my hands« erklären: Er hat beim freundlichen Handschlag fast meine Hand zerdrückt! In finanziellen Engpässen hilft das leider gar nicht weiter. Lebt jemand auf Pump, sagt man: »He lives on credit.« Wenn er andere Leute »anpumpt«: »He scrounges money (from ...).« Und wenn er ausgerechnet Ihnen »auf der Tasche liegt«, können Sie zwar offenbar schlecht Nein sagen, aber es mit verschiedenen Wendungen ausdrücken: »He lives at my expense.« Oder: »He lives off me / my money.« Sie könnten sogar die Tasche erwähnen: »He is a drain on my pocket.« Und wenn er Ihnen nichts zurückgibt: »He sponges money from me.« Er ist dann ein »sponger«!

Komm in die Puschen – *Come into the slippers!* Ein großer Lacher! Und ein Kracher, wenn man es verständlich englisch ausdrücken will: »Get cracking!« Wenn die Geschwindigkeit noch nicht ausreicht: »Get going!« Wenn die Leistung noch nicht ausreicht: »Get your act together!« In Ihre Puschen können Sie nach getaner Arbeit schlüpfen!

Ich bin fein raus – *I'm fine out.* Längst haben wir uns das »fine« der Engländer ins Deutsche geholt (»ich bin fein«), und jetzt funktioniert es auf einmal nicht! Man sagt: »I'm off the hook.« Häufig wird betont, was einen vom Haken geholt hat: »The plan / The events let us off the hook.« Wenn einen eine andere Person aus der Patsche befreit hat, sagt man auch: »He bailed me out.«

Er kriegt das nicht auf die Reihe – *He doesn't get that on the row*. Wenn eine Aufgabe besonders schwerfällt und vor einem liegt, kann man tatsächlich von einer »Reihe« sprechen, die es zu zerhacken gilt: »That's a hard row to hoe.« Womöglich ist es dasselbe Hacken, das die beste Übersetzung für unsere Redewendung geprägt hat: »He can't hack it!« Wenn es darum gehen soll, etwas zu kriegen oder nicht zu kriegen, dann bitte in den Kopf: »Get it straight in your head!« Oder: »He doesn't seem to be getting it into his head.« Und geht es um die einfache Bewerkstelligung einer Sache, reichen die einfachen Verben »to bring about« oder »to handle something«.

Wir machen es auf eigenes Risiko – *We do it on our own risk*. Ach, wieder diese englischen Präpositionen! Sie sind wirklich ein großes Risiko, doch sollen wir ihretwegen kein Englisch mehr sprechen? Just do it! At your own risk!

Ich gucke in die Röhre – *I'm looking into the tube*. Sollten Sie morgens verschlafen in eine leere Zahnpastatube glotzen oder vielleicht Licht in einem Tunnel der Londoner U-Bahn suchen, dann gucken Sie wirklich in die »tube«, und Sie könnten es direkt übersetzen: »Looking into the tube ...« Doch wer macht das schon? Wenn Sie sich jetzt vorstellen, halb anzogen mit der Zahnpasta auf dem kalten Bahnsteig in London zu stehen, zu frieren und von allen ignoriert zu werden, dann erleben Sie schon fast die perfekte Übersetzung: »I'm being left out (in the cold).«

Wir haben uns in Schale geworfen – *We have thrown ourselves into a shell.* Eine Grundregel gut gekleideter Menschen lautet, dass man sein eigenes Gewand nicht bewerten, sondern es schlicht anziehen und tragen sollte. Für meinen Geschmack können wir uns nur auf eine einzige akzeptable Art anziehen: »We are getting dressed.« Oder: »We have dressed.« Wenn Sie hingegen über die Schalen anderer Leute sprechen, steht Ihnen ein halbes Wörterbuch zur Verfügung: »They have dressed up«, »they have tartened up«, »they have smartened up«, »they got dolled up«, »they have glammed up«, »they have adorned themselves«, »they spruced themselves up«, »they are putting on the Ritz«.

Er springt über seinen (eigenen) Schatten – *He jumps over his own shadow.* Ein englisches Sprichwort lautet: »A leopard cannot change his spots.« Sollen wir uns deshalb zum Leoparden machen, wenn wir es nicht schaffen, Hindernisse zu überwinden, die in unserem Charakter oder Körper angelegt sind? Ich habe länger nach einer treffenden Beschreibung gesucht und diese gefunden: »In spite of himself, he could resist spending the money – trotz seines Charakters hat er das Geld nicht ausgegeben.« Gemeint ist sein verschwenderisches oder spendables Wesen, also eine persönliche Eigenschaft oder Schwäche. Oft hindern uns auch äußere Gesetze und Umstände daran auszubrechen. Wer es gegen solche Widerstände doch schafft, könnte sagen, dass er den Rahmen bricht: »By voting for a different political party than his parents and grandparents did, he has broken the mould« (amerikanisch: »mold«).

Ich stehe auf dem Schlauch – *I stand on the pipe.* Das stehen wir ja wirklich manchmal und verstehen nur noch

Bahnhof oder noch weniger! Vielleicht ist es der richtige Moment, einfach mal zuzuhören. Lassen Sie ruhig mal die anderen sprechen: »I don't get it. Do you?«

Wir sollten aufhören, in Schubladen zu denken – *We should stop to think in drawers.* Steve Jobs' Unternehmen Apple plakatierte zwischen 1997 und 2002 das Motto: »Think different.« Schon das Unbehagen vieler englischsprachiger Menschen, die den Satz für grammatikalisch falsch hielten, zeigte, wie wenig der Werbespruch aus einer Schublade gekommen war – it was definitely a slogan from outside the box! Apple veröffentlichte damals auch diesen Text: »Here's to the crazy ones. The misfits. The rebels. The troublemakers. The round pegs in the square holes. The ones who see things differently. They're not fond of rules. And they have no respect for the status quo. You can quote them, disagree with them, glorify or vilify them. About the only thing you can't do is ignore them. Because they change things. They push the human race forward. And while some may see them as the crazy ones, we see genius. Because the people who are crazy enough to think they can change the world, are the ones who do.« Ob nun mit oder ohne »-ly«, Steve Jobs' Aufforderung von damals gilt bis heute: »Denkt weniger voreingenommen und kleinkariert, befangen und quadratisch.« Think different(ly)!

Sie schieben es uns in die Schuhe – *They want to push it into our shoes.* Wir können uns ja denken, dass man Engländern oder Amerikanern so nicht kommen kann, schon gar nicht, wenn sie schlau genug waren, die Unterstellungen einfach vor unsere Haustür zu legen – they were clever enough to lay it at your door(step). Keine Frage: Unschuldigen eine Tat in die Schuhe zu schieben, ist erschütternd – there's no doubt that setting up innocent people is upsetting! Weil es ihnen kaum möglich ist, aus dem Rahmen der Unterstellungen auszubrechen – because they can hardly escape from those false suppositions they were framed for. Schließlich schlüpfen aus dem Paket vor der Türe sehr schnell Gerüchte – the allegations at the door very easily become »hearsay«, another important word for you to take away!

Das Haus liegt (weit) ab vom Schuss – *The house lies far away from the shot.* Ein einziger Gedanke liegt hier nahe: Das Haus steht nicht im englischsprachigen Raum. Dort wäre es nämlich weit weg vom nächsten Trampelpfad: »It would be far off the beaten track.«

Ich trete auf der Stelle – *I'm stepping on the same spot.* Das Gefühl ist international, die Stelle nicht. Bei uns kann sie überall sein, im Englischen ist sie nass: »I am treading water« – ich strample im Wasser und spüre keinen Widerstand. Über stockende Truppen oder lahme Projektteams sagt man auch: »They are marking time.« Oder: »They are not making any progress.« Und wenn man plötzlich selbst ins Stocken gerät: »I falter.« Alter Falter!

Sie lässt mich im Stich – *She leaves me in the sting.* Vergessen Sie den »Stich«. Sie leiden ja nicht unter einem Sonnenstich. (»Are you sun-struck, buddy?«) Aber vielleicht unter der Trennung? Dass Sie Ihre Partnerin sitzen gelassen hat, beklagen Sie so: »She has walked out on me.« Oder: »She left me in the lurch.« Eine Redewendung, die wir aus vielen Liedern wie »Don't let me down!« kennen, kann für Liebesbeziehungen genauso gelten wie für schwierige oder gefährliche Situationen, in denen Sie alleine gelassen wurden: »She let me down!«

Wenn Sie es noch bildhafter darstellen möchten, sagen Sie: »She hung me out to dry« – she left me in a difficult or vulnerable situation. Und apropos »leave«: »She left me alone« bedeutet, dass Sie in Ruhe gelassen wurden. Und das kann ja oft sehr angenehm sein!

Du lügst dir in die Tasche – *You are lying yourself into your pocket*. Leute, die glauben, dass man das einfach so übersetzen kann, die machen sich was vor. Die betrügen sich selbst. Und machen sich am Ende zu Deppen: »You're deceiving yourself.« »He's kidding himself.« »They are fooling themselves.« Die Rede ist also auch von Illusionen, Selbsttäuschung und Realitätsverweigerung – forms of illusions, delusions and the denial of reality. Am Ende gar eine Lebenslüge – a life-lie? Quatsch, alles in Ordnung, uns geht's prima – we've never had it so good!

Wir schauen über den Tellerrand – *We're looking over the plate brim*. Während wir versuchen, genau das unseren Kindern beizubringen, wissen wir selbst, wie schwierig es ist: stets die Augen aufzuhalten, unterschiedliche Menschen zu treffen und sich möglichst unterschiedliche Sichtweisen vor Augen zu führen, um die Welt zu verstehen und vielleicht auch ein wenig zu verbessern: »We don't want to be restricted by our own thinking and we constantly strive to see the greater picture.« Der Teller ist im englischen Arbeitsalltag übrigens oft das »Silo« und das »Ofenrohr«: »Don't work in your own silo. Otherwise, there's a real risk that ideas are stovepiped.« Also: bloß nicht in Schubladen denken! (siehe oben)

Er ist zu Tisch – *He is out to lunch*. Ich will gar nicht wissen, wie vielen unschuldigen Büroangestellten in Frankfurt, in Zürich oder in Wien immer wieder dieser Patzer unterläuft! Sie sagen es in tadellosem Englisch, ohne einen Lacher – man nennt es »deadpan«, also furztrocken. Die Situation ist leicht erklärt: Ein englischsprachiger Mensch ruft in der Mittagszeit an und will einen Kollegen oder gar den Chef sprechen. Da alle mittagessen, erfährt er: »He's out to lunch.« Der Anrufer zögert kurz, lacht vielleicht und sagt: »Yes, I knew he is out of it – ich wusste es schon immer: Er ist neben der Spur.« Da ist sie mal wieder: die Präpositionsfalle. Um den Chef nicht hinter seinem Rücken für komplett plemplem zu erklären, müssen wir an die richtige Präposition denken: »He's out *for* lunch«!

Wir wurden ins kalte Wasser geworfen – *We were thrown into the cold water*. Eine Abkühlung im kalten Wasser ist natürlich tatsächlich sehr angenehm, wenn es draußen brütend heiß ist. Oder wollten Sie berichten, wie Sie eiskalt von einer neuen Erfahrung überrascht wurden? So, als wären Sie mit einem Knall auf die Erde geworfen worden – as if you had been brought down to earth with a bump! Vielleicht war es ja doch ein Sprung in ungewohntes Gewässer: dort, wo es am tiefsten und gefährlichsten ist – did you perhaps jump in at the deep end? Or did someone throw you in? Damit Ihre Erinnerung richtig aufgeht, sollten Sie noch die Bedeutung von »cold water« kennen: Es ist der Dämpfer, der einem manchmal verpasst wird, also nicht das »kalte Wasser«, in das man stürzt, sondern die »kalte Dusche«: »They poured cold water on our hopes that this would be a cool story.«

The devil revisited
Eine teuflische Zwischenbilanz

Auch ich habe viel gelernt, seit der erste Band von »The devil lies in the detail« erschienen ist. Nicht zuletzt, weil mir Hunderte Leserinnen und Leser ihre eigenen Geschichten mit der englischen Sprache erzählt haben: persönlich, per Brief oder in E-Mails sowie durch viele Kommentare im Netz. Darüber habe ich mich sehr gefreut, weil sie hilfreich, bereichernd und inspirierend waren. Und sie bieten viel Stoff für das Schlusskapitel: Es folgt eine kleine Sammlung der Leserzuschriften sowie eigener Erlebnisse, entlang der 23 Kapitel im ersten Band.

»Der Telefonjoker«

Im ersten Kapitel habe ich von einer deutschen Touristin in der unaussprechlichen walisischen Hafenstadt Aberystwyth erzählt, die schwitzen musste, weil sie Eis bestellen wollte, doch »two ice balls« anstatt »two scoops« verlangte. Streng genommen wollte sie »zwei geeiste Hoden«, was der Eisverkäufer zum Anlass nahm, sie ein bisschen herauszufordern. In der Zwischenzeit konnte ich erleben, wie beliebt diese hodigen Kalauer unter Briten sind. Als ich in Cambridge ein Konzert des Geigers Nigel Kennedy besuchte, der mit einer Rockkapelle die Melodien von Jimi Hendrix spielte, präsentierte er auf der Bühne seinen jungen Gitarristen aus Österreich: »This is Johannes from Salzburg, the town of the Mozart balls.« Danach stellte

Kennedy mit sichtlicher Freude eine Frage, die er sich mit ebenso sichtlicher Freude auch gleich selbst beantwortete: »How many Mozart balls would you like? Both of them!«

»Der Englisch-Patient«

Was bot sich mehr an, als den Titel des mitreißenden Films »Der Englische Patient« zu nutzen, um über die Schmerzen zu schreiben, die wir manchmal mit unserer Lieblingsfremdsprache haben? Und zwar dann, wenn es wirklich schmerzt. Denn sie brechen nicht selten in Arztpraxen und Krankenhäusern aus. So vertraute mir Walter, der Chefarzt einer deutschen Universitätsklinik, im gestärkten weißen Kittel den größten Patzer seines halbgöttlichen Lebens an. Viele Jahre lang hatte er englischsprachige Patienten und Besucher zum Bahnhof geschickt, wenn er sie auf seine Station führen wollte: »Ich sagte immer: ›Now, let's go to the station‹, bis mich mal ein Amerikaner schmunzelnd zur Seite nahm und erklärte, dass die ›Station‹ nicht mit ›station‹ übersetzt wird.« Mein Gott, Walter! Man sagt: »Let's go to the ward« oder ganz einfach: »Let's go and see the patient.«

Von einer anderen typischen Peinlichkeit deutschsprachiger Menschen berichtete mir Gertrud aus Dortmund. Ihr Mann ist Brite, und er kann nicht an sich halten, wenn ihn deutsche Ärzte auffordern, »die Brust frei zu machen«, und dabei stets »breast« anstatt »chest« sagen. Passend dazu dichtete Gertrud in ihrer Mail an mich eine herrliche denglische Betreffzeile: »My man has one beautiful breast«.

»What would Otto Waalkes say?«

Es ist ja immer gefährlich, sich auf ein Terrain vorzuwagen, das schon viele Menschen ausgiebig beackert haben, zumal in der humorigen Sparte »Denglisch«, die einst Gisela Daum mit ihren »Filserbriefen« berühmt gemacht hatte. Neulich meldeten sich zum Beispiel Richard und Gerald bei mir, zwei Exil-Wuppertaler, die in Berlin wohnen. Wir plauderten zunächst ein wenig über die englische Übersetzung der »Wuppertaler Schwebebahn«. Flott gefilsert wäre es the »Wuppervally Hovertrain«. (Unter englischsprachigen Ingenieuren heißt das Ding übrigens »the Eugen Langen One-railed Suspension Tramway«. Oder »the Wuppertal Suspension Mono Railway«. Wer weiß, wann man das mal gebrauchen kann!) Es dauerte allerdings nicht lange, bis Richard und Gerald die Katze aus dem Sack ließen: Sie waren sehr unzufrieden mit meiner denglischen Übersetzung »Wuppervalley«. Die alteingesessene Bevölkerung würde nämlich vom »Double-you-upper-valley« sprechen.

Damit ich nicht auch aus anderen westdeutschen Besser-W-Städten bombardiert werde, hier eine Übersetzungsliste:

1. Wiesbaden – How's-bathing
2. Würzburg – Spice-castle
3. Wolfsburg – Wolf-castle
4. Wolfratshausen – Wolf-council-housing
5. Weinheim – Wine-home

»On the ladies!«

Ohne Präpositionen wie »ohne« wäre unser Leben eine Qual. Doch sind wir ehrlich: *Mit* ihnen quälen wir uns noch mehr! Horst, ein Leser aus Stuttgart, hat mir ein interessantes Beispiel gemailt und darum gebeten, es meinem Kapitel über Präpositionen gewissermaßen nachzureichen. *Mit* Vergnügen, lieber Horst!

Sein Beispiel ist ganz einfach: »das Buch von Peter«. Das Problem: Das Buch könnte mir gehören, und es könnte von mir geschrieben worden sein. Oder beides! Im Unterschied zum Deutschen gibt es im Englischen einige eindeutige Aussagen, die uns aber oft nicht geläufig sind. »The book by Peter«, und zwar von dem Peter, der es verfasst hat. Mit der englischen Präposition »of« lässt sich hingegen schnell Verwirrung stiften, wenn man sie unbedacht einsetzt. »The book of Peter« hat nämlich zwei Bedeutungen, aber oft nicht die, die wir für die richtige halten. Es kann erstens eine Art große Peter-Bibel sein: die Gesamtausgabe mit Peters Lebensweisheiten, auf die die Welt nicht gewartet hat. Oder es ist ebenfalls das Buch, das Peter geschrieben hat. Will man hingegen sagen, dass das Buch Peter gehört, muss es »the book of Peter's« heißen! So mehrdeutig (und letztendlich nichtssagend) wie unser Satz mit »von« ist der Genitiv: »Peter's book – Peters Buch«. Es könnte das von Peter verfasste Buch und zugleich eins in seiner Bibliothek sein. Das Beispiel von Horst – Horst's example – (schließlich ist es seins *und* er hat es sich ausgedacht!) zeigt tatsächlich, wie verflixt verwirrend Präpositionen manchmal sind.

»Amerikanisches Hüsteln«

Seitdem ich über die wilden Assoziationen berichtet habe, die der Name des herrlichen Gangsterfilms »American Hustle« unter Kinobesuchern erzeugt hat, hinterfrage ich immer wieder Filmtitel. So auch »The Revenant«.
Wie bitte, der Referent?
Selbst Menschen, die seit ihrer Geburt Englisch sprechen, kratzten sich am Kopf, als Leonardo DiCaprio im März 2016 einen Oscar für die Rolle des »Revenant« bekam. So überrascht es nicht, dass die Redaktion des Wörterbuchs »Merriam Webster« mitteilte, dass in den ersten drei Monaten des Jahres 2016 kein Wort so oft nachgeschlagen wurde wie der seltene »Revenant«.
»Revenant« geht zurück auf das französische Verb »revenir«, das »zurückkehren« bedeutet und ursprünglich aus dem Lateinischen stammt. »Merriam Webster« definiert es so: »One that returns after death or a long absence – jemand, der nach dem Tod oder einer langen Abwesenheit wiederkehrt.«

»Probier's mal mit Gemütlichkeit«

Mich überrascht der deutsche Anteil am englischen Wortschatz immer wieder aufs Neue. Wie wäre es zum Beispiel mit einem Schluck »seltzer«? Diese vor allem in den USA gebräuchliche Bezeichnung für unseren »Sprudel«, den wir zu Hause ja auch manchmal »Selters« nennen, geht auf das Örtchen Niederselters im Taunus zurück. Es ist wohl kein Zufall, dass mich Hans Jürgen darauf hingewiesen hat: Der Mann lebt in Limburg, ganz in der Nähe von Niederselters. Vielen Dank, Hans Jürgen! Tatsächlich habe ich »seltzer« auf meiner Liste der »99 Germanismen im Englischen« vergessen. So wie übrigens auch »pretzel«. Und »spritzer«, die Wein- oder Saftschorle.

Billy Joel hat mich ebenfalls auf ein deutsches Wort im englischen Wortschatz hingewiesen. Nicht, dass mir der hochgeschätzte Musiker persönlich geschrieben hätte. Nein, ich habe bei YouTube gesehen, wie er auf der Bühne stand, um den »Library of Congress Gershwin Prize for Popular Song« entgegenzunehmen. Er fasste sich ans Herz, zögerte und sagte: »I am a bit verklemmt ...« Joels Neigung zu unserer Sprache kommt durch das Jiddische und rührt aus seiner eigenen Familiengeschichte, die Sie vielleicht kennen: 1938 waren seine Großeltern und sein junger Vater aus Nürnberg in die USA geflohen. (Nachzulesen in Steffen Radlmaiers packend geschriebener Biografie »Die Joel-Story«.)

Anhänger der bedeutungsschweren deutschen »W«-Wörter kamen in den vergangenen Monaten auch wieder auf ihre Kosten. Ich hatte die »W«s ja schon im ersten Band erwähnt: »Weltanschauung«, »Weltschmerz« oder »Wirtschaftswunder«. Neu hinzugekommen sind »Wertegemeinschaft«, »Willkommenskultur« und »Wutsparer«, die ich alle im Londoner Magazin »The Economist« fand.

Wobei ich vermute, dass »Wutsparer« eine Erfindung der Redaktion ist, da ich niemanden kenne, der das bei uns sagt (und macht). Es gehört deshalb wohl auf eine andere Liste, die ich noch anlegen müsste: »Pseudo-Germanismen im Englischen«.

»Wann ist ›uber‹ wieder over?«

Über die neuenglische Silbe »uber« (wahlweise auch »über«), die wir nicht zuletzt dank eines Unternehmens, das sich »Uber« nennt, ins Deutsche re-importiert haben, hatte ich in diesem Kapitel eigentlich alles gesagt. Die ganze »Überei« hatte in den vergangenen Monaten allerdings zur Folge, dass in meinem Briefkasten eine Reihe Protestbriefe und Grundsatzreferate über den Strukturwandel der Taxibranche landeten. Alle, die mir geschrieben haben, möchte ich beruhigen: Ich bin weder »Uber«, noch bin ich deren Pressesprecher. Ich habe lediglich über die Silbe geschrieben, aber mit dem Signifikat auf vier Rädern identifiziere ich mich genauso wenig wie mit dem »Übermenschen« oder mit »Bayern München«, der angeblichen Über-Mannschaft.

Damit ist jetzt wirklich alles gesagt!

»I flip out when you spritz around with water«

Viele Leser hatten Spaß an dem Kapitel über das Sprachspiel der Brüder Philipp und Johannes, die ein Englisch pflegen, das furchtbar deutsch klingt, aber tadellos englisch ist. So erhielt ich viele neue Spielarten wie diese:

»I wonder how it goes.«
»We must try it out!«
»The barstools stand in the way.«

Die Filser-Warnlampen leuchten hier ohne Grund. Da die Sätze verständlich und fehlerfrei sind. Sagen wir es so: Es ist der Goldstandard des Denglischen. Eine Art »Anti-Waalkes«! Und die optimale Schnittmenge unserer Sprachen.

Als Günther Jauch im Februar 2016 noch einmal »Wer wird Millionär?« moderierte, spielte er dasselbe Spiel wie Philipp und Johannes. Seine Redaktion hatte eine hübsche 500-Euro-Frage vorbereitet: »Welche der folgenden Berufsbezeichnungen hat im Englischen eine andere Bedeutung als im Deutschen: 1. glassblower, 2. bookbinder, 3. shoemaker, 4. untertaker?« (Wenn Sie meine Liste der »101 teuflischen Patzer« im ersten Band gelesen haben, kennen Sie die Antwort.)

Ein besonderer Dank geht an Owen aus London. Er hat mich nämlich darauf hingewiesen, dass ich über das Ziel hinausgegurgelt habe, als ich von »to gurgle« und »to gargle« schrieb. Deshalb hier die erforderliche Korrektur: Wer im Englischen mit Wasser gurgelt, der »gargelt«. Und wer den Abfluss öffnet, lässt das Wasser hinunter-»gurgeln«. Ich hatte das verwechselt.

Cheers, Owen! Das bedeutet übrigens »danke«.

Und klingt wie »Tschüss«. Finden Sie nicht?

»Verzeih, mein lieber Wasserkocher!«

»Sorry« ist und bleibt eine Plage: daheim, in der Bahn und im Büro. Viele Leser hatten den Eindruck, ich hätte nicht deutlich genug gemacht, dass die pseudofreundliche Konfrontationsvermeidung auch bei uns Konjunktur hat. Dazu möchte ich das Magazin der »Süddeutschen Zeitung« zitieren, das Anfang 2016 eine Liste der »drei großen Lügen der Projektabnahme« veröffentlichte:

1. »Also, grundsätzlich finde ich das schon sehr gut so.«
2. »Ich hätte da nur eine kleine Anmerkung.«
3. »Ob Sie das ändern, ist natürlich Ihre Entscheidung.«

Wir dürfen das Fazit ziehen: Auch bei uns kann es noch schlimmer kommen als mit »sorry«: nämlich ohne!

Auf jeden Fall ist das Kapitel über die britische »Sorry-Manie« immer ein Hit, wenn ich es vorlesen darf. Nur Richard, mein britischer Telefonjoker, mag es nicht so gerne. Und Simon McDonald? Er war bis zum Sommer 2015 Botschafter Ihrer Majestät in Berlin und arbeitet jetzt wieder in London, wo er zum höchsten Beamten im Außenministerium aufgestiegen ist. Er schrieb mir: »Dear Peter, I write this letter fearfully! I do not want to be skewered (again). But, seriously, thank you for a copy of your fascinating book; I even enjoyed my own embarrassing contribution.« Ich habe diese Zeilen nicht in die Dechiffrierabteilung des Instituts für deutsch-englische Missverständnisforschung gegeben, doch ich konnte mir die Antwort denken: Das ist keine Entschuldigung, sondern die Einforderung einer Entschuldigung und die Aufforderung, bitte nichts mehr über ihn zu schreiben. Sorry!

»Der deutsche Spleen«

Charles ist Amerikaner, und er sammelt bestimmte Wörter wie Briefmarken: Es sind die sogenannten »Scheinanglizismen«, die ich in einer Liste von 44 Exemplaren zusammengestellt hatte, zum Beispiel »Basecap«, »Partnerlook«, »Shooting«. Oder eben der berühmte »Spleen«, der übersetzt »Milz« und im übertragenen Sinn »Zorn« bedeutet. Wer andere Menschen hingegen für kauzig, verschroben, versponnen, schrullig oder schlicht »spleenig« hält, bezeichnet sie im Englischen als »eccentric« oder »odd« oder »quirky« oder »weird«.

Von Briten, Australiern, Iren oder Amerikanern bekam ich eine Reihe neuer »Spleenies« geschickt, die mir selbst bislang nicht aufgefallen sind. Hier drei prächtige Exemplare:

1. »Rocker« – Kevin aus Liverpool, der früher mit der britischen Armee in Deutschland stationiert war, hat mich auf diese denglische Buchstabengruppe aufmerksam gemacht. In seiner Sprache werden unsere »Rocker« zumeist »biker« genannt. Sie organisieren sich in »motorcycle clubs« oder in »biker gangs«. Und wenn's ganz hart kommt, sind sie nicht etwa Mitglieder einer »Rocker Gang«, sondern eines »outlaw motorcycle club«, zum Beispiel im »Hells Angels Motorcycle Club«. »A rocker« wiederum ist im Englischen ein Rockmusiker oder dessen Fan – Bruce Springsteen is a rocker and so are his listeners. Auch ein populärer Rocksong kann ein »rocker« sein. Und dann habe ich in South Carolina auf fast jeder Veranda »rockers« gesehen: große und bequeme Schaukelstühle!

2. »Box« – Brian aus New York ist DJ, und er hat sich schon oft über diese deutsche Kiste gewundert: Music out of a box? Das geht selbstverständlich auch im englischen Musikraum: wenn man einen Lautsprecher in die Kiste stellt – if you put a loudspeaker into the box. Ohne »loudspeaker« kommen aus der »box« nur Klänge, wenn man dagegenklopft.

3. »Parship« – Dieses pseudoenglische Kunstwort ist mir in letzter Zeit oft aufgefallen. Was zunächst klingt wie eine Pastinake-Wurzel (»parsnip«), hat sich zum neuen Inbegriff für unseren Spleen entwickelt. Dabei ist es wahrlich »newfangled«, wie es Joan nennt, eine britische Leserin, die als Englischlehrerin in der deutschsprachigen Schweiz lebt: halb deutsch (»Paar«, »Partner«), halb englisch (»partner«, »-ship«), zusammengeschraubt von einem Hamburger Unternehmen, das Menschen vermittelt, die Partner für Sex, Zeugung oder Freundschaft suchen. Was mir am Wort »Parship« besonders gefällt, ist das Spiel mit dem deutschen »pari« (ausgewogen) und dem englischen »par« (»on a par with …«/»above/under par« = »derselbe/unter/über Wert«). »Parship« verspricht also Gleichgesinnte auf Augenhöhe: mit denselben Ansprüchen und demselben Intelligenzgrad. Trotzdem würde es wenig intelligent wirken, eine Verabredung in den USA oder in Großbritannien als »parship« anzugehen und einem anderen vorzuschlagen: »Let's parship!« Dort macht man weiterhin das, was auch wir vor »parship« machten: man dated: I'm having a date to date a prospective date.

»We not shoot, you not shoot!«

Als 1939 der Zweite Weltkrieg ausbrach, war Günther fünf. Und als die Waffen in Deutschland endlich wieder schwiegen, war der Junge elf. Irgendwann dazwischen muss sich die Geschichte zugetragen haben, die er mir erzählt hat, nachdem er mein Kapitel über das deutsch-englische Freundschaftsspiel »Don't mention the war« gelesen hatte. Nur dass Günthers Erlebnisse nicht von Briten, sondern von Amerikanern handelten: »Als wir im März 1945 von den Amis erobert wurden, saßen wir Kinder mit unserer Mutter im Luftschutzkeller unseres zerbombten Hauses. Drei GIs klopften an die Kellertür, meine Mutter machte auf und sagte mit erhobenen Händen: ›Not shitting!‹ Da lachten selbst die schwer bewaffneten Soldaten und schenkten uns Kindern Schokolade. Wirklich unvergesslich!«

Solche Geschichten dürfen wir alle nie vergessen. Und wir sollten sie unseren Kindern erzählen. Danke, Günther!

PS: Noch etwas zu den Briten: Dirk, ein Deutscher, der in England lebt, bat mich, meine Beschreibung der britischen Flagge zu präzisieren: Vom »Union Jack« spricht man eigentlich nur auf Schiffen, wenn die Fahne über dem Bug weht, um die Herkunft zu signalisieren. Die offizielle Bezeichnung der Nationalflagge lautet »Union Flag«.

»In der Kürze liegt mehr Würze«

66 handverlesene Wortzwerge habe ich im ersten Band vorgestellt und erklärt, von »ado« bis »zest«. In der Zwischenzeit bin ich vielen weiteren Exemplaren begegnet. Zum Beispiel, wenn Matthew, ein Literaturagent aus New York, immer wieder von »ilk« spricht, um Autoren oder Texte zu vergleichen: »That's/He's of the same ilk as ...« Das Wort hat eine schottische Herkunft und bedeutet genau das: »Herkunft«, »Abstammung«, »Art und Weise«.

Oder kennen Sie »gab«, den Wortzwerg, den man gar

nicht überhören kann, weil er das »Gequassel« bedeutet? In der Redewendung »the gift of (the) gab« geht er sogar anerkennend als »schlagfertig« oder »flottes Mundwerk« durch.

Die wichtigste Frage, die ich gänzlich unbeantwortet gelassen habe, stellte Heike aus Duisburg: »Warum pflegen englischsprachige Menschen eigentlich so ein inniges Verhältnis zu kurzen Worten?« Noch einmal Matthew aus New York: »I believe it's our passion for playing ›Scrabble‹.« Na klar, das muss es sein! Wenige Buchstaben = kurze Wörter, gerne auch mit »x«. Wie »sex«! Aber den hatten wir ja schon ...

»Wenn das Leben richtig Arbeit macht«

Geburten sind, was sie sind: Arbeit (»labour«) und voller Schmerzen (»Wehen«). Die Unterschiede, über die ich im dreizehnten Kapitel geschrieben habe, liegen also in den Sprachen und nicht in den Erfahrungen, die Mütter am Anfang von jedem Leben machen.

Interessant ist hingegen, wie unsere Geburtssprache den weiteren Verlauf des Lebens prägt. Deborah, eine Britin, die als Hebamme in Dortmund arbeitet, wies mich auf einige Gemeinsamkeiten und Unterschiede hin, die jeder kennen sollte. Das fängt damit an, dass wir vor allem im Englischen viel mehr als Kinder gebären können – we are able to give birth to all kinds of things, thoughts and concepts. Sogar die Dinge selbst können etwas zur Welt bringen: »His hobby gave birth to a successful business.« Noch gängiger ist es, im Englischen ständig irgendetwas zu zeugen und zu schwängern – we constantly conceive ideas, solutions, plans, opinions, desires ...

Doch Vorsicht mit der »Geburtsstunde« – »the hour of birth« is strictly confined to human beings and to animals! Werden Staaten oder Bündnisse, tote Gegenstände und andere abstrakte Dinge geboren, spricht man einfach von »birth« und sagt: »That hour/day/month/year marked the birth of something.«

PS: Übrigens muss ich noch eine Sache mit den Hebammen, den »midwifes«, klarstellen: Die Silbe »mid« stammt nicht von »Mitte«, sodass unter Vätern nicht der Eindruck entstehen sollte, die Hebamme stehe als eine Art »Zwischenfrau« zur Verfügung. Einige Leser haben sich beklagt, dass ich diesen Eindruck erweckt habe. Ich bitte deshalb alle Hebammen, Mütter und Väter, das zu entschuldigen. »Mid« ist die alte Präposition »mid«, die im Englischen ausgestorben ist und die so germanisch war, dass wir sie ohne jede Erklärung verstehen. Die »Midwife« ist also immer *mit* der Mutter, nicht mit dem Vater. Dann würde sie wohl »midhusband« genannt.

»Hoch danebengestochen«

Vor ein paar Monaten habe ich endlich die Erzählung »Montauk« von Max Frisch gelesen: kurze Sätze, viele innere Monologe. Große Lichtblicke, süße Momente. Eine Liebesgeschichte am Südende von Long Island. Auch sein Englisch betreffend, überlieferte der gut sechzigjährige schweizerische Schriftsteller in »Montauk« ein Geständnis: »Dass man um Mitternacht noch in einem Buchladen stehen kann ... ich habe den kleinen gelben Langenscheidt gekauft, um dann, wenn ich darin nachschlage, fast jedes Mal das Gedächtnis zu blamieren; nämlich man hat das schon einmal gewusst: SENSIBLE / SENSITIVE / SENSUAL.«

Geht es uns nicht allen so? Dass wir die Bedeutung englischer Wörter verwechseln, die wir im Deutschen als »Fremdwörter« kennen? Ich jedenfalls kenne es nicht nur aus Buchläden. Für diese Einsicht von Max Frisch benötigte ich ein ganzes Kapitel.

»Ein Glas Pillen bitte!«

Das »Pils« verstehen wir ja geradezu synonym mit einem Bier. Aus diesem und vielen anderen Gründen habe ich über die Sprachverwirrungen geschrieben, die entstehen, wenn wir die Grenzen unserer Kulturen überschreiten und zum Beispiel in einem Pub »a glass of Pils« anstatt »a pint of Pilsner« bestellen. Wir nehmen eben häufig alles mit, was wir von zu Hause kennen, und fragen gar nicht, was Markennamen wie »Tempo« oder »Tesa« im Englischen sind. Auch sind uns viele Alltagsmarken im Gastland unbekannt, zum Beispiel »biro« oder »jiffy bag«.

Zugleich gibt es immer mehr Marken, die alle Welt kennt. Denken Sie nur an »googeln«. Katja aus Leipzig schrieb mir noch andere schöne Beispiele: der »Colt« der Cowboys. Der »Walkman« der Achtziger. Die »Nutella« aus Italien. Und die »Tupperware«, die man englisch und deutsch aussprechen kann und die wir schon vor Jahrzehnten zur »Tupperdose« gemacht haben.

Ein weiteres tolles Beispiel ist das aus Deutschland stammende »Bobbycar«. Ich danke Uli aus Hanau für den Hinweis. Uli hat in seiner Mail auch erklärt, dass generische Marken wie »Tesa«, »Uhu« und Co als »Deonyme« bezeichnet werden. Genau um die ging es mir!

»I am very sick – I am German«

Es ist phänomenal, wie viel Gefallen wir Deutsche daran finden, offen über den Körper, seine Macken und seinen Zauber in allen Erscheinungsformen zu sprechen. Was uns oft völlig okay erscheint, halten Amerikaner oder Briten schnell für »TMI«: »too much information«!

So ist der Erfolg des interessanten und leicht verdaulichen Ratgebers »Darm mit Charme« der jungen deutschen Ärztin und Autorin Giulia Enders auch nicht wirklich überraschend. Und Enders hat es sogar geschafft, die deutsche Macke, die sich auf »Kacke« reimt, in die englischsprachige Welt zu exportieren. In einer Buchhandlung in Cambridge erstand ich die Übersetzung, ein Sticker auf dem Buchumschlag verwies auf die Bestsellerliste der »New York Times« und erklärte: »A publishing sensation that sets out to free toilet talk from its taboo.«

Schon Enders' erstes englisches Kapitel demonstriert die deutsche Hemmungslosigkeit. Es heißt: »How does pooing work – wie funktioniert kacken?« Ich habe in der englischsprachigen Ausgabe jedenfalls Eins-a-Fäkalausdrücke gelernt, zum Beispiel, dass im Englischen »sphincter« der »Schließmuskel« am Hintern ist (und dass wir davon zwei haben). Und falls Sie die Muskeln da unten mal nicht mehr zusammenhalten können, dann rennen Sie schnell – for you might have »the runs«!
TMI?

»Baby, can you drive my car?«

Ach, ihr deutschen Autos! Als ich über die vielen Schwierigkeiten schrieb, die wir haben, in unserer Lieblingsfremdsprache verständlich über euch zu sprechen, war mir ja gar nicht klar, wie viel schwieriger das alles noch werden würde! Als ich von meinem Gespräch mit einem Londoner Taxifahrer über »cars from Germany« berichtete, habe ich weder an »Schadstoffanalysen« (»pollutant analyses«) noch an »manipulierte Abgastests« (»cheating on emissions tests«) gedacht!

Dabei liegt das Problem mit der Autosprache schon in ganz einfachen Fragen. Wussten Sie zum Beispiel, welche Verwirrung alleine die englischen Wörter »auto« und »car« stiften können? Denken Sie nur an die nervige Radiowerbung »Carglass repariert, Carglass tauscht aus«. Nun raten Sie mal, wie sich das britische Unternehmen zu Hause nennt. »Autoglass«! Und hören Sie mal, wie sie dort werben: »Autoglass repair, Autoglass replace.«

Der Ruf deutscher Autos und ihrer Hersteller hat sich inzwischen arg verändert. Ich darf wohl sagen: verschlechtert. Die Wagen ernten kaum noch Lob, sondern gelten als »Dreckschleudern« (»polluters«), und die Redaktion der »New York Times« greift in die Vollen, um den Unternehmensgeist von Volkswagen zu beschreiben: »The 78-year-old company's unusual culture (confident, cutthroat and insular) has come under scrutiny as potentially enabling Volkswagen's lawbreaking behavior.« Sie haben richtig gelesen: Bei VW sei man »von sich selbst überzeugt«, »rücksichtslos« und »engstirnig«.

So ist es auch keine Überraschung, dass unsere Autoindustrie zum Gegenstand vieler Witze geworden ist. Haben Sie auch das Bild gesehen, das durch die sozialen Netzwerke kursierte? Eine aufreizende Frau flüstert einem Mann ins Ohr: »Talk dirty to me, baby!«

Der Mann fragt zurück: »Really dirty?«

Die Frau: »Yes!«

Der Mann: »Volkswagen!«

»OMG – ich finde das Klo nicht!«

Nachdem ich über das Kreuz mit den englischen Abkürzungen geschrieben hatte, regnete es immer mehr Abkürzungen: in meinem Postfach. TYVM! (Sie wissen schon: Thank you very much!) Sarah zum Beispiel schrieb mir ihre Gedanken über die Abkürzung »RAF«: »Sie demonstriert, wie unterschiedlich drei Buchstaben auf uns wirken können. Als Deutsche zucke ich immer zusammen, wenn ich sie lese. Briten kennen das Gefühl nicht.« Das kann ich hundertprozentig nachfühlen! Während die »Rote Armee Fraktion« unsere Gesellschaft bedrohte, hat die britische RAF den Auftrag, die Menschen zu beschützen, zumindest im britischen Luftraum: als »Royal Air Force«.

Hier die drei schönsten Kürzel, die auch Sie kennen sollten:

1. B3: »Blah blah blah.«
2. NY-LON: »New York – London«, ein Ausdruck für Pendler zwischen den beiden Städten.
3. WAGS: »wives and girlfriends«, begleiten meistens Fußballer.

Und wenn Sie mal eine Abkürzung nicht verstehen oder eine neue suchen, hilft diese Website weiter: »acronymfinder.com«.

»Supercalifragilisticexpialidocious«

Englische Adjektive sind das A und O für jeden, der mit einer Meinung auffallen und mit der Sprache fechten möchte, anstatt bloß zu reden. Adjektive sind also auch eine prima Gelegenheit, über einen der größten Unterschiede unserer Kulturen zu schreiben: Denn während die Meinungsfreude bei uns sehr leicht Karrieren beendet, fangen sie in England damit oft erst an!

Doch vor manchen Adjektiven müssen wir uns in Acht nehmen: wenn uns Klang und Bedeutung vertraut erscheinen, obwohl sie überhaupt nicht zu den Hauptwörtern passen, die sie beschreiben sollen. Lisa aus Berlin schickte mir eine kleine schwarze Liste mit drei Beispielen, die ich hier unbedingt teilen möchte:

- »The Queen is a rusty woman.« Das ist Majestätsbeleidigung – lèse-majesté! Schließlich ist die Königin nicht »eingerostet«. Wer sie als »rüstig« bezeichnen möchte, sagt »sprightly«, »hale and hearty« oder auch »robust« und »vigorous«.

- »The lady is apart.« Wovon setzt oder spaltet sich die Dame ab? Wer sie als »apart« beschreiben will (wer macht das überhaupt?), sollte »elegant«, »graceful«, »stylish«, »lovely«, »charming« oder »distinctive« sagen.

- »He is a lonely wolf.« Dieser Wolf ist nicht der, den wir meinen, den Einzelkämpfer. Der Grund liegt in der Endung »ly«, die hier nicht hingehört, weil sie das Tier so einsam macht, dass es einem nur noch leidtun kann. Wer einen starken, auf sich gestellten einsamen Wolf meint, muss vom »lone wolf« sprechen. He'll lone it – er wird das schon alleine stemmen. Nicht: He's lonely, der arme Tropf!

»Wir landen kurz und heben dann wieder ab!«

Amerikaner gegen Briten: ein Dauerthema, nicht nur für diejenigen, die an die »special relationship« der beiden Nationen glauben. Als Juniorpartner in dieser Spezialbeziehung achten die Briten pingelig auf jedes Wort der Amerikaner, zum Beispiel, wenn Präsidenten London besuchen.

So kommentierte der BBC-Journalist David Grossmann im April 2016 per Twitter: »Obama still doesn't know when to use ›English‹ and when ›British‹.« (Die Sprachschule »Babbel« hat ein witziges Erklärvideo dazu veröffentlicht: »Differences between American and British English«, das ausgerechnet von einem schrägen Vogel aus Deutschland moderiert wird. Sie können es bei YouTube sehen.)

Die zahlreichen Briefe, die mir über diese interkulturellen Spannungen geschrieben wurden, haben es bestätigt: Man könnte ein eigenes Buch über den atlantischen Sprachgraben schreiben, der zugleich die wohl größte sprachliche Stolperfalle der Welt bildet. Dabei ist mancher Unterschied bloß Müll. Doch welcher? Erst neulich fiel mir auf, wie angewidert man in den USA angesehen wird, wenn man »rubbish« anstelle von »garbage« oder »trash« sagt.

Umgekehrt sollte man in Großbritannien auf den »Hintern« achten. Dazu noch einmal Joan aus der Schweiz, der meine Warnung vor dem Wort »backside« als Britin zu pauschal erscheint: »Please don't worry about upsetting the prude Americans by saying the ›backside of the house, etc.‹. They say it themselves. In fact, I cringe every time I hear it and am constantly reminding my students that they should never use it in England.«

Es tut also gut, auf beiden Seiten des atlantischen Sprachgrabens manche Angelegenheiten noch einmal zu besprechen, bis sie endgültig geklärt sind. Wichtig ist nur, auch dabei keine Missverständnisse zu erzeugen. Wer in Großbritannien ein Thema erneut ansprechen möchte, fragt: »Can we table the subject matter?« In den USA bedeutet das hingegen, das Thema zurückzustellen, es also zu vertagen. Das würde man in Großbritannien wiederum so fragen: »Can we shelve it?«

Yes, we can!

»Word wedding«

Lassen Sie es mich kurz und bündig sagen – let me put it short and sweet: Kein anderes Kapitel hat mir so viele Anregungen von Lesern eingebracht wie das über die praktischen Wortpaare, die wir ja auch im Deutschen kennen und oft verwenden.

Zum Beispiel von Dorothea, einer Doktorandin, die mich an die Bedeutung der schönen Formel »give and take« erinnerte. Ich hatte sie in meiner Liste der 88 Wortpaare übersehen. Dabei ist »give and take«, das tägliche »Geben und Nehmen«, sehr wichtig für das Miteinander glücklicher Menschen.

Nicht erwähnt hatte ich außerdem: »alive and kicking« (»gesund und munter«), »spick and span« (»blitzblank«), »look and feel« (»Anmutung«), »up and running« (»betriebsbereit«), »to pick and choose« (»Rosinen picken«). Eines der lebhaftesten Paare überhaupt ist wohl »cat and mouse«, die hektische Verfolgungsjagd à la Tom und Jerry!

Außerdem erhielt ich für unser Wortpaar »unter Dach und Fach« (»signed and sealed«) drei weitere Vorschläge: »cut and dried«, »home and dry« oder »done and dusted«. Und wo ich gerade vom »Dach« spreche, hier noch ein Ausdruck, der zum Beispiel bis in den letzten Winkel eines Hauses geht: »We searched every nook and cranny of the house.«

Und noch etwas Kurzes & Kurioses: Auf einer Reise durch den Süden der USA habe ich in der historischen Ortschaft Bluffton eine Party mit dem bemerkenswerten Motto »Shuckin' and Shaggin'« besucht. Es hätte auch gut ins vorherige Kapitel gepasst, denn was für Briten klingt wie die Einladung zu einer Sexparty, ist für die Südstaatler bloß ein Anlass, Austern zu öffnen (»to shuck«) und zu tanzen (»to shag«)!

»The tale of Mr Black and Mrs Bag«

Insbesondere der Büroalltag, von dem ich in diesem Kapitel erzählt habe, kann unheimlich komisch sein, wenn wir gezwungen werden, Englisch zu sprechen, englisch zu denken und englisch zu handeln. Gerade dort gibt es diese Momente, in denen wir Deutsche einfach nur total trottelig – clumsy, goofy or completely stumped – wirken.

Nun muss ich einräumen, dass es immer viel leichter ist, über die Schnitzer anderer zu schreiben als über die eigenen. Sie wissen schon: »Lästern und Lernen«. Deshalb verrate ich Ihnen jetzt ein Missverständnis der Extraklasse, das mir selbst in den letzten Monaten unterlaufen ist. Der Anwalt eines verstorbenen Freundes stellte sich mit den Worten vor: »I am his executor.« Sein Henker? Verstohlen begann ich nachzuschlagen. »Executor« = »Testamentsvollstrecker«; »Executioner« = »Scharfrichter«. Das war beruhigend! (Wenigstens war es wieder ein schönes Beispiel für meinen Twitter-Kanal @fluentenglish.)

»Im Vintage liegt die Wahrheit«

Über die Renaissance alter Wörter, die irgendwann aus der Mode kamen, aber die sich heute wieder ganz prächtig machen, schrieb mir noch einmal Owen aus London. Er wollte mich an eine alte Bedeutung von »to repair« erinnern und berichtete, dass er und seine Frau sie gelegentlich verwenden, um sich demonstrativ im Beisein anderer die Frage zu stellen: »Shall we repair to the bedroom – ob wir uns jetzt wohl ins Schlafzimmer zurückziehen sollten?« Unter Leuten, die diese alternative Bedeutung von »repair« nicht verstehen (so wie bisher ich), erzeugt das großes Staunen, was Owen und seiner Frau wiederum große Freude bereitet.

Dabei lässt sich der Wortursprung nicht eindeutig erklären. Einerseits müsste auch unser »reparieren« vom lateinischen »re-parare« abstammen, was »fertig machen« bedeutet. Andererseits hat das lateinische Verb »repatriare« die Bedeutung von »in sein Heimatland zurückkehren« oder »mit anderen an einen Ort gehen«, was zu zweit ja auch einen gewissen Sinn ergibt. Das »Oxford English Dictionary« nennt einen anderen originellen Beispielsatz: »We repaired to the tranquillity of a nearby cafe – wir suchten die Ruhe des nahe gelegenen Cafés (um dort gewissermaßen die innere Ruhe zu reparieren und auf diesem Weg zu ihr zurückzufinden).« Spontan muss ich an die »Repair Weekends« unter Palmen denken, auf die sich kriselnde und ausreichend wohlhabende Paare einlassen. (Lesen Sie mehr darüber im Kapitel »We are breaking up!«) Ich werde »repair« auf jeden Fall von nun an auch verwenden. Many thanks, Owen, for that personal, life-enriching anecdote!

101 teuflische Wendungen des Lebens

Sie legt ihm Steine in den Weg – *She puts stones in his way*. Es ist nicht schön, aber es lässt sich auch nicht leugnen: Unsere Kulturen sind von absichtlichen Fallstricken und gegenseitigen Behinderungen geprägt. Mehr noch: von einfallsreicher Sabotage! So werden uns versalzene Suppen vorgesetzt, in die vielleicht auch gespuckt wurde. Beine werden gestellt oder gar Knüppel zwischen sie geworfen. Rechnungen werden durchgestrichen, Pläne durchkreuzt und Touren vermasselt. Im Englischen landet hingegen ein Schraubenschlüssel im Tagwerk (»to throw a spanner in the works«). Kanonen werden festgenagelt (»to spike the guns«). Speichen werden in Räder gesteckt (»to put a spoke in somebody's wheel«). Und es wird sogar vor den Festzug gepinkelt (»to pee / piss / rain on somebody's parade«)! Damit der Gegner einen Schaden erleidet, muss man wissen, wie man ihm den Boden unter den Füßen wegzieht – *you need to know how to cut the ground from under somebody's feet*. So werden wir im englischen Sprachraum nichts erreichen, wenn wir anderen Steine in den Weg legen (oder sie aus dem Weg räumen). Wer ganz generell von Hindernissen sprechen möchte, sagt: »She puts obstacles in his way.« Und wer sie wegräumt, schafft gewissermaßen einen sauberen Grund: »She prepared the ground and smoothed the way.« Und sie schuf damit eine neue Grundlage: für weitere Sabotagen!

Es geht um die Wurst – *It is all about the sausage*. Sagen Sie denn etwa auch: »That's the jumping point«, wenn Sie den »springenden Punkt« meinen? Ihn nennt man übrigens »the salient point« oder »the point of the matter«. Oder einfach »the point«! Doch wenn es im Englischen um die Wurst geht, dann hat das nichts mit Fleischwaren zu tun. Schließlich steht so viel auf dem Spiel, dass man rasch handeln muss, um nicht zu sterben: »It's do or die.« Oder: »It's now or never.« Es sind eben die Momente, in denen es wirklich darauf ankommt – when things really matter and your decision really makes a difference: Therefore, it is essential / necessary / imperative to do the right thing ... That's the point!

Wir haben ihm auf den Zahn gefühlt – *We have touched him on the tooth.* Wie das überhaupt gelingen soll, wenn man nicht Zahnarzt ist oder sich nachts an den schlafenden Verdächtigen heranschleicht? Ich kann es nicht erklären. Es ist noch unvorstellbarer, als jemanden unter die Lupe zu nehmen: Solche Redewendungen bringen die Gefahr großer und lustiger Filserei mit sich und erschweren die ohnehin nicht ganz leichten zwischenmenschlichen Situationen. Wie gut also, dass englischsprachigen Ermittlern die Zähne egal sind und sie auch auf Lupen verzichten. Sie sehen und hören genau hin, grillen im Notfall und machen sich am Ende immer einen Reim: »They keep a close eye«, »they sound out«, »they suss out«, »they probe«, »they scrutinise (US: scrutinize)«, »they examine carefully«, »they grill«. Außerdem bringen sie manchmal zur Untersuchung einen Kamm mit, dessen Zähne besonders eng stehen: »They checked on him with a fine-tooth comb«, auch einfach nur »toothcomb« genannt. Nein, das ist keine Zahnbürste! Aber vielleicht erklärt das Ding ja auch unseren Hang zu den Zähnen.

Wir springen nicht auf jeden Zug auf – *We don't jump on every train!* – Diese letzte meiner 101 nützlichen Alltagswendungen führt mich zu einer Frage, die ich mir schon früher gestellt habe: Was ist eigentlich der »bandwagon«? Später erfuhr ich, es sei das Zugabteil, das die Kapelle befördert. Will man mitspielen, muss man also auf den fahrenden Zug klettern: »You have to jump or climb on the bandwagon.« Doch seien wir ehrlich: Sind es die Musiker mit ihrer Musik, die uns anspornen, dabei zu sein? Oder ist es nicht vielmehr die Größe des Trittbetts, die Geschwindigkeit des Zugs oder wer da sonst schon so sitzt? Am Ende entscheiden längst nicht nur unsere inneren Überzeugungen, sondern alle möglichen äußeren Gründe, ob man auf einen Zug aufspringt oder nicht. Trotzdem nennen wir uns gerne »wählerisch«. It's because we like to be very particular – however, in truth we are afraid!

Dank

Ohne die unzähligen Anregungen meiner Leserinnen und Leser hätte ich auch dieses Buch nicht schreiben können. Für diese gewaltige Inspiration danke ich herzlich! Dankbar bin ich zugleich allen, deren Liebe und Freundschaft stützend und ermutigend waren. Meinen Kindern Johanna und Anton. In absentia Frederick. Den treuen Freunden, allen voran Katja, die uns für immer verlassen hat – rest in peace! Für inhaltlichen Rat und professionelle Hilfe möchte ich vor allem Andrea in London, Guy in Brüssel und Joe in Berlin danken. Auch Anke und Richard. Und nicht zuletzt meiner geduldigen Lektorin Stephanie Kratz alias »The Scratch« von Kiepenheuer & Witsch.

Auch für diesen Band durfte ich wieder die Magie herrlicher Schreiborte genießen: Im King's College in Cambridge. Bei meinem Bruder Stephan in Brooklyn. Im Dachgeschoss einer alten Nudelfabrik, das einen perfekten Blick auf Manhattan freigab und das ich ohne Airbnb nicht gefunden hätte. Im Waldhaus in Sils Maria. Und: Last but not least, I owe to Albert and Marjorie an unforgettable time, a memorable state'o'mind and a marvellous writer's retreat in (and around) Bluffton, South Carolina.

Mit Dankbarkeit und Freude werde ich mich auch stets an George Weidenfeld erinnern, der im Januar 2016 in London verstarb. Als ich ihn im Oktober 2015 das letzte Mal besuchte, begrüßte er mich mal wieder mit einer Idee. Er hatte sich einen englischsprachigen Titel ausgedacht, falls die »Devil«-Reihe einmal ins Englische übersetzt werden würde: »Peter, your books should be called ›My Struggle‹.«

»Mein Kampf«? Ich dachte nach und bemerkte, dass es darum wirklich die ganze Zeit geht: unser Kampf mit der englischen Sprache!

George grinste. Für einen Mann, der 1919 in Wien geboren und 1939 nach England geflohen war, der während des Kriegs für die BBC über Nazi-Deutschland berichtete, der nach dem Krieg den Staat Israel mitaufbaute, der danach einen weltberühmten Verlag gründete, der der britischen Regierung half, der Europäischen Gemeinschaft beizutreten, und der vehement für die deutsche Einheit eintrat, war das ein herrlicher Witz.

Thank you, George!

»Fluent English« – das können wir doch alle! Oder etwa nicht?

Peter Littger. The devil lies in the detail. Lustiges und Lehrreiches über unsere Lieblingsfremdsprache. Taschenbuch. Verfügbar auch als E-Book

»Not quite«, wie es die Engländer ausdrücken würden, um uns dann vorsichtig darauf hinzuweisen, dass die Rückseite eines Buchs nicht »backside« genannt wird. Denn das bedeutet »Hintern«! Der englische »moonshine« ist ja auch kein Mondschein, sondern Unsinn – oder Schnaps. Wenn Sie jetzt etwas Nachholbedarf verspüren, dann ist dieses Buch für Sie goldrichtig.

Leseproben und mehr unter www.kiwi-verlag.de

Testen Sie Ihr Wissen!

Allgemeinbildung. Der große SPIEGEL-Wissenstest. Taschenbuch

Geschichte. Der große SPIEGEL-Wissenstest. Taschenbuch

Kultur. Der große SPIEGEL-Wissenstest. Taschenbuch

Fußball. Der große SPIEGEL-Wissenstest. Taschenbuch

Politik & Gesellschaft. Der große SPIEGEL-Wissenstest. Taschenbuch

Religion. Der große SPIEGEL-Wissenstest. Taschenbuch

Wie schlau sind Sie? Der große SPIEGEL-Intelligenztest. Taschenbuch

Wie gut kennen Sie Deutschland? Der große SPIEGEL-Wissenstest. Taschenbuch

Der große Wissenstest für Kinder. Was weißt du über die Welt? Taschenbuch

Alle Wissenstests sind auch als E-Book verfügbar.

Leseproben und mehr unter www.kiwi-verlag.de

KiWi